U0143459

阿麦从军

全新修订版

鲜橙

著

下

作家出版社

目录

目录

第五卷

高展翅鹏程千万里

第一章

起事 麦穗 东进

盛元四年七月，北漠南夏两国议和的谈判桌上依旧火热异常，北漠国辩手们步步紧逼，除索要大量岁币之外，还强索南夏割让江北荆、益、豫、宿、雍、襄、青、冀八州。谈判桌外，北漠周志忍陈兵数十万于泰兴城北，只待议和破裂便挥师南下。

荆、益、豫、宿、雍、襄六州已是在北漠控制之下，割让出去也就罢了，但青、冀二州却是仍在自己手中，就这样把实际控制区也白白送出去，怎么去堵天下悠悠之口？可若是议和不成接着再打，云西平叛迟迟不见曙光，且不说国库无法支持这庞大的军费，就说万一北漠大军顺宛江而下攻入江南，和云西叛军两面夹击盛都，那便有亡国之险了。

南夏朝廷很为难，谈判桌上的辩手们更是为难。虽然新来的议和使商小侯爷已经带来了朝中的最新指示——割让江北被占之地以换和平，可没想到北漠竟然狮子大开口，连尚未攻占的青、冀两州都想要！

这要都割让出去吧，太窝囊！不割让吧，太危险！到底要怎么办才好？

南夏国辩手扭头细看议和使商易之的神色，只见他仍低着个头不疾不徐地吹着茶杯里的浮茶，面沉如水声色不动。得！看这样子就知道是不肯同意了，接着谈吧！

可又要怎么谈呢？南夏国辩手既苦恼又迷茫。这位新来的议和使是位佛爷般的人物，只会端坐不肯言语的。上谈判桌就是做个样子，不是半眯着眼睛打瞌睡，便是端着个茶杯悠闲自在地品茶饮水，连原议和使高吉的半分都不及。

转回头来还是同北漠同行打商量吧——要不咱们这样，我们只割让六州，岁币多给你们点，行不？

北漠国辩手摇头，那不行，你们岁币不能少给，我们青、冀两州也得要。

南夏国辩手气愤，你们别太欺负人了啊，这两州还好好地在我们手里呢，我们凭什么给你们？

北漠国辩手不屑，我们在青州城西有大军驻扎，不日便可攻下青州，然后东进冀州，拿下山东，我们有实力以宛江为界！

南夏国辩手急了，你说你有这份实力？光说没用，你得用你实力占领了全部宛江以北来证明你有这份实力，少来"分析"！谈判桌上不承认一切分析。

北漠国辩手起身拍屁股欲走，那好，那咱们就接着再打。

南夏国辩手无力了……还打？朝中要集中兵力平叛云西，哪里还有精力在北边生耗！

南夏国辩手急忙招呼，别急，坐下，坐下，咱们再好好商量商量……

盛元四年七月底，南夏与北漠终达成和约：一、西以宛江为界，东以太行山为界，以北属北漠，以南属南夏；二、南夏割让荆、益、豫、宿、雍、襄、青七州予北漠；三、南夏每年向北漠纳贡银、绢各五十万两、匹，自盛元五年开始，每年春季搬送至泰兴交纳。

至此，泰兴和约正式签订，有人欢喜有人愁，还有人有些看不透。

泰兴驿馆之中，姜成翼低头细看和约条陈，待看到南夏只肯割让荆、益、豫、宿、雍、襄、青七州时抬头问陈起道："元帅，怎的没把冀州也要过来？"

陈起一身便袍，腰背挺直地坐在书案前，将手中的书卷翻过了一页，随意地答道："有了青州就不愁冀州，把他们逼得太过了反而不好。"

姜成翼却是不解，仍问道："不是说好了要划江而治吗？他们这是又反悔了？"

陈起闻言抬头瞥了一眼自己这个心腹，嘴角勾起一丝淡淡的笑意，笑道："南夏人的话哪里算得了准，听听也就算了，城池只有自己打下来的才算数，青州能给咱们就已经是意外之喜，可见常家也确是下了功夫的，知足吧！"

姜成翼听了点头，说道："难怪常家那些老狐狸会让常钰青亲去盛都，他常家久攻青州不下，只有借此机会拿下青州，以便日后进取冀州。常钰青本就有破靖阳之功，若是能再夺取冀州，常家怕是又能再次封侯。"

陈起笑笑，微微地摇了摇头。

百年常家，怎么会只贪图一个小小冀州！

姜成翼犹豫片刻，又道："元帅，我还是想不通咱们为什么要和南夏人议和，我们现在形势大好，为何不挟胜追击，趁势南下？与云西之军形成夹击盛都之势，南夏可灭！"

陈起放下了手中书卷，抬头看向姜成翼，说道："灭南夏时机未到。"

"为何？"姜成翼问道。

陈起略一思量，缓缓说道："我军之所以能攻占江北，不过是用骑兵优势，实施大纵深、大迂回的战法打开靖阳关，这才入得关来。大军入关后也是多利用骑兵迅捷之长，采取多路突进、重点进攻的战略。虽已攻下江北大部，但因战线过宽过长，兵分势寡，给养供应已是相当困难。而南夏虽身陷云西平叛的泥潭之中，但国力尚丰，又有宛江之险，江防稳固……"

姜成翼只觉心中豁然开朗，不禁接道："而我军太过孤军深入，却有腹背受敌之险，再加之越往南去我军骑兵优势越不明显，补给却是越难。"

陈起笑了，说道："不错，所以现在并不是灭南夏的最好时机，与其南下，不如转回身来集中力量解除后顾之忧，先将江北各地的零散南夏军及各地的反抗平定掉，待南夏抽身全力对付云西，宛江江防兵力必然不足，彼时我们再南下也不错，先经青州而下冀州，然后东西并进渡江南下，南夏之亡指日可待。"

姜成翼听得大叫了一声好，赞道："难怪元帅这次会同常家意见一致，力劝皇上同意议和，原来是早已成竹在胸。"

陈起笑而不语，复又低头看书。

姜成翼想了想，却又有了新的疑问，忍不住又问道："可和约既定，到时候毁约起兵，怕是不太好听吧。"

陈起笑望他一眼，玩笑道："到时候随便找个由头不就行了吗？你又不是第一天带兵打仗，怎么这个都不会了？"

姜成翼脸色一红，正欲辩解几句，却突听门外亲兵禀报议和使谢承恩求见。姜成翼一怔，不由得看向陈起，见陈起面上也是闪过一丝讶异，显然也是不知这谢承恩为何而来。姜成翼正暗自奇怪，陈起已应声道："请谢大人进来吧。"

北漠议和使谢承恩从外面进来，同时带来了一个让陈起与姜成翼都很意外的消息：江北军元帅卫兴要求原驻扎在泰兴城西的江北军待遇同泰兴守军一般，先入泰兴城，经由泰兴城南门出泰兴进而渡江南下。

泰兴和约中已明确写出泰兴城隶属北漠，也对江北军的去留有所规定，那便是要渡江南下，可是却没规定江北军是直接渡江南下，还是要在泰兴城里转上一圈再南渡，于是歧义产生了，卫兴便提出要求来了。别说谢承恩犯糊涂，就是陈起听到了一时也有些不明白。

卫兴这是做的什么打算？

谢承恩说道："卫兴说是因江北军是为了泰兴才出的乌兰山，为此八万大军折损过半，现如今要南渡了，说什么也要让这些将士进一次泰兴城再走。"

陈起沉默不语，似在思量什么。姜成翼看一眼陈起，奇道："泰兴城内的守军已南渡了大半，只留了几千人在城中维持治安。他江北军现在不足三万，就是进了泰兴城又能如何？难不成还敢据城困守？那岂不是成了瓮中之鳖？"

陈起抬眼看向谢承恩，问道："谢大人如何看？"

谢承恩面露难色，犹豫了下又说道："现在和约虽已签订，但下官觉得江北军一日未南渡，和约便可能会有变数，依下官的意思，不如……"

"不如就先依了他们，让他们先进了泰兴城，也好早日完成议和。"陈起笑了，谢承恩的心思他很清楚，身为议和使自然是万事以议和为先。

谢承恩觉出陈起已觑破自己心思，不免有些尴尬，连忙又说道："下官不懂军事，也猜不透这卫兴到底是何意图，还是请陈帅定夺吧。"

陈起虽然手掌国中大半军权，但为人处世却是极为低调，与那些文官交往更是客气，听谢承恩如此说，便笑道："谢大人过谦了。皇上命我等军人前来泰兴，不过是防备着和谈不成骤生变故。这议和之事皇上既然交与了谢大人，谢大人便宜行事就可。"

陈起虽是这样说，谢承恩却不敢真越过他这个征南大元帅去独断专行，忙又和陈起客气了一番，见他并不似在故意作态，便起身告辞说这就去转告南夏议和人员，允许江北军经泰兴城而南渡。

陈起却又叫住谢承恩，笑了笑说道："和谈既成，我等留在城内也无甚用处，这两日便要撤出泰兴前往周志忍大营，改日再同大军一起进城。"

此话一出谢承恩不觉微征，不过他既能成为北漠的议和使，也是个极聪明的人，片刻之间已是明白了陈起的意思，当下便说道："也好，待过得几日下官全面接管了泰兴城，必放礼炮迎陈帅入城！"

陈起笑着将谢承恩送到门口，又命姜成翼替自己送他出去。过了片刻姜成翼送了谢承恩后回来，这才向陈起问出心中疑惑："元帅怕卫兴进城是为咱们而来的？"

陈起面容平静目光沉稳，淡淡答道："常钰青、崔衍与你我俱在城中，虽都是暗中进城，却难瞒有心人的耳目。"陈起说到这里不觉停了一下，神情微征，却又极快地回过神来，继续说道，"大军虽在泰兴附近却离城百里，万一卫兴江北军进城后陡然发难，就我们这些人怕是无法应对，所以……不得不防。"

七月二十八，陈起、姜成翼并常钰青、崔衍等北漠将领暗中出泰兴城赴周志忍大营，同一日，北漠议和使谢承恩同意南夏江北军转经泰兴城南渡。

周志忍大营离泰兴不过百里，陈起等人不到晌午就到了大营外，只见军营之中纪律严明、军容严整、防卫森严，不时还有身穿禁卫军服色的军士进出营门。陈起看得心中一动，一旁姜成翼已是小声问道："元帅，禁卫军的人怎么也来了？"

陈起并未回答，而是在营门外下马等候，命人前去通报周志忍。崔衍不耐等候，忍不住出声说道："元帅还叫人通报什么，那营门卫官我就认识，直接去叫他开门便是。"说着就要上前去找那守门的卫官，刚一迈步却被身侧的常钰青拉住了。崔衍看看沉默不语的陈起，又看一眼嘴角含笑的常钰青，虽是不明所以，却也老实地停下了脚步。

片刻之后营门打开，周志忍手下副将快步从营内迎了出来，一面将陈起一行人迎入营中，一面在陈起身侧低声说道："皇上来了，周将军正在大帐之中伴驾。"

陈起心中虽早已预料到此，不过面上却仍是惊讶道："皇上怎的来了？"

后面的常钰青突然发出一声轻轻的嗤笑声，惹得旁边几人都侧目看了过去，常钰青却笑着对崔衍解释道："突然想起你昨日说的那个笑话来，一时没忍住。"崔衍这次没傻到去反问他昨日讲过什么笑话，却不由自主地瞥了身前几步陈起一眼。陈起眼睑微垂面色平静，似未听到常钰青的话语一般，低声问那副将道："皇上可宣召我等觐见？"

那副将点头道："皇上只宣了元帅一人。"

中军大帐外枪戈如林，守备森严，守卫军士衣甲鲜明，皆是禁卫军服色。大帐内，北漠小皇帝正在听老将周志忍细报筹建水军之事，听闻陈起到了，忙叫人召陈起进帐。

陈起进了大帐，先向小皇帝恭敬地行了礼，然后便直言谏道："南夏军离此才百余里，皇上不该以身犯险。"

北漠小皇帝不过才十七八岁的年纪，眉宇间还有着少年人的稚嫩之色，笑了一笑，说道："你与周老将军都在此地，朕能有什么危险！"

陈起嘴角翕动，欲言又止。小皇帝见此又打趣道："你可莫要学得像太后一般爱念叨，朕在豫州待了足足一年多了，实在无聊，太后又追得紧，天天念着让朕回朝，朕这不是也想着赶紧饮马宛江，也好早日赶回京都嘛。"

皇帝讲笑话谁敢不卖面子？帐中诸人忙都跟着凑趣地笑了起来。陈起也笑了笑，借此也停住了劝谏之言，待小皇帝问起泰兴之事，便将卫兴要入泰兴城的事情说了，小皇帝一听卫兴手中不足两万人，便也没怎么在意，还玩笑了一句，"听闻卫兴曾做过南夏皇帝的贴身侍卫，一身内家功夫很是了得，就这样把他放走倒是可惜了。"

陈起轻轻地弯了弯唇角，却未说话。

小皇帝又问了一些泰兴城内的情形，这才命陈起下去休息。陈起回到自己营帐，姜成翼已等在帐中，两人不及说话，又有皇帝身边的一名小内侍追了进来，脸上挂着讨好的笑，将一封书信交入陈起手中，说道："皇上让奴婢给陈帅送来，说是刚才忘了给了。"

陈起郑重接过，向那小内侍谢道："有劳小公公了。"

那内侍送完了信却不肯走，又笑道："皇上吩咐奴婢要看着陈帅拆了信再回去。"

陈起心中诧异，依言拆了信，却从中抽出一张淡粉色的信笺来，不觉一怔。一旁的姜成翼也闻得有淡淡的清香从那信纸上飘了过来，一时也愣了。那小内侍却掩着嘴笑了起来，说道："皇上让奴婢转告陈帅，若是有话要与这寄信人说，便也写封信让他给捎回去，并请陈帅放心，他一准儿不会看的。"

陈起哭笑不得，却不得不向小内侍说道："多谢皇上好意。"

小内侍这才走了。姜成翼乐呵呵地看着陈起，笑问道："元帅，是宁国长公主？"

陈起点了点头，随意地扫了眼信中内容，将信笺塞入信封之中置于案角，想了想似又觉不妥，便又将信从案上拿起收好。

姜成翼素与陈起亲厚，私下说话并无拘束，又知宁国长公主自小爱慕陈起，不禁笑道："元帅早就到了该娶妻生子的岁数了，看来皇上是有意撮合元帅与宁国长公主，听闻宁国长公主貌美贤淑……"

陈起脸上却无喜色，心头忽地闪过阿麦的身影，那时她才十三四岁，只是个扯着自己衣袖追问何时会娶她的小丫头……陈起轻轻一晒，终是没说什么。

姜成翼见陈起神色不对，便打住了这个话头，转而问起这几日该如何安排。陈起心绪已然平复下来，淡淡笑道："先等着吧，皇上这样急着饮马宛江都还在大营里待着呢，我们也跟着安心等着吧。"

八月初一，南夏议和使商易之领南夏议和人员返盛都复命，留泰兴城守万良办理泰兴城交接事宜。

八月初三，卫兴带江北军由泰兴城西门入城，并未像讲好的那般从南门而出，反而停驻城内挟制万良闭锁四门，却不动北漠议和人员，反而放纵官兵抢掠起商铺富户来。

这卫兴为何进泰兴城的心思众人顿时明了，这是眼看着泰兴就要给了北漠了，本着不抢白不抢的原则，临走时抢个盆钵俱满再南渡了。

果然是兵匪不分家啊！

北漠君臣一时皆是愕然无语，静默了片刻，小皇帝才轻叹一声道："想那卫兴也曾做过南夏皇帝的近臣，怎的才入了江北军不足一年就也会此泼皮无赖的行径了？难不成真像外人说的，江北军只是伙山贼匪军？"

帐中诸将都多多少少与江北军打过交道的，都知道江北军的厉害实在是山贼匪军所不能比的，倒是崔衍心直口快，经常都是话出了嘴再过大脑，当下便接道："可不是！那唐绍义原本就是惯常做匪的，以前就带着一伙子骑兵抢了西胡劫咱们，其中还有个叫麦穗的，更是……"

崔衍话都说到这儿了才突然醒悟过来，猛然间住了嘴。阿麦纵是有再多不好也是常钰青喜欢的人，岂能当着皇帝，还有这许多人的面来骂她？

小皇帝正听着，见崔衍突然没了声，不禁有些奇怪，问道："那麦穗是不是就是设伏常钰宗的那个？更是什么，怎么不说了？"

崔衍眼角小心地瞥了常钰青一眼，脑子里已是转过圈来，脸上便显出讪讪的神色来，讷讷说道："臣是她手下败将，没脸说她。"

小皇帝却乐了，非但没有斥责崔衍，反而抚慰他道："胜败乃兵家常事，无须如此。"

见小皇帝如此，帐中的周志忍与常钰青不觉都松了口气，暗忖这崔衍小子倒是不算实心傻子，运气也着实不错，正好赶上小皇帝心情不错。卫兴纵兵抢掠泰兴百姓，做的是自毁根基的事情，小皇帝乐得看笑话，笑道："且容卫兴多蹦跶几日，咱们去了泰兴也好张榜安民，以显我军乃是仁义爱民之师。"

不过虽是如此，小皇帝还是装模作样地下令北漠大军准备随时拔营南下泰兴，"救"泰兴百姓于水火之中。谁知还没等北漠大军拔营动身，泰兴城又传来消息：卫兴手下右副将军麦穗竟然杀卫兴以自立，然后张榜安民，随后又发布了一篇壮怀激烈的抗虏宣言，带兵反出泰兴奔东而去了！

北漠小皇帝的大帐之中落针可闻，小皇帝脸色阴沉地坐在御案后，内侍小步从帐外走入，将一小轴纸卷捧到小皇帝案前。小皇帝淡淡扫了一眼，冷声吩咐道："念吧。"

内侍那明显尖细的声音在帐中响起，"麦穗，籍贯不详，丁亥年生。天幸七年，从青州守将商易之入军中，至豫州初为商易之亲卫，后入步兵营，野狼沟之役斩首二十三众，升什长。天幸八年初，无功而升队正。同年，乌兰山之役，以三百残军诱常钰青贸进千里，升为偏将营官。天幸九年泰兴之战，先于白骨峡伏杀常钰宗步骑三万，后于陵水东岸击溃崔衍追兵……"

大帐内一片寂静。如此算来，这北漠征南的几员大将，连带着元帅陈起，竟然都曾在这麦穗手下吃过败仗！周志忍周老将军案前侍立，眼观鼻，鼻观心，依旧是老僧入定般沉默不言；陈起眼睑微垂，遮住眼中所有神色；常钰青面色不变，唇角微抿；倒是只有崔衍在脸上直白地露出愤然之色。

小皇帝有些阴冷的声音打破了这阵死寂，"真真是好一个麦穗啊！"

这是否也能算是一种夸奖？

许是小皇帝的意念太过强烈了些，让远在泰兴之东正在高处观看大军扎营的阿麦都有所感应，不由得打了一个大大的喷嚏。

跟在后面不远处的林敏慎拍马赶了几步上来。他已是换了亲兵服饰，眉显得浓了不少，脸上也有了络腮胡子，猛一看似换了个人般，唯有那眼神还同以前一样清亮。他带着几分讥诮似笑非笑地瞥了阿麦一眼，问道："怎么？麦将军这是受风寒了？"

阿麦知他因诱杀卫兴的事还有些怨气，也不与他计较，只转头向身侧的张士强交代道："这几日天气变化颇大，我们又是昼夜行军，军中怕是也有不少人受了风寒，你去通知李少朝，让他不要小气，多熬些姜汤来，不论官兵，大伙都喝些。"

林敏慎见阿麦压根不理自己的茬，心中更是不忿，面上便故作出惊讶之色，阴阳怪气地问道："怎么？麦将军竟然连生姜铺也抢了？"

此话惹得一旁的张士强对他怒目而视，而阿麦却仍是不恼，只是吩咐张士强道："快去吧。"张士强横了林敏慎一眼，领命而去。阿麦又将身边亲兵都遣退了，这才转头看向林敏慎，突然问道："卫兴是谁杀的？"

林敏慎一怔，下意识地回道："不是你设计诱杀的吗？"

阿麦淡淡笑了笑，说道："卫兴一身功夫享誉大江南北，普通将领兵士如何是他的敌手？"

林敏慎已然明白了阿麦话中所指，不禁冷了脸下来，说道："不错，他人是我杀的。你虽设计诱他旧伤迸裂，最后的杀招却是我出的。"

阿麦脸色一转，冷然说道："既然人是你杀的，那你还哪儿来这么多屁话？"

林敏慎被阿麦的脏话震得瞠目结舌，"你，你……"

阿麦又说道："卫兴武功高强，就算是旧伤迸裂内力受损，可是你若是念着旧情不肯动手，我能奈他何？你既已下手杀了他，现在说什么也晚了，再腻腻歪歪无非是想给自己找个推脱，好让自己心里舒服一些。"说到后面，她神色愈冷，眉宇间似罩了层寒霜一般，"杀了就是杀了，为权势也好为名利也罢，大胆承认了也算有个担当。好歹也是个男人，别总做些让人看轻的事情！"

一番话均说中林敏慎心事，把他噎得哑口无言，憋了好半天才不甘心地争辩道："可你明明可以留他性命，而且就算杀他那也是无奈之举，为何还非要往个死人身上泼脏水？果真是他纵兵抢掠吗？不过是你要趁机抢掠军饷物资！还假惺惺地张榜安民，怎的不见你把百姓钱财都还了回去？"

阿麦剑眉微扬，反问道："卫兴误得了我江北军几万将士的性命，我为何就杀不得他？我不抢掠军资，谁人还能给我送来？至于我为何要让卫兴来背这个名头，难道身为林相之子的林公子竟然会不知其中缘故？"阿麦嗤笑一声，嘲道，"这些事情，林相做得比谁都熟，林公子竟然都不曾见过？难不成林相一直把你当作女孩儿在养？"

林敏慎被阿麦用话挤对得满面通红，再也做不出吊儿郎当的模样，指着阿麦怒道："你！你——"

阿麦冷笑接道："我怎么了？我从未自认为是什么悲天悯人的大圣人，也没想过做义薄云天的大英雄，你犯不着用这个来指责我。再说你也没这个资格，林家若真是什么忠臣良将之门，你林敏慎现在也不会在这儿待着！"

林敏慎仍不死心地驳道："现今皇帝乃是弑兄而立，我林家要保皇室正统，又有何错了？"

阿麦讥笑道："林家要保皇室正统？那早几十年前做什么去了？你当我真不知道？齐景自己虽不是从正统上得的皇位，心里却极重'正统'这二字。太子生性聪颖却过于忠厚，齐景怕他日后驾驭不了那班权大势重的老臣，便先祭出了二皇子齐泯这块磨刀石，一是将太子磨得锋利一些，二是顺便清除一下怀有异心的臣子。林相是何等老奸巨猾之人，又怎会看不透帝王之心，于是便做出一副忠臣的样子来，根本不介入皇储之争。可惜啊，那皇帝也不是个善茬子，偏生铁了心要先替太子铲除林相这棵遮光的大树，所以近几年来一直在修剪林相的枝叶，只等剩下棵光秃秃的树干，好由新帝登基后推倒立威。林家，现在虽看着风光，其实早已是外强中干了……"

林敏慎怔怔地看着阿麦，如同不认识她一般，说不出一句话来。

他这种所谓的世家子弟，虽面上对谁都是一副亲善模样，可内心却是极瞧不起别人的，阿麦这样一番话甩给他，难免会把他震得一时失态。阿麦不屑地笑了笑，又接着说道："否则林相已是一人之下万人之上，为何偏要去扶持一个先太子的遗腹子，保什么正统！我说得是与不是，林公子？我不喜盛都的弯弯绕绕，却不表示我看不透这些弯绕！林公子，我阿麦可有说错的什么地方？"

林敏慎愣了半晌，才讷讷说道："有个地方，你说错了……"

阿麦扬眉，"哦？"

林敏慎接道："林相的公子已经随着卫兴一同死了，你面前的不是什么林公子，只是麦将军的一个叫作穆白的亲兵而已。"

阿麦脸色一寒，冷声说道："你还记得自己身份便好！"

说完再不理会林敏慎，策马奔坡下的营区而去。

林敏慎一时没了反应，只神色复杂地看着阿麦的背影。

泰兴之变后，他换装混入阿麦的亲兵之中，开始时还怕被人识穿身份，又见阿麦毫不顾忌地使唤他更觉得奇怪，后来自己想了想便也想透了。早在乌兰山时军中各营分散各处，他与各营将领接触得就不多。后来又历经几次战役，军中将领死的死、亡的亡，没能剩下几个，与他相熟的就更少。再加上泰兴之变中阿麦将卫兴的心腹死士几乎除了个精光，这样一来能认出林敏慎身份的更是寥寥无几了。有，也是阿麦的心腹。

参军林敏慎早已死在了泰兴城中，现在活着的不过是个亲兵穆白而已！林敏慎缓缓地摇了摇头，骑着马慢悠悠地往营中而去。

军中已在埋锅造饭，士兵虽忙碌却不见慌乱，不一会儿的工夫便有米香飘了出来。早在泰兴之变之前，阿麦就暗中派人扮作行商在前往青州的沿途各镇收购囤积粮草！由此一来，江北军没有粮草辎重之累，又是日夜兼程，行军速度极快，现如今已进入了襄州东部的丘陵地带。离泰兴已远，又有地形之便，北漠追击骑兵又被张生所率骑兵所扰，现在也只能是对江北军望背而叹了。

念及此，林敏慎不由得轻叹一声，想阿麦此人心思缜密多谋善断，实不像是个女人，之前真不该看轻了她。

九月中，江北军赶在北漠追兵之前到达青州城西，原驻青州城外的北漠常修安之军早已接到陈起战报，于青州城西四十里处设伏阻击江北军。谁知在青州蛰伏已久的青州守军却突然从其背后杀出，与江北军前后夹击大败常修安之军，然后又不慌不忙地引着江北军入青州城，将其后紧追而至的北漠骑兵挡在了城门之外。

青州城，北临子牙河岸，东倚太行山脉，身后便是横穿太行的百里飞龙陉。其内两崖峭立，一线微通，蜿蜒百余里。古人云：踞飞龙，扼吭拊背，进逼冀、鲁，最胜之地也。据此陉东可向冀州进击，南可渡宛江而攻宜城，西可窥武安、新野，正是个可攻可退可守的军事要隘。

江北军既入青州，北漠纵有精骑几万也只能是望城兴叹。一路追击而来的常钰宗望着青州城忍不住破口大骂，可骂了一会儿自己也觉得无趣，只得带着三千先锋悻悻而回。等到常修安兵败之地，常钰青已将叔父常修安的残军收拢完毕。常家叔侄三人齐聚一帐，常修安激动得差点眼泪都出来了，只攥着两个侄儿的手，道："你们这两个小子再晚来一会儿，叔叔这条老命就得交待在这儿了！"

常钰宗还为差点就追上了江北军的事耿耿于怀，常钰青瞥了他一眼，嗤笑道："我早说不让你追，那江北军既然敢打扫了战场再走，就是不怕你追，也算定了你追不上！"

常钰宗垂着头没说话，那吊着胳膊的常修安却是气愤地接口道："老七，你和江北军打的交道多，你告诉三叔，这江北军到底是个什么军？你瞅瞅他们把这战场打扫的，比用铁扫帚扫过的还干净！别说将我那些辛苦打造的攻城器械都夺了去，竟然连咱们死伤将士身上的铠甲都扒了去！这，这，这比漠北沙匪还不如！"

其实也怨不得常修安恼然，江北军打扫过的地方竟然如同蝗虫过境一般，这搁谁身上能不急？别说是他，就连江北军如今的统帅阿麦，见到李少朝指挥着人搬运的东西，眼里都不禁有些冒火。待有两个士兵抬着口露底的破锅从她身边经过的时候，阿麦实在忍不住了，伸手拦下了那两个士兵，指着那东西问李少朝："这是什么？"

"锅啊。"李少朝笑眯眯地答道。

阿麦深吸了一口气，这才说道："我知道这是锅，我是问你，你叫人抬这么口破锅回来做什么？"

听闻阿麦如此问，李少朝的眯缝眼顿时瞪得老大，用手指将破锅弹得当当作响，很是夸张地叫道："大人，这可是铁啊！熔了打些什么不好！"

阿麦被他噎得无话，只得摆了摆手，示意他赶紧让人把铁锅抬走。破锅刚抬了过去，后面又有个士兵抱了老大一卷子北漠旗子过来。她不过扫了一眼，李少朝立即扯着那旗子叫道："大人，您摸摸这质地，还有这手感，就是不能捎回家给婆娘做兜兜，给大伙做……"

"打住！"阿麦实在没法想象自己把北漠旗子穿在身上的模样，只得连忙说道，"你爱怎样就怎样吧！"

李少朝狡诈地笑了笑，转回身去接着招呼士兵清点战利品。阿麦再无看下去的兴趣，干脆回身去寻青州的守将薛武。此人三十五六，原本是商易之手下的一员心腹偏将，盛元二年商易之自青州出援救泰兴时命他留守青州，这一守就是两年有余，最后没等来商易之却迎来了江北军麦穗。

因提前得了商易之的指令，阿麦刚一入青州，薛武就将青州城的军务全盘交与了阿麦。基于安全的考虑阿麦接管了青州城防，不过对薛武却是极为信任依仗，城防上用的将领也多是从青州而出的旧人。如此一来，防务交接事宜进行得很是顺利，不过一两天工夫，青州城墙各处的守军俱都换成了江北军。

阿麦正与薛武商议将两军建制都打散了再重新合并成一军，暂领江北军斥候军统领一职的王七从外面快步走了进来，说道："常钰青退兵了。"

阿麦与薛武俱是抬头看向王七，王七脸上还残留着一丝兴奋，对阿麦说道："正如大人所料，常钰青两万骑兵并常修安手中剩下的那几千残兵，已拔营向西北的武安城而去。"

武安城，距青州城不过二百余里，是青州出西北的必经之地。

薛武转头看向阿麦，眼神中更又多了几分钦佩，出声问道："常钰青果真是要打算长待下去了？"

阿麦答道："常钰青此人悍勇却不莽撞，手中兵马不足自然不会强攻青州。何况陈起先要平定雍、豫诸地，又要送小皇帝回京，一时也无兵可分给他。他也怕咱们出城偷袭，自然要先找个稳当点的地方驻扎下来再说！"

薛武问道："那我们要如何对待？"

阿麦抿唇笑了笑，说道："他不攻城，那我们就先不理会他，转回身来把城里搞好再说。"阿麦转头看向王七，又吩咐道，"明天召集军中队正以上军官开个大会，严明军纪军法，凡有胆敢惊扰百姓的，不论官职不论资历，只一个字，'斩'！"

王七点了点头，"明白！"

阿麦又向薛武道："青州既已被朝中割给了鞑子，还请薛将军暗中分派些人手将这事都宣扬出去，就说朝中奸臣为保自己富贵，已是教唆皇帝将青州弃了出去。然后再做些鞑子残暴的宣传，将城中民心聚得更齐一些。"

薛武尚未应诺，王七突然插言道："鞑子本就残暴，哪里还用得着宣扬！"

阿麦笑问道："你为何说鞑子残暴？陈起在豫州可是秋毫不犯，在其他被占之地也都是宣扬说要将北漠人与南夏人一同看待的。"

王七冷哼一声，骂道："狗屁的秋毫不犯！秋毫不犯汉堡城怎么就成了荒城？还一视同仁？三十年前侵占咱们的时候怎么没一视同仁！"

阿麦脸色黯淡下来，默然一刻继续说道："汉堡距青州太远，三十年前也离今天太久，难免会有些人看不到、记不起了，只妄想着能在异族的铁蹄之下过上安稳日子。"

一番话说得屋中三人俱有些沉默，阿麦最先回过神来，又交代了王七几件军中事务，王七领命而去，屋中又只剩下了阿麦与薛武两人。阿麦略一思量，又与薛武说道："我军虽是为抗击鞑子，可朝中未必肯这样想，过不几天可能还会宣布咱们为国之叛军，到时候咱们怕是要成了中间的婆婆——两头受夹！前面的路是被常钰青他们封死了，身后的飞龙陉可不能再被自己人给堵上了。"

薛武因想到了这点，早在江北军来之前已是做了安排，听闻阿麦提到此处，精神随之一振，说道："属下也想到了此处，飞龙陉中的几个关口都已是加派了不少人手。而且……"薛武脸上露出少许的得意之色，说道，"前些日子属下在东边的几个郡县征收粮草的时候，连带着也征了不少壮丁回来，全都是可以直接充入军中的。"

阿麦听了赞道："薛将军果然有将帅之才，不愧商帅多次称赞。"

"大人谬赞，实不敢当！"薛武连忙说道。商易之离青州时他还只是一名守城偏将，这两年虽暂领守将之职，也不过刚升到了副将而已，现被阿麦夸他有将帅之才一时不觉有些羞赧，脸上也是忍不住地泛红，可眼中却是闪出激动之色来。

阿麦瞧得明白，便又说道："江北军久与鞑子苦战，军中编制已多有不全，如今既与薛将军手下的青州军合为一军，也该把这些都补全了的好。"

薛武不是傻人，只一听阿麦这个开头便明白过来，便应道："理应如此，只有职责明确了，大伙才能各司其职，我军也能快速强大起来。"

阿麦问道："不知薛将军可有什么好的人手举荐？"

薛武知道阿麦如此问便是要自己举荐些亲信心腹了，一时不觉有些心动，可略一思量后却是说道："城中将领均是商帅走前所用，都是些本分实干的，全听大人安排。"

阿麦淡淡地笑了笑，说道："既然如此，就先将各自官职都升一级，然后按各人所长编入江北军吧。"

薛武颇有点不敢相信地看向阿麦，听她又接着说道："薛将军，你我以前虽是同在商帅手下谋事，却无机缘共事，脾气秉性难免不知。不过，以后既然要长久打交道了，不用多说，慢慢地也就会知道了。"

阿麦脸上笑意融融，既暖且诚，丝毫不带半点惺惺之态，薛武一时看得有些怔住了。

直到晚间回到自己府中，薛武眼前仍不时地闪过阿麦那温和的笑容，心中更是摸不准她到底是个什么心思。妻子汪氏迎上前来将正在帮他卸甲的丫鬟打发了出去，自己接过手来，一边替他解着护臂一边小声问道："今儿情况如何？那麦将军可是给你定了官职？"

薛武略点了点头。

汪氏忙低声问道："是什么？"

薛武答道："江北军左副将军。"

汪氏听了大失所望，忍不住嘟囔道："还是个副将，本以为这次能升上一升呢！"

薛武不禁眉头紧皱，喝道："你个妇道人家懂什么！青州城的副将岂能和江北军的左副将军相比！你可知道前一任左副将军是谁？那是唐绍义！"

汪氏却不怕丈夫这横眉瞪眼的凶模样，轻轻撇了撇嘴，"什么江北军不江北军，照我说还不如做个青州城的副将来得实惠些，咱们是本乡本土的青州人，这里山高皇帝远，主将又不在城中，还不是你说了算！突然大开城门迎来了个什么江北军，里面有些人还是从你手下出去的，现如今一转身倒是比你官职还高了，反倒把你架空了起来，让人瞧着就来气！"

薛武默然不语，江北军原就是青豫两军合并而成，里面有不少从青州军出去的老人儿，两年征战回来官职自然比他这个留守青州的升得快。

汪氏瞥了一眼丈夫脸上的神色，又接着说道："咱们可是顶着叛国的罪名将这江北军迎进城的，早知如此还不如听从朝廷的安排撤出青州，将这鸟不生蛋的地方割给鞑子。冀州可比这青州强了不止百倍，再说肖老将军是你的亲姨夫，还能亏待了你？就算仍是做个副将……"

话未说完，薛武突然变色，一把将汪氏搡倒在了地上。汪氏一时被摔傻了，愣愣地看着丈夫，问道："你！这……是干吗？"

薛武脸上冷若寒冰，咬牙骂道："你这婆娘再管不住你那碎嘴，我早晚要宰了你！"

汪氏和薛武自幼青梅竹马，从少年夫妻一路过来的，何曾受过丈夫这样的狠话，一时间又羞又恼，转身伏在地上就呜呜地哭了起来，边哭边骂道："你在外面受了闲气不敢作声，回来却拿老婆撒气，算什么汉子！你要宰我就赶紧去拿刀，我死了正好给你腾地，叫你娶个新的回来！"

薛武更是气得脸色铁青，瞅了眼房门，又弯下腰来压低声音对着汪氏狠声说道："你若是想早日做寡妇，你就放开了声哭骂，赶明儿满青州城都要嚷着我薛武要向鞑子投诚了！"

汪氏虽泼辣些，却不是愚昧无知的乡野村妇，一听丈夫此话，她心中顿时也是一惊，立刻便止了哭声。抬头看向丈夫，见薛武仍是满脸怒色，丝毫没有要扶自己的意思，干脆自己一骨碌从地上爬了起来。

薛武松了口气，也不理会汪氏，转过身去脱去身上的铠甲。汪氏从薛武身后凑过来将系铠甲的皮带子一一解开，替他把铠甲脱了下来，低声软语地说："四郎别气了，刚才是妾身错了。"

汪氏就有这个好处，既能硬起来又能软下去。几句好话一说，薛武也不好再和她冷脸置气，只是说道："你个妇道人家见识浅薄！青州若失，冀州还能有好？再说我既要抗击鞑子光复河山，图的便不是那富贵安逸！"

汪氏却是扑哧一声笑了，说道："是，是，薛四郎是忠肝义胆为国为民的大英雄，妾身头发长见识短的，您还和我置什么气？"

这话说得薛武也不好意思起来，转回身上下看了看汪氏，柔声问道："刚才也是一时气急了，可摔疼了？"

汪氏这时倒是觉得委屈起来，眼圈也红了，却没有哭，只是说道："四郎还管我摔得疼不疼呢，脾气一上来就不管不顾的，恨不得拿刀砍人。"

薛武低声抚慰汪氏几句，低声说道："你是不知，朝中割地议和也是无奈之举，青州是冀鲁门户之地，实是不能割给鞑子的。但是鞑子逼得紧又无法，只得明面上给了鞑子，暗中却纵容江北军占据青州和鞑子对抗。否则，以青州之地薄民贫，只要冀州从后断了粮草供应就会不战而破。江北军已经反出泰兴一个多月了，为何不见冀州有半点动静呢？我前些日子去东边郡县征收粮草壮丁，姨夫都装作没看到呢。"

汪氏迟疑片刻，问道："这么说，皇帝也不是真糊涂了？"

薛武冷冷笑了一笑，说道："能当上皇帝的人，还能真糊涂到哪儿去了？只是眼下顾不过来罢了。而且江北军扛的是抗击鞑子的大旗，麦将军至今也是称将军，并不肯自立为元帅，也是不愿落下个谋反的名声。"

汪氏想不透这些，晃了晃脑袋也没能明白多点，只是听说阿麦不过也只是个将军，心里顿时平衡了不少，于是便说道："四郎快别和妾身说官场的这些圈圈绕绕了，妾身听得头都大了。"

薛武已换上了便衣，转身在太师椅上坐了下来，笑道："你只记住，咱们若听话地把青州城交了出去，去了冀州就算有姨夫关照，也未必能得了好。"

汪氏笑了笑，又上前来替丈夫轻轻地揉捏着肩膀，笑问道："四郎既然都看得这样通透，那干吗还拉着个脸回来？"

薛武想了想，低声说道："这新来的麦将军竟问我可有亲信之人要安排，我怕麦将军是故意诈我，也不敢多说，没想到麦将军却将青州守军的官职都提升了一级，按才能安排职位了。这人……实让人摸不透心思。"

汪氏却笑道："四郎忠心侍主，诚心干事，揣摩那将军的心思做什么？麦将军心机再深沉还能深得过商帅去了？四郎还不是得了商帅的信任重用！要我说啊，你也别琢磨这些了，那麦将军让你做什么你就做什么去！日子久了，麦将军自然就会明白四郎的为人！"

汪氏一番话说得薛武心中豁然开朗，一把扯过汪氏搂入怀中，赞道："正是这个道理，还是你看得明白！"

汪氏脸上露出得意的笑容，眼珠一转，把嘴凑到薛武耳边低声问道："听闻这麦将军比商帅长得还要俊俏，可是真事？"

薛武眼前又晃过阿麦脸上那温暖和煦的笑容来，不禁点了点头。汪氏的声音里就透露出些许兴奋来，说道："可是还没有妻室？不如把咱家的素兰说给了麦将军！"

"呀！"薛武吓得一惊，伸手把汪氏从大腿上推开，训道，"你少要胡乱牵线！"

汪氏不满地撇了撇嘴，说道："素兰可是你亲妹子，又不是我的，我这才是费力不讨好呢！再说了……"她仍有些不死心，又劝说道，"前两年商帅在的时候素兰还小，这会儿年龄正好，小模样长得又好，配那个年少俊俏的麦将军岂不是正好？一则为她选了良婿，也算对得起逝去的公公婆婆，二则，大舅子比爹，小舅子似儿，你成了那麦将军的大舅子，他还能不看重你？"

薛武被妻子说得心动，想了想，还是说道："你先别着急牵扯，万一不成可是丢大脸的事情，这事先容我暗中探听个口风再说。"

汪氏知丈夫说得有理，点了点头，笑道："妾身都听你的。"

第二章

形势 困境 军师

　　九月底，迫于北漠的压力，南夏宣布江北军为叛军，不过却不肯出兵征讨。面对着北漠使臣的诘责，南夏官员双手一摊满脸无奈：天要下雨娘要嫁人，这都是管不了的事！江北军不听话要造反，我们也没办法不是？青州既然都划给了你们，你们就自己去打下来便好了，你们不是在武安还屯了好几万的兵吗？有杀将常钰青在，什么城打不下来啊！

　　北漠使者被南夏官员这无耻的嘴脸气得青筋直跳，恨不得上去先抽他一顿再说。不过做使臣这个行当，最最忌讳的就是和人动手，于是只能强自忍住了，转回身来把情况奏报北漠朝廷。

　　待身在武安的常钰青等人得知消息的时候已是十月，常钰宗还未说什么，那辈分年龄最大的常修安却是跳着脚骂了起来，"他奶奶的！南蛮子这不是耍咱们玩吗，说是将青州割给咱们，现在却被他叛军占着，还让咱们自己去打，那还签个狗屁的和约啊！这群南蛮子，你们等着，等老子把青州打下来了，非顺道把冀州也一块收拾了不可！"

见三叔如此激动，常钰宗反而不好说什么了，只拿眼去瞄常钰青，问道："难道江北军来青州真的是南蛮子朝廷早就商量好的？"

常钰青想了想，摇了摇头，轻笑道："未必。"

常修安与常钰宗叔侄两个却是不解。常钰青见他二人均是一脸疑惑之色，只得又解释道："若是他们早就商量好的，商易之回朝后就不会如此遭打压了。"

常钰青说得不错，商易之回去之后便遭到了皇帝齐景的怀疑猜忌，一直未得起用。林相一本奏章更是直指商易之暗中纵兵谋反，将刚回盛都的商易之置于了风口浪尖之上。

首先，江北军算是商易之建立起来的军队，即便他已经脱离江北军，可是难免有千丝万缕的联系。其次，若是卫兴带兵反叛倒也罢了，可这次却是那麦穗一刀将卫兴杀了之后拥兵造反，明摆着是不肯承认卫兴这个元帅。再次，江北军反出泰兴之后哪儿也没去，而是直奔青州，而青州代守将薛武也是大开城门将江北军迎了进去。青州是哪儿？青州是商易之戍守过的地方！

别的暂且不说，仅这三点，齐景就不能不疑心江北军的反叛有商易之的指使。唯有一点让他想不透的是，商易之为何敢这样做？为何做了之后还要回到盛都来？

齐景一时也有些疑惑，不过他这里还未将商易之如何，商易之的母亲盛华长公主那里却是先动手了，直接拎着商易之入宫觐见。待见到了齐景，长公主娇滴滴的一个人物，只一巴掌就把儿子拍得跪倒在了齐景面前，然后哭哭啼啼地向齐景求道："皇上替我管管这个小畜生吧。"

齐景见长公主突然来了这样一出，只得询问是怎么回事，长公主这才哭诉道："那江北军去青州竟然是这小畜生给出的主意，而且还给青州的薛武写了书信，让他开城门放江北军进去。"

齐景眉梢一挑，冷眼看向商易之，寒声问道："此事当真？"

商易之身子跪得笔直，满脸倔犟之色，抬头望向齐景，朗声答道："鞑子非逼咱们连青、冀两州也割了，臣心中实在不忿，正好卫兴私下寻臣来问和谈之事，臣和他说了几句。卫兴也是对鞑子恨之入骨，我们两人合算了半日便想了这么个法子，假意将青州割给鞑子以满鞑子贪欲，待和约签订之后，江北军装作不听号令反出泰兴，然后占据青州与鞑子对峙。到时候我朝中只推托江北军是叛军即可。就这样，我还给薛武写了封书信交给卫兴。"

"那为何又杀了卫兴？"齐景问道，面色虽平淡无波，声音中冷意却沁人心骨。

商易之愣了一愣，终低下头去，颓然答道："我也不知道，江北军反出泰兴本是我和卫兴两人合谋，一个不好落入别人眼中便是谋逆的大罪，我二人不敢让他人知晓，便商议只等我回盛都后密奏皇上。谁知我人刚到盛都却听到卫兴被杀的消息，一下子就蒙了，又想到我写给薛武的那封书信，忙派人去青州传信，谁知还是落在了麦穗后面。"

齐景半晌没有动静，只默默地打量着商易之。刚才一直沉默的长公主忽又用帕子捂着嘴哭了起来，边哭边道："皇上，我这辈子就得了他这么一个孩儿，难免对他娇惯了些，没想到这小畜生竟做下这样滔天的错事来。不但死了卫兴，就连林贤的独生儿子也被那麦穗杀了，林贤本来就瞧这小畜生不上，若是知道了必是要拿他偿命的。偏生这小畜生犯的又是诛九族的谋逆大罪，可怜他老子商维一生为国，竟要被这小畜生连累了。"

齐景不禁皱眉，训斥道："商将军一直在云西平叛，劳苦功高，怎会受他拖累！"

长公主却是觉得委屈，不禁哭道："皇上，这都怪你和父皇，当初我便不想嫁商维这个武夫，你们偏生要我嫁，害我整日里守着活寡不说，还养下了这么个糊涂的小畜生来。我当时若是嫁了那个状元郎，怎会落得这般下场！"

齐景被长公主的胡搅蛮缠搞得哭笑不得，只得呵斥道："这都什么话，你当你还是小姑娘！"

长公主用帕子抹着泪哽咽不言。商易之却突然说道："皇上，我与薛武送信，告诉他实情，叫他反了麦穗归顺朝廷可好？"

"不可！"齐景当即否定道，他背着手在地上来回走了两趟，这才停下身来盯着商易之说道，"此事虽是你莽撞了些，不过却也是一心为国。朕知你这片苦心，此事以后不可再提，否则朕也无法保你。"

"那青州怎么办？"商易之问道。

齐景略一思量，沉声答道："先让那江北军占着也好。"

长公主见齐景不再追究此事顿时大喜，连忙扯着商易之谢恩，只保证回去后定会好好管教自己儿子。齐景心中对商易之的疑心尽去，一想有商易之谋逆的把柄捏在手中，连带着对远在云西的商维的忌惮也小了许多。

没过几日，长公主再次入宫，这次却是来为儿子求亲的，求的不是别人，正是当今皇后的嫡生公主。齐景先是愣了愣，暗藏在心中二十多年的那块石头终于落地。当年便有传言说商易之并非长公主亲生，他曾怀疑过这孩子的来历，几次暗下杀手，只是那孩子十分命大，长公主看得又紧，这才长大成人。

现在长公主既为他求娶皇后嫡女，这般看来，商易之便不会是先太子的遗腹子。

长公主前脚走，皇后后脚就来求见皇帝，二话不说就给齐景跪下了，死活不肯将女儿嫁给那风流成性的商小侯爷。

于是，长公主与皇后姑嫂两个的斗争正式拉开了帷幕，这让齐景很是头疼，左右权衡了许久，终是受不住皇后整日在他面前哭哭啼啼的，只得拒了长公主的求婚。同时，为示安抚，不顾林相的反对任命商维为云西兵马大元帅，同时命林相的外甥江雄为副帅以做牵制，命商维与江雄二人合力平叛云西。

盛都的斗争热火朝天，同时，青州城里也是一派崭新气象。江北军与青州军的合编顺利完成，阿麦自任江北军将军，任命薛武为江北军左副将军，原江北军步兵统领偏将莫海为右副将军，原江北军骑兵校尉张生任骑兵统领，原江北军步兵第七营校尉王七升为步兵统领，掌管粮草军需的军需官则落到了李少朝的头上。除了这几人，不论是跟着阿麦一同前来青州的江北军中诸将领，还是原薛武手下的青州城守将，都被量才而用，受到了妥善安置。

军中上下都很满意，青州城内一片和谐。

十月十五日，无风，天气晴好。青州城西的官道上急急地跑着一辆青篷骡车，驾车的是个三十多岁的黑脸汉子，穿一身黑色粗布的短装，一手执缰一手执鞭，笔挺着身子坐在车前，不时地挥动鞭子催赶车前的骡子，将车赶得飞快。

骡车一直疾行到了青州城下，城墙上的守兵探出头来大声喝问："来者何人？"

那黑脸汉子这才喝住了骡马，却未回答守兵的问话，而是跳下车来冲着车内说道："先生，到了。"

车内的人没说话，过了片刻从车厢内伸出只手来撩开车前的棉帘，细细打量城门上那笔力遒劲的"青州"二字，过了半晌才有些不确定似的问道："这就到了？"

那黑脸汉子替车内的人掀着车帘，点头道："到了，先生。"

城墙上的士兵见下面的人没有应声，干脆将箭尖对准了那黑脸汉子，叫道："再不说话就放箭了！"

那黑脸汉子听了这话却不以为意，只抬头瞥了一眼城上，仍是对着车内人问道："先生，可是要表明身份进城？"

车内人稍一思量，答道："不用，就说来寻阿麦的吧。"

黑脸汉子恭敬地应了一声，放下车帘，转身对着城墙之上喊道："俺们是来寻麦穗，麦将军的。"

城墙上的守兵一听说是来寻麦将军的，忙收了弓箭，派人去叫当值的城门将。不一会儿的工夫，张生的身影却出现在城墙之上。他只看了一眼城下的青篷骡车，面上便露出又惊又喜的神色来，忙叫了身边的亲兵去向阿麦报信，自己却快步往城下走来。

城门外的吊桥缓缓放下，张生亲自从城内迎了出来，对着车里的人恭声唤道："先生。"

车内人淡淡地应了一声。

张生笑道："先生总算是到了，麦将军已经盼望先生多时了。"说着向站立在车旁的黑脸汉子点了点头算是招呼，又从他手中接过缰绳来，一边赶着车往城里走，一边回身对着车内的人继续说道，"麦将军算着先生就是这几日到，在城门处连守了几日，偏赶上今天有军议要主持，这才离了这儿。末将已经叫人去通知麦将军了，怕是过不一会儿，麦将军就要来迎先生了。"

话音刚落，街道的另一头已响起嗒嗒的马蹄声，就看见阿麦带着几名亲卫从远处纵马而来。阿麦一马当先，直疾驰到骡车前才急急勒住了马，身姿利落地从马背上跃下后径直跳上了骡车，撩开车帘冲着车里叫道："徐先生！"

车中的徐静难掩疲惫之态，表情却是有些无奈，习惯性地用手将了将下巴上的山羊胡子，与阿麦说道："阿麦，你好歹也是独掌一军的人物了，怎的不见一点大将的沉稳之风！"

阿麦干笑了两声，眼睛亮晶晶地看着徐静，答道："这不是见着了先生高兴嘛！"说完转身吩咐众人直接回城守府，自己则是钻入了车内，在徐静对面盘腿坐了下来，问道，"先生一路还顺当吧？"

徐静却是翻了个白眼给她，阴阳怪气地答道："顺当！自然是顺当！有黑面跟着，我能不顺当吗？我九月二十六出乌兰，今儿就赶到了，中间一天都没耽搁，还能怎么顺当？再顺些，老夫这把老骨头就要交待在路上了！"

阿麦咧着嘴笑了笑，替黑面开脱道："黑面是个急脾气，先生莫要怪他，都是我的不是。"

徐静嘿嘿冷笑两声，说道："我知道都是你的不是，你既叫这一根筋的黑面回去接我，还美其名曰好保护我，怕是肚子里就没做好打算！"

阿麦连忙笑道："哪能！哪能！叫黑面去接先生真的是为了先生的安全。先生又不是不知道，他可是我营中武艺最好的。"

徐静撇了撇嘴，显然不信。

阿麦又赔笑说道："当然，私心也还是有那么一点点的。"她当时派黑面去接徐静，除了保障徐静的安全外，更主要的是考虑到黑面此人一向不太服她，待在营中怕是不好控制，还不如命他跟在徐静身边保护的好。

徐静见阿麦坦然承认，反而不好再与她计较，只得翻了翻白眼算是揭过了此事。

阿麦素知徐静脾性，见他如此便知道这事算是过去了，连忙转移话题道："先生看这青州城如何？"

谁知徐静反应却是有些冷淡，只漫不经心地点了点头，答道："城高势险，易守难攻。"

阿麦笑了笑，说道："若非如此，又怎当得起太行门户之称，后面还掩着冀州和山东两地呢。"

徐静抬眼瞥向阿麦，突然问道："你可知道常钰青屯驻武安？"

阿麦不禁一怔，沉默了片刻才答道："知道。"

徐静又问道："武安距青州多远？"

"二百余里。"

徐静脸色微沉，"既然知道才二百余里，为何还要容他在此？"

阿麦解释道："江北军初来青州，根基未稳，身后又有肖毅敌友未定，我不敢贸然出兵。再说常钰青手中不过三四万兵，又多是骑兵，不善攻城，难以威胁青州，不如先不理他，趁此机会整顿青州，将基础夯实。"

徐静咄咄逼人道："你谨小慎微只顾求稳，却忘了常钰青是何许人也！虎狼之侧，岂容酣睡！常钰青年纪虽轻却能跻身北漠名将之列，那'杀将'的名头岂是平白来的？他为何要停驻在武安小城？你可曾想过缘由？"

阿麦一时沉默，她自然想过常钰青为何要将大军驻扎在小城武安，武安乃是青州兵出西北的必经之地，常钰青驻扎在那里，不但可以据城以待援兵，又可以防备自己反被江北军偷袭暗算，还能扼住江北军进军西北之路，除了这三条，难不成他还别有所图？

徐静冷哼一声，又说道："若是常钰青纵兵在武安周边郡县抢掠杀戮，引得百姓恐慌奔逃，然后再派骑兵将流民赶向青州，驱赶百姓攻城，你又要如何？是否要射杀攻城百姓以保青州安全？"

"不能！"阿麦想也不想地答道。

"不能？"徐静冷笑，嘲道，"那你是要拼着牺牲军队，冒着城破的危险，放百姓入城？"

阿麦眉头紧皱，抿唇不语。不需徐静讲，她也知道绝不能放百姓入城，因为其中很可能混有鞑子奸细，或夺城门，或进入城内做内应，那青州城都将不保。

徐静直盯着阿麦，又继续逼问道："既不敢放百姓入城，又不愿射杀百姓，你要如何？那百姓后面紧跟着的可就是鞑子铁骑，别说你不射杀百姓，就是你稍一犹豫，射杀得慢了些，鞑子就能冲到城下，你城墙上的守城弩还有何用？再者，一旦百姓负了土石来填护城河，你杀与不杀？杀，那可都是南夏百姓，甚至还可能有与你城上守军沾亲带故的，是被鞑子用刀斧在后面逼着来的，杀了，必然要影响士气。可若是不杀，一旦将这些都填平了，鞑子的攻城器械就都可以推了过来，你城门可能保证固若金汤？"

阿麦面色微变，身上已是惊出一身冷汗来。驱百姓攻城实在是条毒计。不论杀与不杀，都会对守城军士的士气造成重大影响。杀，损耗守城物资、士兵体力及士气；不杀，鞑子便可轻松攻城了。

徐静将身体倚向车厢壁，仰头长叹了口气，淡淡说道："常钰青岂是久蛰之人，多日不动必然有所打算，如若老夫没有猜错，此刻他正在加紧打造攻城之器才对。"

阿麦听了更是心惊，她与常钰青相识已久，几次相逢虽都是斗得你死我活，可心中却隐约认定此人虽不是什么正人君子，却也不算是卑鄙阴险之徒，竟是生生忘了他名为"杀将"，曾坑杀过六万降兵的"事迹"！

徐静久不闻阿麦动静，知她已把这些话都听入了耳中，便也不再多言，只倚着车厢闭目养神，留出时间让阿麦自己将这些事情琢磨透彻。车外，张生和黑面已隐约听到了徐静与阿麦二人的对话，两人对望一眼，齐齐保持了沉默。

这一行人默默地行到城守府门前，因今天是军议之日，众将领聚得很齐，李少朝、王七等人更是早已等在了门外，见骡车回来全都围了过来，簇拥着将阿麦与徐静迎入府内。徐静简单地和众人见了个面，只言身体疲惫想要先去歇上一歇。阿麦早已给他备好了房间，闻言便命身边的张士强送徐静过去休息，自己却继续主持每旬一次的军议。

江北军落户青州已一月有余，合编也正式完成，城中在编的作战士兵已有四万七千六百五十六人，其中骑兵四千五百三十一人。别的暂且不说，只每日的粮草支出便是很大一笔开支。虽然有从泰兴抢来的那些银钱，却挨不住这四万来人嚼用，每每提到此事，军需官李少朝便似刚吃了黄连一般，一张嘴就能吐出苦水来。

青州地贫，以往也是全靠背后的冀州供养支撑，现如今青州与冀州明面上已属敌对阵营，纵是冀州肖毅并未对青州实施经济封锁，可也不好再明目张胆地给青州送粮送钱来。

"如此看来，咱们须得尽早取下冀州。"现任江北军右副将军莫海提议道。

薛武却摇头道："武安还有鞑子大军，我们举着抗击鞑子的大旗，先不与鞑子开战，却是全身去打自家人，说出去怕是名声不好。"

莫海原是从豫州出来的，五大三粗的一个壮汉，脾气也最是耿直，听薛武如此说，当下便驳道："那薛将军该如何办？难不成为了个名声就要让大伙饿死？这么好几万的人，整日里坐吃山空，不取冀州取哪里？你们这太行山又不比乌兰山，穷得响叮当的，拿什么供养这许多兵马？"

莫海这样说，薛武脸色便有些不好，他是土生土长的太行人，自然听不得别人说半句太行不好，哪怕太行山的确是地贫人穷。

王七看出薛武不悦，怕莫海再继续得罪人，忙笑着说道："想想总能想出法子来，想当初刚入乌兰山的时候，大伙不也是怕山中养不住兵嘛，可结果呢，咱们江北军不只是养住了，还壮大了不少呢！"

阿麦抬眼看向薛武，问道："薛将军，战前青州城内的戍兵也有近两万，除了朝中的粮饷，可还有别的谋财之道？"

薛武摇头道："只靠着朝中的粮饷勉强养兵，所以青州向来有穷困之名，朝中很多人都不愿来为官。"

阿麦笑了笑，青州穷困她是知道的，不过只看城中那些将领的府第，倒不像是薛武说的这般穷得过不下去，于是又问道："那来了的这些呢？总不能让大伙连家小都养不住！"

薛武想了想说道："青州这地方穷，朝廷给的俸禄又少，独身一个的倒还好说，若是拖家带口的便有些养不住。后来有一任守将曾想过一个法子，就是私下里给大伙在太行山里分个山头，种些耐旱的作物，或是收些山货补贴家用。"他说着看向王七与李少朝等人，说道，"你二位算起来也是从青州出去的，应该也还记得吧？"

李少朝与王七俱是一愣，这是青州军中秘而不宣的事情，说是分个山头，其实就是那些高级将领们圈山占地，然后白使唤着军中士兵去替他们耕作。他二人都是入江北军后才发达起来的，在青州时都没少去那些"山头"上做苦力。现如今薛武点到了两人头上，两人不觉都有些尴尬。

李少朝眼珠转了转，笑道："以前倒是有所耳闻。"

王七却是直接说道："记得，我还去山上住过些日子呢。若是没有记错，飞霞山上那片核桃园还是薛将军家的吧？"

薛武闻言脸上红了红，颇有些不自在，应付道："家中的事都是内子在打理，我不太操心这个。"

张生看出薛武的不自在，忙转移话题道："那能否也像在乌兰山时一样，将各营散入山中呢？"

别人还未开口，李少朝却是连连摇头，反对道："养不住的，这一带的山太荒了，气候又旱，只能种些高粱等耐旱的作物，产不了那么多。山里的农户自己都吃不饱，你就是手里有钱也买不来粮食。"

诸将中有不少青州人，自然也知道这些都是实情，三三两两地跟着点头认同，齐齐看向阿麦，等着她拿个主意。阿麦那里一直沉默，刚才张生说把各营再次散入山中引得她心中一动，却不是因养兵之事，而是想起了另外一个难题的解决方法。

众人见阿麦沉默不言，便也都跟着静默下来，可等了半天仍不见她有所反应，心中不禁都有些奇怪。王七看了一眼身旁的李少朝，用胳膊肘轻轻地碰了碰他，冲着阿麦处努了努嘴。李少朝对王七的小动作视而不见，只轻轻地清了下嗓子，正欲开口时，对面的张生已先出声唤阿麦道："将军，您说呢？这山中又产不了足够的粮食供养我军，冀州那儿虽富，可毕竟不是我们的，能不能指得上还难说，咱们总得想个法子才好。"

阿麦此刻已是回过神来，张生话又说得十分清楚，她明白张生的好意，先冲他微微笑了笑，这才问诸将道："大伙怎么想？"

李少朝迟疑下，说道："要不，我让人去寻些耐旱高产的作物去山里种？"

阿麦笑道："开荒种地是条门路，不过却得有上两年才能看到成效，不是应急之法。你先去让人寻着去吧，就是给了青州百姓也总是件好事。"

李少朝点头称是。

阿麦又道："要解决吃穿问题，最好的法子就是把富得流油的冀州拿下来，只不过现在武安有鞑子的军队，我们没法转身，也不能放着鞑子不管先回身和自己人打仗。"

薛武听了此言忙点头，说道："确是如此。"

阿麦接着说道："所以，最好是冀州肖将军能主动送给咱们钱粮。"见诸将面上都露不解之色，她笑了笑，又对薛武说道，"此事还需薛将军亲自跑一趟冀州，说咱们江北军因粮草不济，打算先放弃青州，求肖将军暂且借我们几个郡县躲上一躲。"

薛武不傻，听出来阿麦这是要自己去冀州讨粮，虽不是十分认同，却也不好说别的，只得沉声领命。

待到军议结束，天色已是擦黑。薛武随着众人出得议事厅，故意慢了几步落在众人身后，偷偷拉住了走在后面的李少朝，低声询问道："李将军，不知先前大伙出府迎的那位徐先生是何人？"

李少朝冲薛武伸出大拇指来，答道："那是我江北军第一智囊，原来商帅身边的军师，徐静，徐先生。"

薛武有些诧异，说道："商帅的军师？怎么看着和麦大人很是相熟啊？"

李少朝神秘地笑了笑，"那是因为徐先生是麦大人的叔丈！"

"叔丈？"薛武不禁惊讶，"麦大人竟是已娶了妻的？"

李少朝嘿嘿一笑，问道："怎么，看不出来吧？"

薛武下意识地摇了摇头，心中突然庆幸起来，幸亏妻子没找媒人把自家的妹子说给麦大人，否则，别人还不知会怎么看自己，送妹给上司做妾？正想着，忽听身旁的李少朝唤"麦将军"，薛武一抬眼，见阿麦带着名亲卫又从前面返了回来，忙也恭声唤了句："麦将军。"

阿麦笑了笑，对薛武说道："正好薛将军还没走，刚才有句话忘了交代，等薛将军去了冀州，一定要向肖将军言明咱们江北军实属无奈才出此下策，只望肖将军多顾念一下青州的百姓，我江北军实不忍将青州百姓留与鞑子残害。"

薛武与李少朝二人俱是一怔，阿麦身后的那名亲卫却已是嗤笑出声。阿麦转头横了他一眼，那亲卫这才忙肃了面皮低下头去。

薛武被那亲卫的笑声惊醒过来，连忙应诺道："属下明白了。"

阿麦又和他寒暄了几句，带着那亲卫转身走了。

薛武立在原地仍有些愣愣的，李少朝笑着拍了他一下肩膀，嘿嘿笑道："甭发愁，反正你和肖老将军也不是外人，要我说啊，你去了就照直了说——您给不给粮草吧，给了，咱们一定念着您的好；不给？那好，别怪咱们脸皮厚了，也只能带着青州百姓一同来投奔您老人家了，您老赶紧给咱们腾屋子挪炕吧！"

薛武眼睛眨巴眨巴地看着李少朝，更是有点傻了。

再说阿麦带着那名亲卫离开，却没回自己的住处，而是转了个弯到了给徐静所住的园子。房内已亮起了灯，张士强正指挥着两个小兵往外抬一个装满水的大浴桶，抬眼间看见阿麦过来，忙叫那两个小兵先将浴桶抬走，自己快步迎了上来，叫道："大人。"

阿麦随意地点了点头，问他道："先生没睡？"

张士强摇头道："先生说赶路赶得身上太脏，非要洗澡，这不，刚收拾利索了。"

屋内的徐静已是听到了外面阿麦与张士强的对话，扬声问道："是阿麦吗？"

阿麦连忙高声应道："先生，正是我。"

门帘一挑，已换了干净衣衫的徐静从屋内慢步踱了出来，看了看阿麦，问道："军议结束了？"

阿麦忙道："结束了，过来看看先生，打扰您休息了吧？"

徐静没有答话，视线却是落在了阿麦身后的那名亲卫身上，自从他入城起，就发现这亲卫一直不离阿麦左右，不禁问阿麦道："这是谁啊？怎么一直跟在你屁股后面？"

阿麦还未回答，那名亲卫却是抢先回答道："徐先生，在下姓穆。"

"木？"徐静伸手捋了捋胡子。

这亲卫正是化名为穆白的林敏慎，他见徐静如此问，淡淡地笑了笑，答道："正是，在下穆白，对徐先生……"不及林敏慎把话说完，徐静便打断道："双木成林？"

林敏慎一怔，随即便明白过来，眼中露出钦佩之色，赞道："正是，徐先生果然厉害。"

徐静却皱了皱眉，没好气地说道："你是生怕别人不知道你是谁吗？"说完又转头训阿麦道，"你怎么收了这么一只孔雀在身边？"

林敏慎脸上一时窘得又红又白，一旁的张士强却是扑哧一声笑了起来。阿麦忍了笑，答道："是商帅安排的，我也无法。"

徐静又看了看林敏慎，突然说道："改了吧！"

林敏慎一愣，就又听徐静接着说道："别叫穆白了，改成白目好了。"

林敏慎羞怒道："徐先生怎的如此说话，亏在下还对先生仰慕已久……"

"穆白！"阿麦出声喝住林敏慎，"不得放肆！"

林敏慎涨红着脸还欲再说，那边徐静却已是转过身去，对着阿麦说道："你陪我在这附近溜达溜达。"林敏慎见徐静对自己如此轻视，心中更是恼怒，直想绕到徐静身前去理论。一旁的张士强忙将他拽住了，扯着他向院外走，"大人和徐先生有事要谈，你我在园子外面守着就好。"

林敏慎被张士强拉出了月亮门，阿麦陪同徐静沿着园中的小径缓步向前溜达着，笑着劝道："先生何必和他生这闲气。"

徐静沉默片刻，突然说道："他不该这样，用人不疑疑人不用，这样做反而落了下乘。"

阿麦一愣，随即便明白过来徐静所说的这个"他"指的是商易之。她默了默，说道："林敏慎武功极好。"见徐静转头看向自己，阿麦淡淡笑了笑，解释道，"他也是一片好意。先生有所不知，我在泰兴时受过一次伤，差点丢了小命。他在我身上投得太多，生怕还没等返回本来呢我却被人给杀了，这才专门留了林敏慎在我身边保护。"

徐静打量阿麦片刻，笑了，说道："你倒是看得开，和你相比，老夫倒是落了下乘了。"

阿麦忙说道："先生可别这样说，先生于阿麦是良师益友，若不是先生，阿麦不会走到今日。"

徐静却翻了个白眼，不客气地说道："你别拍我的马屁，你我心里都明白，咱们一起搭伙那是各取所需，你不用承我的情，我也不欠你的意。"

阿麦笑笑："阿麦知道。"

徐静捋着胡子，直白地说道："知道最好，以后就收起你那副小聪明，老夫不需要这个。再说，你现在已经是一军之主，无须再看别人的脸子过日子，要硬起来才对，你只要能打胜仗，别人自然会敬你畏你。"

阿麦知徐静是好意，心中不禁有些感激，却又是习惯性地抱拳一揖，恭敬道："多谢先生教诲。"

徐静闻言翻了个白眼，又咂着嘴摇了摇头，不肯再说。

阿麦见状不禁苦笑，她这样的姿态做得太多了，一时要改却是不容易了。

徐静问道："你这会儿来寻老夫可是有事？"

阿麦想了一想，说道："还是武安常钰青之事，我仔细想过了，觉得此刻还不是主动出击的好时机。再说，现在的江北军也败不起。"

徐静听了停下了脚步，转过身看向阿麦，问道："你已想出应对之策？"

阿麦面容坚毅，沉声答道："顺势而为，应时而变。且看常钰青如何动作，若是驱赶百姓直接攻城，便将计就计诱他入城以歼之。"

"那百姓呢？"徐静问道。

阿麦用力抿了抿唇，答道："百姓能救则救，不能救则当诱饵放弃。"

徐静静静看阿麦片刻，忽地笑了，说道："阿麦，你现在真的是一名将军了。"

阿麦苦笑道："先生休要挖苦我了。"

"不，不是挖苦，是夸你！"徐静正色道，"自古没有名将以仁留名的，所谓慈不掌兵正是此意，你若只顾对城下百姓仁慈，便会忘记对城内百姓与守军仁慈，一旦城破，将是全城遭屠。"

阿麦淡淡笑了笑。

徐静在一旁的青石凳上坐下身来，又接着刚才的话题问道："若是常钰青只是驱赶百姓填护城河呢？"

阿麦在徐静对面坐了下来，没有直接回答徐静的问题，却说道："先生，我想从骑兵中挑出部分精锐放出去作游击之用。"

徐静面上露出凝思之色，却是陷入了思考之中，过了好半晌，才又笑着问道："你要放骑兵精锐出去是什么打算？可是防备常钰青攻城？"

阿麦答道："不只是可以防备常钰青攻城。武安地处偏僻，养不住常钰青几万大军，他们若长期驻守武安，只能从豫州调集粮草。我们挑选骑兵精锐游击在外，扰乱他们粮道，必会叫常钰青头疼不已。"

徐静点了点头，又问道："唐绍义走了，现在的骑兵统领是谁？"

"张生。"阿麦答道。

徐静闻言，颇是惊讶地看了阿麦一眼。

阿麦无奈地笑笑，说道："疑人不用，用人不疑，我信他便是。"

| 第三章 |

战马 激将 示威

翌日一大早阿麦便去骑兵营的校场上寻张生，谁知还未曾见到张生，却先远远地看到了校场一角处的王七与李少朝二人。只见李少朝张开双臂拦着王七，两人似正在争论着些什么。

阿麦瞧得奇怪，走近了仔细去听，就听李少朝嘴里一个劲儿地念叨着："不行，不行，王七你少糟蹋东西！"

王七身上沾了不少灰土，一边推搡着李少朝，一边叫骂道："你留着这畜生才是糟蹋东西，白费粮草不说，还整日里跟大爷一样叫人伺候着，哎！你瞅瞅它，你瞅瞅它，你看它那副跩样！和它主子一个德行！"

王七叫嚷着指向李少朝身后，阿麦顺着他指的方向看过去，见校场边上并无他人，只在用来拴马的木桩之上了匹身长蹄大、剽悍神骏的白色战马，鬃毛竖立，神情很是昂然。阿麦皱眉细看，越看越觉得此马有些眼熟，猛然间记起这马正是常钰青的坐骑，貌似还有个名字叫"照夜白"。

李少朝无意间瞥到了阿麦，大大松了口气，忙拉着王七迎了过来，叫道："大人，你快给咱们评评理。"

原来阿麦并未记错，这匹战马果然就是陵水之战中常钰青留在河边的那匹战马。那次大战，常钰青中计被困，挟着她一同跳入河中逃脱，却将坐骑留在了河岸边，战后便被李少朝当宝贝般"捡"了回来，一路藏着掖着偷偷摸摸地带到了青州。

前几日王七来寻李少朝要战马，正好看到了这匹照夜白，因喜它神骏，非要向李少朝讨了去做坐骑。谁知这照夜白却是性子极怪。你说它温顺吧，它却不容人驾驭，不论是谁上了马背都得被甩下来。可你要是说它是匹烈马吧，它却又是谁给它粮草都吃，一点没烈马该有的气节。

简而言之，这照夜白就是一马中的无赖，吃你的，喝你的，就是不鸟你。王七几次驯马不成，气得就要杀了这马泄愤，李少朝怎能舍得，两人就因为这事争了起来。

阿麦听得头大，看了看场边那头颈高昂的照夜白，脑中忽地闪过常钰青那张面孔，同样的张扬跋扈……

李少朝仍在喋喋不休，"大人，这么神骏的一匹马，还不能有个小脾气小性子了？王七自己驯服不了，就要杀了这马泄愤，你说他这是不是糟蹋东西？"

王七更是恼怒，"你养了它几个月了，也没见你能把它驯服啊，既然不能驯服，那还留它做什么？白白糟蹋东西！"

李少朝听了自然又是反驳，两人你一言我一语的，在阿麦面前竟又争了起来，到最后齐齐地问阿麦道："大人，你说怎么办吧？"

"送回去！"阿麦突然说道，"给常钰青送回武安去，让他拿钱来赎，如果不肯的话就在武安城外直接将这马宰杀了便是。"

李少朝与王七两人俱是一愣，倒是那照夜白似听懂了阿麦话一般，张口怒目，昂首嘶鸣，直要挣脱缰勒而去。李少朝仍有些犹豫不舍，王七却是已经拊掌叫好道："对！叫常钰青拿钱来赎，咱们既赚了银子又叫他折了面子，一举两得。"

"还可以探一探武安的敌情。"阿麦笑了笑，又嘱咐道，"叫人骑了快马去，切莫再折了人。"

王七忙点头允诺，回头就从斥候队中选了几个机灵活络的士兵，如此这般地交代一番，又给他们每人配了双骑，就让他们带着这匹照夜白直奔武安城。

武安城，距青州西北才二百余里，快马加鞭一日即到。那几个斥候因得了王七的叮嘱，路上并未着急赶路，走到距武安三十里的溪流浅滩时又特意停下歇了歇脚。待第二日一早，先将坐骑喂饱饮足，留下两人带着多出的战马隐藏在溪边的树林中等候，其他的人这才各骑了骏马，牵着照夜白去往武安城。

武安城内，常钰宗听到城门小校的禀报，急忙上了城楼察看，只见距城门一箭地外果真立了几骑南夏骑兵，当中一匹白色战马膘肥肌健尤为神骏，正是常钰青的坐骑照夜白。常钰宗转头问身边的校尉道："他们要咱们拿什么来换？"

"白银五千两。"那校尉答道。常钰宗心中顿喜，大笔白银不好携带，就是给了他们也带不走。那校尉犹豫了下又补充道，"说是不要现银，只要银票，如果没有南夏的银票，咱们北漠的也行。"

常钰宗一愣，待反应过来更是气得骂道："南蛮子可恶！"

那校尉偷偷地看着常钰宗的脸色，小心问道："将军，咱们当怎么办？"

正如常钰青所说一般，常钰宗此人年纪虽不大，行事却少有莽撞，明明此刻心中很是气愤恼怒，却没率性而为，只是吩咐身边校尉道："先拖着他们，赶紧派人去禀报大将军。"

那校尉听了微微点头，派人向城下的南夏骑兵喊话说这就去筹集银两，暗中却派了人快马去通知大将军常钰青。常钰宗在城墙上等着堂兄，结果没等来常钰青，却等来了叔父常修安。

常修安人未至城上，洪亮的声音却已是先传了过来，"让我看看，让我看看，真是老七那匹照夜白？"

常钰宗闻声惊讶回过身去，只见常修安噌噌噌几步迈到城垛口处，眯着眼睛仔细地辨认了一番，出声叫道："嘿！果真是老七的照夜白，怎会落到南蛮子手里去了？"

常钰宗未回答这话，只扫了一眼跟在常修安身后一脸无奈的传令兵，才问常修安道："三叔怎么来了？"

常修安一边朝远处望着一边答道："老七去督造攻城器械了，犯不着再去寻他。"他说着转回身来看向常钰宗，用长辈的口气训道，"不是我说你啊，老十一，你什么事都好，就是行事太过谨慎小心了些，就这么点事你还用得着问老七吗？"

常钰宗心道这可是和那麦穗打交道的事情，我能不谨慎吗？我也就不谨慎了一回，结果这个麦穗就灭了我三万步骑……心中虽这样想，他面上却不敢带出丝毫不敬来，只垂头敛目地说道："三叔教训得是。"

常修安嘿嘿笑了笑，伸手用力拍了拍常钰宗肩膀，凑近了说道："那些个南蛮子从青州远途而来，必然是人困马乏，你先用银票将照夜白换了过来，然后再派人从后追击，就他们几个，还能跑得了？"

常钰宗却是有些犹豫，问道："这样做是否有些……那个……什么了？"

常修安眼睛一瞪，"什么有些什么？你和南蛮子还讲什么信义，他们扒咱们死伤将士的铠甲时可对咱们讲信义了？再说了，城下这几个南蛮子没准儿就是来打探咱们动静的，怎能放他们活着回去！"

常钰宗心里仍是有一丝不确定，迟疑了下问道："这些个南蛮子不过是在城下站了站，就能打探咱们城内的消息去了？别再中了他的诱敌之计！"

常修安却是不耐烦地摆了摆手，直接对城门小校吩咐道："准备好了银票，按照他们要求的那般，银马两讫！等照夜白到了手，立刻击杀这几个南蛮子。"

城门小校又偷眼瞥了瞥常钰宗，见他并无阻止之意，这才抱拳应诺道："诺！"城门小校转身疾步而去，常修安又高声叫住了他，招了招手示意他回来，压低了声音说道："还是抓活的，咱们也好审一审青州的情形。"

城外江北军骑兵早有要求，城中只得派出一人手执银票步行出来换马，只要多出来一人，他们就会当场击杀照夜白。正因为如此，北漠城门小校特派了名胆大心细的士兵独自出城换马，自己则亲自领了一队骑兵掩于城门之后，只待那士兵换过了照夜白，他就带人冲杀出去，定要将江北军那几名骑兵活捉回来。

前面的事情都进行得很顺利，那名北漠士兵先细细地查看了照夜白一番，见周身并无伤处，这才将五张面值千两的银票交与江北军骑兵之手，换过来照夜白的缰绳。因他出城时已得过嘱咐，知照夜白并不容他人骑乘，所以便也不上马，只牵了照夜白以近似于小跑般的速度向城门处疾走。只刚走到半路，前方城门突然大开，大队骑兵从城内纵马冲出，直奔着那几名江北军骑兵疾驰而去。

再说那几名江北军骑兵得了银票后拨马回转，刚行了不远便听到身后突然马蹄声轰如雷动，几人回头便见一队北漠骑兵挥舞着弯刀从城内快速冲了出来，马蹄踏处黄土飞扬，伴着骑兵口中发出的吆喝声，声势迫人。

"快走！"为首的那名江北军骑兵急声喝道，双腿用力一夹马腹催马快跑，自己却是在马上转身引弓，瞄着那尚未入城的照夜白直射了过去。旁边的几名骑兵也是极快地回身搭弓放箭。

那个北漠士兵刚才一见城门大开，便牵着照夜白撒开了脚丫子飞跑，幸得这照夜白也极配合，顺从地跟着跑。这眼瞅着就要进入己方骑兵的保护范围之内，谁知照夜白却突然暴躁了起来，不但不再随着他跑，还突然扯着他向一边冲去。那士兵心中大急，又不敢松了缰绳，竟差点被照夜白拽了个跟头，刚跟跄了一步便闻得身侧呼啸之声大作，一支羽箭紧擦着他的身侧而过。这士兵一怔，身上顿时起了一层冷汗。

那几个江北军骑兵只放了一箭便打马而走，他们几个骑的本来就是王七特意从江北军中挑出的骏马，再加上早有防备，所以后面追击的北漠骑兵来势虽猛，却一直是被落了一箭之远。双方就这样直奔了三十来里，那些江北军骑兵的坐骑终显体力不支之态，速度渐渐慢了下来。后面追击的北漠校尉心中大喜，自己这方的马匹虽然也有些疲惫，却比对方的情况要好一些，只要再坚持得片刻时间，必能将这些南蛮子生擒。他却不知道前面再转过一个山坳便是一片溪流浅滩，树林边上的驿道当中，两名江北军骑兵带着以供换乘的战马正在等待……

常修安与常钰宗在城墙上心中也有些疑惑，照夜白与那名士兵已然安全回城，可却久等不到那队骑兵回转。两人对望一眼，均从对方眼中看出了一丝心虚。

常修安安慰自己似的自言自语道："咱们提前没听到一点动静，应该不会是他们的诱兵之计，可那帮小兔崽子们这是把人追到哪儿去了？"

常钰宗想了想，询问常修安道："三叔，是不是去通知我七哥一声？"他话一出口又怕常修安多想，连忙补充道，"七哥若是知道照夜白找回来了定然高兴。"

常修安这次没有反对，常钰宗连忙叫人牵了照夜白去城北的军械处寻常钰青。常钰青正在观看工匠们试验刚刚打造出来的投石机。这是一种攻城利器，可以将巨石投入敌方的城墙上或城内，给守城方带来很大的打击。可常钰青对这些工匠造出的投石机并不满意，就在刚刚的试投中，这些投石机的射程还不到五十丈，而青州城的守军借助高塔和雉堞的优势可以将箭矢轻松地射到这个距离。若是不能延长投石机的投石距离，便很难对城墙上的防御工事和人员造成有力的打击。

世人皆知常钰青以骑兵战而闻名，又觉他出身将门望族，平日里行事狂傲不羁，很难想象得到他竟会到军械处这种地方来，更想不到他会很耐心地和工匠们讨论着怎样延长投石机的射程。

照夜白远远便看到了常钰青，长嘶一声从牵缰的军士手中挣脱出来，直奔常钰青而去。

常钰青惊讶地转身，看见身边凑过来用头颈蹭挨着他的照夜白，一时间也是惊喜交加，一边用手抚着照夜白脖颈上的鬃毛，一边问后面紧追过来的军士道："怎么回事？从哪里寻回来的？"

那军士将事情细细地说了，常钰青脸色越来越冷，听到后面脸上已是罩了一层寒霜一般，手一按照夜白纵身一跃，身体已是轻飘飘地落到了马鞍上，一抖缰绳疾驰而去。

城楼之上的常修安远远看到常钰青单人单骑地从城内飞奔而来，心中不觉有些忐忑，一时竟不敢下去面对常钰青，只打发了常钰宗下去迎接。谁知常钰青却未下马，只对着从城墙上迎过来的常钰宗高声叫道："开城门！"

常钰宗忙几步上前，扯住他的坐骑，劝道："七哥，你先冷静些，莫再中了南蛮子的激将之法。"

常钰青知道派出骑兵去追杀江北军的人并不是常钰宗的主意，但常修安毕竟是长辈，他不好对他说些重话，便只冲了常钰宗发火，"你竟然也知道这是南蛮子的激将之法？那你还派出一队骑兵去追杀他们？"

北漠骑兵的建制是以百人为队，千人为团，一队骑兵便是足足有一百名骑兵。其实即便是要活捉那几名江北军骑兵，也犯不着用如此多的骑兵，常修安派如此多的人出城击杀几名江北军骑兵，分明是有些戏耍的意思了。

常钰宗被常钰青训斥得说不出话来，又听得后面街上蹄声雷动，转头看过去，见常钰青后面竟然还跟了大队的骑兵过来。常钰宗心中更急，急切中回头看了一眼城墙之上，只盼着常修安能下来劝一劝常钰青，谁知那城墙之上的常修安竟是吓得连头都不敢露了。常钰宗无奈，只得死死抓住照夜白的辔头，急声劝道："七哥，你若是就这样冲了出去，岂不是正中南蛮子的下怀！万万去不得！"

常钰青冷笑道："我若是不去，那才是正中南蛮子的下怀！一队之数不多不少，正合他们的胃口！若是再晚一些，一个也剩不下了！松手！"常钰青怒喝一声，伸枪去挑常钰宗抓缰的手。常钰宗骇得急忙松手，不敢再拦，只得吩咐城门军士去开城门。

武安城的城门再次大开，大将军常钰青亲带骑兵一千去救早先出城去追击数名江北军的一队骑兵。这一追就是一百多里，直到第二日黎明时分才追到了那一队北漠骑兵。而此时，那一队骑兵已被江北军的骑兵团团围住，正在苦苦支撑。

阿麦立马于一处缓坡之上，默默地注视着战场内的厮杀。身旁的林敏慎眼见着下面杀得热闹，不禁也有些跃跃欲试，或许感受到了他的心情，他身下的坐骑也不安分地踏动着马蹄。阿麦转头看过来，不等林敏慎张口便淡淡说道："你现在的身份是亲卫，任务就是护得我周全。"

林敏慎闻言情绪顿时低落下来，低低地应一声"是"。阿麦不再理会他，转回头去继续观看下面的战斗。她本猜测常钰青不屑于为难几个送马的江北军士兵，不会派兵来追，只因挨不住王七的聒噪，这才本着权当是演练骑兵伏击战术的想法来到此处设伏，不料竟然真的等到了追击而来的一队北漠骑兵。

眼看着北漠的骑兵队里能立着的越来越少，阿麦正想这倒真是从天上掉下来的一块肥肉，却突地听得斥候回报说武安方向又出现北漠骑兵大部。阿麦眉头微皱，略一思量，命张士强打出旗语传令收兵，所有骑兵快速向城内撤退。

此刻，那名奉命追击而来的北漠校尉身旁剩下的人马只还有十几骑，他已是执了死念，重新调整队形之后想再做最后的一次冲杀，谁知围在四周的江北军骑兵却突然放开了道路。这校尉还不知常钰青大队骑兵就在几里之外，只当是江北军又有什么奸计，一时竟是不敢随意动了。

江北军骑兵重新列了队形，快速而整齐地向青州方向退去。常钰青晚了一步，率军直追到青州城下，眼睁睁看着江北军骑兵有条不紊地退回到青州城内，不慌不忙地收起了护城河上的吊桥。常钰青脸色铁青，带领几骑飞驰至吊桥之前，冷眼望向青州城楼。

果然，不一会儿，阿麦一身铠甲披挂整齐地出现在城楼之上。两人自从泰兴城西市一别之后就再没见过，此刻城上城下遥遥相望，心中均是复杂至极。

江北军骑兵统领张生从一旁低声问阿麦道："大人，抓回来的那几个鞑子骑兵怎么处理？"

阿麦面容坚毅，沉声说道："吊上城门，杀他士气！"

张生听了一时有些愣怔，旁边王七却是出言说道："我来，你们瞧我的！"说着上前几步指挥着兵士将那几个受伤坠马被俘的北漠骑兵捆绑结实，一一吊在了城门之上，然后冲着城下的常钰青高声叫道，"常将军，您刚用五千两银子赎回了马，这回再掏点银子来赎人吧！咱们做买卖厚道得很，一个人只要您一千两，您看如何？"

常钰青怒极反笑，别说他身上没带着这么多银票，就是带了，若是就这样将人赎了回去，他日必成为四国的笑话！

王七见城下的常钰青不应声，用刀搁在吊人的绳索之上，又冲着城下喊道："您可得快点给个信啊，若是没钱来赎人，咱们也不做那强买强卖的事情，我这就将绳子都斩断了，也好给他们几个一个痛快，您说是不是？这吊着的滋味估计不好受。"

常钰青不禁冷笑，扬声威胁道："你敢杀他们一人，我用你江北百人来偿。"

话音未落，城墙上的阿麦却是猛然抽出佩刀来，扬臂一挥砍向绳索之上，那绳索上捆绑着的北漠军士顿时惊叫着向城下坠去，随着一声闷响，那尖厉的喊叫声戛然而止。

十几丈高的城墙，落下去必然是粉身碎骨。

众人一时皆被这个场景震住了，城墙上下一片寂静。阿麦的声音在城楼上响亮地响起，"你北漠何止杀了我江北万千百姓！区区这几个人，怎足偿命！"

绳索上高举的刀斧纷纷落下，几名受伤被俘的北漠士兵一一从城门之上落下，一声声沉闷的撞击声传入常钰青的耳际，刺得他眼中似能喷出怒火来。他死力地扣着牙关，高昂着头怒目看向城上。

城墙之上的阿麦却轻轻地笑了笑。秋日干净清爽的阳光从天空中倾泻而下，落在她的头上身上，照得那飞扬的盔缨艳丽无匹，更映得她笑容绚烂至极。她终于从那个胆小怕死的女细作一路跌跌撞撞地成长为一名铁血将军，阿麦终究成了麦穗……

常钰青终抬枪指向阿麦，大声道："麦穗，我必要踏平你青州！"

阿麦脸上的笑容更加炫目，轻声答道："好，我等着你！"

常钰青拨马退回到军前，手中长枪收回向身侧一横，身后的骑兵阵顿时开始变换阵形，竟似就要在城下与江北军进行决战。城墙上的江北军守军立时也已进入了战斗状态。张生见常钰青骑兵不过千余人，上前低声问阿麦道："常钰青如此托大，竟然敢只带了这点人前来，我们若是偷派出骑兵绕到他后面断他退路，必可……"

阿麦也有些心动，略一思量，吩咐道："我想法拖住他，你带骑兵从北门溜出去，偷偷绕到他们身后，到时以燃烟为号，我打开城门引常钰青来攻，咱们内外夹击，吃下他这一团骑兵！"

张生应诺，领命而去。

城下，北漠军冒着城墙射下的箭雨将那坠城的几名士兵尸体夺回，然后换了嗓门洪亮的战将出来叫阵。阿麦便又转身吩咐王七道："你寻些嗓门子粗壮的来跟他们对骂，想法拖上一阵子，给张生时间。"

王七最不怕热闹，闻言嘿嘿一笑，道："大人，您就瞧好吧！"

他也是位能人，不过片刻工夫，城墙上便响起了响亮的回骂声，不但气势迫人，把城下那战将的骂阵声尽都压了下去，还骂出了风格，骂出了节奏。底下的北漠人翻来覆去只会骂那几句，哪里是城上士兵的对手，一气之下就拍马上前而来，不料才进城下，城墙上就射下一阵箭雨，若不是那人躲得快，非被射成刺猬不可。

常钰青端坐马上，冷冷注视着城内，忽抬臂引弓搭箭射断了青州城楼上的一面江北军军旗，这才下令道："撤退。"

北漠骑兵大队缓缓向后退去，许是因为此次连夜奔袭却无功而返，士兵们的士气都有些低落，走到后来连队形都有些散乱起来。

王七在城墙上看到，急道："坏了，大人，鞑子要走！"

远处仍不见张生燃烟，可见他还未曾到达北漠人身后。阿麦微抿唇角看得片刻，沉声吩咐道："击鼓，作势打开城门，出城追击鞑子。"

城楼上战鼓擂得震天响起，北漠军中，常钰青等人闻声不由得俱都回身看去，旁边副将更是惊喜叫道："将军，南蛮子中计，要出城了！"

常钰青面上却不见欢喜之色，他眉头微皱，默默看了几眼，冷声吩咐道："掉头，接战。另外派人快马传令钰宗，命他立刻停下就地隐藏大军，待见有人马从后偷袭我时，再杀出吃掉敌军。"

"钰宗？"副将奇道，"他在后面跟来了？"

常钰青答道："钰宗为人持重，我一怒之下带兵出城，他恐我有失必会集结大军在后追赶，算来现在应该已是快要到了，你速派人去拦下他，叫他暂时按兵不动，切莫上前，以免江北军畏战不出。"

那副将听得更是奇怪，忍不住问道："将军怎知有江北军会从背后来偷袭咱们？"

常钰青微微冷笑，"麦穗此人奸诈狡猾谨小慎微，我们驻在武安已有月余，她却从不肯与我接战，今儿为何偏会大胆开了城门？定是另有算计，不信你看，十有八九她要偷袭咱们身后。"

那副将又问道："那咱们还要返身去攻城？"

"去，自然得去！"常钰青态度坚定，他抬眼远远看向城墙之上，似笑非笑说道，"不去，又怎么哄得她上当？"

不提常钰青这里布置安排，只说青州城内，王七见城外北漠人马已经回头，正要下去点兵出城诱敌，恰好有亲兵从城内跑来带来徐静的口信：常钰青必有援兵，切莫出城迎战！王七一时矛盾，只得反身回来，问阿麦道："徐先生什么意思？"

阿麦面色微变，低声道："常钰宗，常钰宗可能藏兵在后。"

"没见着常钰青有援兵啊，徐先生是不是神道了一点？"王七有些将信将疑。

话音未落，就听得身边有亲卫叫道："将军，鞑子身后有狼烟燃起！"

那是张生给出的进攻的信号，王七不由得显露急迫，问道："那咱们到底怎么办？是否还出城迎战？"

他们若不出城，青州城自然无忧，张生怕是就要受到常钰青与常钰宗两面夹击，可他们一旦打开城门出去，万一引火烧身，整个青州城都有危险。都是她一时轻敌，才会落得这般困境。

王七看得心急，又唤她道："阿麦？你还犹豫什么，快说话啊！"

阿麦咬了咬牙，这才冷声道："王七出城，切记不可恋战，与鞑子一触即回，我命弓箭手掩护你们。"

王七二话不说，拔脚就走。

阿麦一把拉住他，又压低声音嘱咐道："避开常钰青，不许与他交手。"

王七为人油滑，闻言笑道："放心，我知道自己打不过他，不会凑上去给他打的。"

阿麦却仍不放心，犹豫一下，又吩咐身侧林敏慎道："你同王七一块去，不要做别的，只看住常钰青即可。"

林敏慎心道你可真分得出远近来，你怕王七被常钰青宰了，难道就不怕我受伤吗？他沉面不语，一时没有接令，旁边王七却是一把揽住他的肩膀，嘿嘿笑道："穆大侠快些与我同去，我王七今儿的小命就全指望你了！走走，等回来我摆酒谢你。"

林敏慎不好再说别的，只淡淡撩起眼皮看了看阿麦，这才随着王七一同下去了。

阿麦没有理会他的不敬，只又吩咐身边亲卫道："打起旗语，命张生立刻带兵撤往飞龙陉。"

张生那里已带骑兵对北漠军背后发起冲锋，待看到那旗语已是晚了，北漠军显然早有准备，很快就划分为前后两部，前一部分继续往城门冲去，剩下的则立即掉转方向，与张生骑兵杀在一起。

与北漠铁骑相比，江北军骑兵战力并不占优，幸好张生带的骑兵人数大大多过常钰青，他正欲以多胜少，不料背后却忽又有北漠大军出现。就在这时，他也看到了阿麦在城上打出的旗语，当机立断，马上带兵逃往飞龙陉。

城墙之上，阿麦见张生部队掉头向南，立刻鸣金收兵。王七正带兵与北漠人厮杀，听得身后鸣金收兵，也是毫不犹豫，立刻带着人马返身往城内跑去。常钰青怎肯放他们这样离去，一路追杀到城下才被城墙上射下的密集箭雨挡住，不得不停下来，眼睁睁看着江北军退回城内，紧闭了城门。

即便这样，江北军依旧是伤亡惨重，就连王七身上也挂了彩，若非林敏慎替他挡下了常钰青，他小命怕是都要折在城外。王七甩开身旁军医，急匆匆跑上城墙，问阿麦道："怎样？张生可是脱身了？"

阿麦遥看城南方向，点头道："应该可以脱身。"

王七却还有些不放心，问道："不会被常钰宗追上吧？"

阿麦道："只要张生能早一步进入飞龙陉，就安全了。"

王七不解，问道："为啥？"

阿麦淡淡一笑，"因为追击的人是常钰宗。"

常钰宗曾在白骨峡被她伏杀三万步骑，以他的性格，应该不会再贸然进入飞龙陉。果然不出阿麦所料，常钰宗率军追击到飞龙陉外就停下了脚步，想追却又害怕中伏，离开却又不甘，只得暂停飞龙陉口，回报常钰青。

青州城外，常钰青听得回报，忍不住叹了口气，吩咐传令兵道："机会已失，叫他回来吧。"

传令兵飞马而去，常钰宗很快带兵回来，见了常钰青颇有些不好意思，道："是我太过胆小了。"

常钰青淡淡说道："麦穗早就算到这一点，不是你过。事已过去，不必再提。"

常钰宗想了一想，又问："咱们什么时候再次攻城？"

常钰青沉默不语，只远远看着青州城楼出神，半晌之后，却是突然一笑，道："先回武安，攻城之事他日再说。"

北漠大军又一次往后撤去，这一次却是走得有条不紊，秩序井然。城上江北军众将看得奇怪，王七更是忍不住问道："鞑子这就走了，不攻城了？"

"不会又是使诈吧？"林敏慎也不禁问道。

阿麦默得片刻，轻声道："这一次是真的走了。"

王七与林敏慎两人都是不解，阿麦却没有要解释的意思，只淡淡地笑了笑，吩咐王七收拾战场安顿伤兵，自己则转身向城内慢慢走去。王七疑惑地望着阿麦渐行渐远的背影，不禁出声问身边林敏慎道："穆侍卫，你说这常钰青现在不攻城，还在等什么？"

同样的问题，常修安也在问："既然胜了，为何不乘胜追击，破了那青州城？"

"时机未到。"常钰青淡淡答道。

常修安不解，想问却又觉得有失身份，就给了旁边常钰宗一个眼色，示意他问。常钰宗不好驳三叔的面子，加上他也心存疑惑，就出言问道："还要再等时机？可这样再等下去，江北军岂不是就要在青州站稳脚跟？"

常钰青却没回答这个问题，而是若有所思地问道："你说青州和冀州可有勾连？"

常钰宗被问得一愣，常钰青笑了笑，岔开了话题，"青州城池坚固，我们又兵力不足，只要江北军固守青州城，我们拿他们也没有办法。"

常钰宗有些跟不上常钰青跳跃的思维，下意识地问道："那怎么办？"

常钰青失笑，接道："能怎么办？只能是逼得江北军出城与我们交战。"

作为一名骑兵将领，常钰宗自然知道能逼得以步兵为主的江北军在野外和北漠骑兵正面作战最好，可是那江北军的麦穗非但不是傻子，而且还狡猾得很，她这次派兵出城已吃了个大亏，又怎会再乖乖出城？常钰宗心中更是疑惑，又听常钰青耐心说道："青州不比泰兴，泰兴城中有粮，只要肯死守，即便是守上几年也不是难事，而青州城内粮草以前则主要是由冀州供给。"

常钰宗也渐渐明白过来，"七哥，你是想等青州粮尽再攻，逼得他们出城？"

常钰青摇头道："不用粮尽，只需等到明年麦收之时即可，江北军为保产粮区的安全，只能同我们交战。"

常钰宗却不禁皱眉，"那岂不是说我们还要再等上好几个月？"

旁边一直没言声的常修安突然说道："其实还有一个法子，远不用如此麻烦。"

常钰青微微挑眉，抬眼看了过去，默然不语。常钰宗却是心中一喜，急忙问道："什么法子？"

常修安嘿嘿笑了一笑，答道："老七估计也想到了，就是驱赶南蛮子百姓攻城。"

常钰宗怔了怔，随即便明白过来，犹豫道："陈起怕是不许，他那人沽名钓誉，七哥屠个小小的汉堡城还惹他诟病，若是此次再用南蛮子百姓攻城，不知他在皇上面前还要进什么谗言。为了个青州，毁了七哥的声誉前程，不值得。"

常钰青却是嗤笑，"身为武将却还要讲什么声誉，当真可笑至极！不过，这次我不想挟民攻城却不是怕陈起，而是，"他停了一停，微微冷笑，继续说道，"挟民攻城这招对那麦穗怕是不管用。"

第四章

迷茫 谋划 年礼

青州城内，阿麦从城墙上下来之后便一直有些沉默寡言，就连张生带兵从飞龙陉安全回来，她脸上也没露多少喜色，只吩咐张生下去好好休息，自己却仍坐在议事厅里发呆。张士强瞧出她情绪有些不对，借着倒水的由头出了议事厅，私下派了个小亲兵去请徐静过来，自己则守在议事厅门外。

一会儿，徐静背着手迈着四方步不急不缓地从远处过来。张士强瞧到了，忙迎上前去拉徐静，嘴中小声说道："先生快过去看看吧，我瞧着大人的情形有些不对。"

徐静却仍是不急，一边被张士强往前拽着一边拈着胡子念道："不急不急，就你家大人那性子，就没有想不开的事。"

张士强却不觉得如此，他跟随阿麦两年有余，还从未见过阿麦如此模样。张士强将徐静拉到门口，伸手替他打起帘子，口中却是对着屋中禀报道："大人，徐先生来了。"

阿麦闻言抬头，看见徐静从外面进来，便从椅上站起身来，恭敬唤道："徐先生。"

徐静点点头，随意地在对面坐下，偏着头打量她片刻，突然问道："一场小小的败仗不至于叫你如此，可是因那几个北漠俘兵的事情？"

阿麦微怔，随即明白了徐静的意思，却是未回答他的问话，而是转头吩咐一旁侍立的张士强道："去给先生沏些茶来。"

张士强应了声"是"，退了出去。

阿麦这才又看向徐静，略一思量后说道："今日之败，一是我贪心，二是我轻敌，我败得心服口服，并无任何愤愤不平之处。虽觉得愧对战死的将士，可胜败本就是兵家常事，我不会对一场胜败纠结不放，乱自己心神。至于那几个摔死的北漠俘兵，虽心有不忍，却也并不后悔。"

"哦？"徐静不禁奇怪，瞪大了眼睛问道，"那还因何事？"

阿麦抿了抿唇角，答道："从城墙上下来的时候，我突然想到了一个应对常钰青用百姓攻城的法子。"

徐静大感兴趣，扬眉问道："什么法子？"

阿麦从容答道："就是先宣扬城外的百姓乃是鞑子所扮，然后派兵出城强行冲阵，迫得百姓回冲，我再用骑兵绕到敌后偷袭……最后，在战后祭奠百姓，装模作样地剪发或者自伤以示自罚，顺势将大伙的情绪引到对鞑子的仇恨上去，对反身攻敌的百姓大肆奖赏……"

徐静听得认真，捋着胡子微微点头，"不错，此法确实可行。"

"是啊，我也觉得这法子不错。只是突然间又想到一个问题，我是从什么时候开始对他人性命如此不在意了呢？砍断那绳子的时候没有半丝矛盾犹豫，张生在外腹背受敌时，我差一点就下令紧闭城门任他自生自灭，甚至在考虑破解攻城之法时，也丝毫不肯顾及那些被迫回冲的百姓的死活。先生，我突然间就觉得有些害怕……"阿麦抬起头来看向徐静，清澈的眸子里全没了平日里的坚定，竟透出些少有的茫然来，"我是从什么时候变成这个样子的？以后的我，又会变成什么样子？会不会也成为一个为达目的不择手段的人？"

徐静被阿麦问得一噎，静默了片刻后才沉声问道："阿麦，你这个要达到的目的是什么呢？"

要达到的目的？这个目的已在阿麦脑中转了不止千百回，她几乎不用考虑便脱口而出，"捍卫父亲的荣耀，驱除鞑子光复河山。"

徐静听了缓缓摇头，"这个目的怕是无法支撑你走到最后。"

阿麦心中不解，不禁问道："为什么？"

徐静却只笑了笑，说道："这种事情别人是点不透的，只能等你自己日后想通方可，且先就这样往前行着吧，等遇到岔路口的时候，自然就知道往哪里走了。"

阿麦是何等聪慧之人，只一听徐静此话便知他是不肯再说，再加上此刻心中虽仍有疑惑迷茫之情，但却比刚才好了许多，当下便站起身来正式一揖，谢徐静道："多谢先生指点迷津。"

徐静端坐着毫不客气地受了阿麦这一礼，这才仿佛突然记起了张士强一般，叫道："张士强呢？他一杯茶给老夫倒到哪里去了？难不成还要现去挑水来烧？"

阿麦笑了笑，走到门口高声唤张士强，话音未落张士强提着一壶新茶从门外进来，脸上带着讨好的笑容，对着徐静嘿嘿笑道："先生，您给品品这茶叶怎么样，李少朝从泰兴一户富商家里搜罗来的，一直藏着掖着不让大伙喝，今儿让我全给顺来了。"

张士强用热水烫了茶杯，给徐静倒了茶，小心翼翼地捧到他眼前。徐静顺手接过，吹着喝了一口，抬眼间见张士强还眼巴巴地瞅着自己，随口夸道："哦，不错，是用滚开的水沏的。"见张士强面上难掩失望之色，忍不住嗤笑一声说道，"泰兴城被鞑子困了两年，城里还能存下什么好茶叶？能泡水喝就得了。"

张士强却是气愤道："李少朝又糊弄人，还骗我说是最好的茶叶，什么'明前明后'的，听了我一个糊涂！"

此话一出，连阿麦也忍不住笑了起来。张士强脸上羞怒之色更浓，直要回去找李少朝算账。阿麦忙唤住他，劝道："李少朝就是个藏东西的脾气，你见他什么不藏？也不见得是故意诳你。"

徐静却是又认真地品了口茶，接道："他许是没骗你，这还真是明前的，不过就是不知是哪年明前的了。"

阿麦忍了笑，低头饮了口茶水，放下茶杯正色问徐静道："先生，你说肖毅那里可会给薛武粮草？"

张士强见阿麦与徐静要谈军事，不用吩咐便轻手轻脚地退了出去，顺手带上了房门。

徐静脸上也收起了刚才的戏谑之色，垂目思忖片刻，缓缓摇头道："我看肖毅未必会卖薛武这个外甥的面子。"

阿麦说道："可商帅已应了助我拿下冀州。"

徐静浅淡地笑了笑，说道："商帅之父商维刚得了云西兵权，现在正是要紧关头，绝不会做丝毫引皇帝疑心的事情。如若你是商帅，一个是江南半壁江山，一个是江北一隅，你会选哪个弃哪个？"

这是个根本不用选择的问题，商易之既愿意来做那议和使，便已是打算弃了江北，只不过是一时被阿麦说得心动了，这才在不伤害自己大利益的前提下给她提供了东进青州的便利。阿麦沉默半晌后问道："那我们要怎么办？城中粮草倒勉强能撑到明年麦收之时，今天常钰青既能克制冲动暂不攻城，怕也是要等到那时再来。"

徐静徐徐点头，轻捋着胡子说道："不错，从今日之事看，常钰青此人不仅狡诈多智，而且克制冷静，不愧是北漠名将。他本就极难对付，如果到时城中再粮尽，青州城即便再艰险难攻也守不住。"

阿麦担心的也正是这个，两军对垒，最难的不是无法知晓敌人的下一步行动，而是你明明能猜到他的意图，却想不出应对之策。徐静和阿麦两人一时俱是无言，阿麦想了片刻没有什么所得，干脆站起身来说道："就先这样吧，反正等到明年麦收还有小半年呢，中间或许能有什么转机还说不定呢。再说薛武好歹也是肖毅的外甥，看在这层关系上，肖毅也不好意思让薛武空手而归，多少也得给点。"

说着，唤了张士强进来帮自己卸甲，又笑着看向徐静，说道："时辰不早了，我先陪着先生吃饭吧，李少朝今天在城外还抓了几只野味回来，说是要做了给先生下酒。"

徐静听了捋着胡子笑了笑，并不推辞。因物资有限，阿麦又是一直以身作则和士兵同食，所以带得诸将在饮食上吃得大都粗糙。徐静来后，阿麦考虑到他的身体情况，特意命李少朝给徐静一日三餐都用细粮配给，可即便如此，平日里荤腥之物也是不常见的。

阿麦打发了张士强去厨房询问饭菜，自己则陪着徐静闲谈一些青冀两州的风土人情。过了一会儿，两人正谈到太行山有名的几种山珍野味，屋外忽飘来一阵浓香，引得两人顿时停住了话题，齐齐转头望向门口。

门帘被张士强从旁边高高撩起，李少朝腰间系着条粗布围裙，竟亲自端着口大铁锅一串小碎步地疾走进来，嘴里一迭声地叫着："快闪开些，别烫着！"

看到堂堂江北军的军需官竟做起了厨子的勾当，阿麦与徐静不觉都有些愣怔，脑中不约而同地闪过同一句话：黄鼠狼给鸡拜年，定然没安好心。

李少朝将那口大铁锅往桌上一蹾，热气腾腾的，顿时占去了大半个桌面。他偏着头满意地左右打量了那锅一番，转头间见阿麦和徐静都还愣坐着，忙往他二人手中各塞了双筷子，伸了手招呼，"大人，徐先生，别客气啊，尝尝，这可是我们李家秘不外传的手艺。"

阿麦看看满脸期冀的李少朝，不好拒他好意，只得先让了徐静下筷，这才举筷夹了一块肉放进嘴中细细嚼着，还没等把这口肉咽下，果然就听到李少朝开口说道："大人，我有件事想和大人商量商量。"

阿麦心中本一直提防李少朝给自己下套，听闻他开口还是忍不住颤了颤，抬头瞥了一眼静静吃饭的徐静，不动声色地问李少朝道："什么事？"

李少朝往凳子上坐了半边屁股，先讨好地笑了笑，说道："是这么个事，太行山里野猪、野羊之类的野物不少，反正弓弩营的士兵闲着也是闲着，不如拉到山里去打猎。现在正是刚贴了秋膘的时候，都肥实着呢……"

阿麦听得无语，心道：好嘛，我不过刚吃了你一块肉，这常钰青大军前脚刚走，你就想把我几营的士兵拉出去给你打猎。我要是把你这一锅肉都吃了，你是不是就能说出让我整个江北军的士兵去太行山里给你种粮食去？

李少朝见阿麦没什么反应，心里也渐渐发虚，却又有些不死心，搓了搓双手继续游说道："你看看今天这一战，弓弩营的准头还是欠缺，可见校场的那些死靶子不大好使，不如去山中寻些活靶子练，一是可以改善一下大伙的伙食，二是多出来的野物还可以风干存起来，过年的时候吃也是好东西。"

阿麦皱眉打断李少朝，"你是好心，但是法子却不可行。常钰青并未远去，就在武安对我们虎视眈眈，距此不过二百余里，铁骑一个昼夜就可驰到，哪里能把弓弩手都派到山里打猎去！再说，我已打算把弓弩营混编入步兵营中，更不能把他们单独抽调出来了。"

李少朝被阿麦说得有些讪讪的，搓着手说不出话来。阿麦不想让他这般下不来台，想了想又说道："不过军中士兵操练确实辛苦，是该经常给你们改善一下伙食。这样吧，我叫王七先把步兵中的老弱病残都挑出来给你用。"

李少朝心中暗道：你给我一伙子老弱病残，他们怎么可能去山里打猎！不过他这人处事向来圆滑，即便心中再不乐意也不会当场带出样来，只瞅着阿麦干笑了两声。

阿麦看出李少朝并不乐意，当下笑了笑，又说道："你别瞧不上这伙子人，没法去给你打猎，给你养鸡养猪也是好的。我以前还曾听人讲过一些快速养鸡的法子，好像是把母鸡分散圈在小笼子里养，每日里只喂它吃粮食却不叫它多动，它便会长得极快，一只小鸡只需月余就可长成，肉也会极肥。"

李少朝倒是没听过这种养鸡的法子，也不知那鸡是否真能月余就能长成，他只一听到阿麦说每日里只喂那鸡粮食却不叫它动，脸上就不禁带上了笑容，眯了一双细缝小眼看着阿麦笑而不语。

阿麦怎么看都觉得这笑容有点不对味。

那边一直沉默吃饭的徐静却是突然抬起头来，对阿麦说道："这法子倒是极妙，只是，这给人吃的粮食都还没有着落，你叫他从哪儿给这些鸡找粮食吃呢？"

阿麦一下子被徐静问住了。她只不过是听到李少朝说打猎，这才记起以前母亲随口说过的一些事情，现如今被徐静这样问，面上不禁有些讪讪的。李少朝脸上的笑容却是堆得更多，还伸筷子替徐静夹了只野兔腿放到碗中，让他道："徐先生，您尝尝这个，味道可还行？"

阿麦看着生气，干脆也不再多说，只说道："那先不说这些了，等薛武回来看看情况如何再说吧。"说完，也伸筷老实不客气地从锅中夹了块兔肉放入碗中大嚼起来。

十一月初六，薛武自冀州空手返回。据说肖毅原是给了他几车粮食的，还有一车肖夫人捎给外甥媳妇的胭脂水粉绫罗绸缎，只是薛武一气之下什么也没要，转身就回了青州。

阿麦心中早已料到此处，好言抚慰了薛武几句，便叫他先回去休息，倒是李少朝一个劲儿地惋惜那几车东西，直念叨："苍蝇虽小可也是块肉啊，不要白不要啊。"

在这件事上，王七却是赞同薛武的做法，现听李少朝如此说便横了他一眼，气道："你倒不怕吃只苍蝇下去恶心！"

李少朝双手一摊，无奈说道："你敢情是个吃粮不管穿的，怎么知道我的难处。"

为粮草发愁的不只李少朝一个，还有江北军的主将阿麦。虽然早已和徐静分析过肖毅现在不可能轻易给粮，可心中毕竟还是存了些希望的，现如今这点希望已经化作了泡影，就连阿麦也难免有些情绪低落。可当着薛武及江北军诸将的面，她却不敢带出分毫，只有在徐静面前才敢苦下脸来。

徐静还喝着张士强从李少朝那里顺来的不知哪一年的明前龙井，神态颇为悠然，全不见一丝紧张焦虑，只是笑道："你愁什么？你不是让薛武提前把话都和肖毅讲好了吗？江北军在青州混不下去了，只能带着百姓一同投奔他去嘛！"

阿麦苦笑道："那不过是吓肖毅的，还能真去投奔他了？他也不能要咱们啊。"

徐静眼中精光闪烁，却是一本正经地说道："怎的是吓他？你城中粮尽，既守不住，不往东跑往哪儿跑？还真和常钰青在城外决战？那岂不是正中常钰青下怀！"

阿麦听出徐静话中另有他意，不由得往前略倾了身体盯着徐静，问道："先生可是有对付常钰青的计策了？"

徐静捋着胡子轻轻笑了笑，道："这就要问你舍不舍得青州城了。"

阿麦微微抿唇，略一思量后问徐静道："先生此话怎讲？"

徐静反问阿麦道："你可是敢弃青州而走？"

阿麦默默看徐静片刻，倏地笑了，答道："打不过，弃城逃走是最正常不过的事情了。这事不会是我第一个做的，也不会是我最后一个做的吧？"

徐静闻言拊掌大笑，"不错，既然打不过，也只能逃了，毕竟城是死的，人是活的嘛！"

阿麦待徐静止住了笑，又沉声问道："然后呢？真的逃往冀州？"

徐静一笑，走到沙盘前站定，指着沙盘上地形说道："两万精兵伏于青州城北子牙河畔，剩余的城东飞龙陉口隐藏。城门四开，常钰青未必敢进城，便是入城，也没关系。一进城内，北漠铁骑优势尽失，我军提前埋伏在城中的精锐可做内应，助我军重新杀回城内，变野战为巷战，此战可胜。若常钰青屯军城外不肯入城——"

阿麦脑中飞速盘算着，下意识接道："我们又当如何？"

徐静眼睛渐眯，沉声说道："藏于城东陉口处的人马做五万大军状急速后撤，诱常钰青至飞龙陉内，子牙河畔两万精兵起而击之，此战小胜，可斩敌过万；鞑子败而欲走，'五万大军'坚守，两万精兵做无力合围状空缺南偏西方，使其突围，再用骑兵在西南截杀，大胜。"

阿麦听了沉默不语，只用手指轻抚着下颏望着沙盘失神。徐静知道她是个有主见的，所以也不出声打扰，只在桌旁坐下静静喝茶。阿麦默默看了片刻，眉头时而皱起时而舒展，心中百般算计一一转过，这才抬头看向徐静，"若是他人带军还好，常钰青怕是不会轻易入局。"

徐静却是轻笑道："他若是一直按兵不动，我方骑兵趁夜冲营，步军围杀，此战可胜也。"

阿麦缓缓摇头，"不是此处，而是这里。"她将手指向飞龙陉口，说道，"以常钰青的性子，他不会轻易被我们诱入飞龙陉，而是会在我们退入飞龙陉之前就派骑兵绕至此处截断我军的退路，由此一来，反而是我军腹背受敌。"

徐静不禁点头，眼望着沙盘重又凝神思考起来。

阿麦又接道："再者，与鞑子铁骑对阵总是这样以奇胜虽合兵法，却难消我军对鞑子的畏惧之情，处以守势倒是无妨，日后一旦转为攻势却成大患。"

徐静捋须点头，对阿麦此话深为赞同，可若想找出一条步兵正面压制鞑子铁骑之法何其困难。南夏少战马，根本无法建成大量可与鞑子铁骑正面相抗的骑兵。而步兵阵在骑兵的冲击下，很容易崩溃，所以基本上是不与骑兵野战的，必定依靠防御工事或者城池与骑兵对抗。

阿麦思忖片刻，说道："除非我们城东的诱兵不只是诱兵，还能有和常钰青正面一较的实力方可！"话到此处，一道亮光忽从阿麦脑中闪过，她抬眼看向徐静，语气忽地一转，压着一丝兴奋问道，"先生，既然是赌，我们再赌得大一些可好？"

徐静听得心中一凛，问道："如何赌法？"

阿麦答道："我曾从别处看来一种战法，倒是可以克制鞑了骑兵，只是还从未听人用过，我们这次来试上一试。若是胜了，江北军便可顺势东进，拿下冀州，立威四国，在江北与鞑子分庭抗争。"

徐静的小眼睛眨了眨，却问道："若是败了呢？"

阿麦笑了笑，"若是败了，我们撤入飞龙陉也不迟。"

一套新的战法，哪怕威力再大，毕竟未曾经历过实战考验，最后结果还是难料。徐静心有疑虑，沉吟片刻后问道："什么战法？"

阿麦此时却是卖起了关子，笑道："先生，什么战法我且先不说，我只需骑兵两千，步兵一万。其余的仍可按照原先计划行事。我这些兵若是败了，再逃向飞龙陉，没准反而能引得常钰青追击。"

徐静道："这支新军谁来统领？"

阿麦心中闪过一个人影，答道："黑面！"

黑面，泰兴之变后，阿麦带军急进青州，却是命他回去乌兰山一路护送徐静至此。他到来时江北军已是重整完毕，并未给他留下实职，因此黑面虽还挂着偏将之名，实际上却一直是赋闲着。

隔日，阿麦便找了黑面过来，和他密谈了半日后又叫来骑兵统领张生，同他商量从骑兵营中拨出两千交与黑面指挥。张生手中骑兵原就不足五千，前些日子因战又折损了些，现在手中统共也刚有四千，阿麦一张口就要走两千，他面上不觉带了些讶异。不过张生对阿麦本就极为信服，再者说这骑兵原是唐绍义所建，他能接手过来也是全靠阿麦的信任，所以也只是略一迟疑，便爽快应道："好！"

阿麦又道："你先挑出两千精锐来带出去以做游击之用，剩下的给黑面即可。"

张生问道："可是与唐将军之前那般？"

阿麦先是点头，却又摇头，道："一样却又不一样，此处不比乌兰山，往西一走就是西胡草原，可以为你们提供粮草补给，雍、青二州百姓都是我南夏臣民，你们只可以抚，却不能扰。"

张生想了一想，道："末将明白了。"

张生既答应了，剩下的事便好办了许多。

王七手下的步兵营与弓弩营刚混编完毕，阿麦直接要他从营中挑一万精壮出来交与黑面。王七不同张生，他是与阿麦从一个伍中出来的，情分不比寻常，和阿麦说话比别人也要随意许多。见阿麦要从他各营里挑出精壮组建新军，非要缠着阿麦问这新军是怎么个"新"法。谁知阿麦却不肯多做透露，只说日后便会知晓了。如此一说，王七更觉心痒难耐，反而对新军的事情比黑面还要积极起来，只两天工夫便将人交到了黑面手中。

有了人，剩下便是装备了。新军所需配置的床弩是军中常见之物，青州城墙上就有，军械处的工匠自己便会打制，虽是费时费工些，却不是难事。剩下所需用的车辆，阿麦将自己关在房中一个半日，终于仿着父亲笔记上的图纸又画了张一模一样的出来，交与李少朝命他按图限时赶制出来。

李少朝初听要军械处赶工打制一批大车，还道是要去冀州运粮，一迭声地应承下来，可一等看到阿麦描出的图纸，却是叫道："大人，您这车不实用，一看您就不是庄户人家出来的。我虽不是木匠，可也知道这打造大车要……"

阿麦哭笑不得，忙打断了李少朝的絮叨，只吩咐道："别的你不用管，只先找了老木匠来照着这图纸将车打出样品来，我先看了再说！"

李少朝还是很有些不情愿，又要与阿麦讲论。阿麦怕了他的磨叽，只好糊弄他道："这车虽不是用来运粮的，可是有了它咱们就少不了粮食，你放心就是！"

李少朝这才嘀嘀咕咕地走了，又从军中找了百十名会木匠活的士兵出来帮忙，这才赶在一个月内交出了三百辆偏厢车出来。所谓偏厢车，其实就是装有防护板的战车，既可与鹿角砦、拒马等搭配使用组成车营，抵抗敌人突袭，又可从防护板的箭窗中发射弓弩，在防护板的掩护下强行向前推进。这东西早之前就有人用过，只不过阿麦这回造的战车略有改进，装上了数扇可以折叠的屏风，不用时就折起放在车辕上，作战时则打开竖立在一边车轮之后以代车厢。

战车虽有了，可那与之配套的床弩却是未能赶制出来。阿麦知李少朝已是尽了力，并未苛责于他，只先将这些战车给了黑面，命他先凑合着用这些空车操练新军。

新军专有自己的校场，有四千步兵早已开始操练，经过一个月的特训，现如今已初现模样。他们也与以往的阵列不同，而是以十一人为单位分作了小队，前两人是分执长盾、藤牌的标枪手，队长居中紧随其后，两侧各有持狼筅者一名，再往后是四名长枪手分列左右，最后便是两名短刀手。

徐静看到这小队人马的配置，只略略琢磨了一下，就连声赞道："妙！妙！妙！这一队人俨然就是一个作战单位，掩护、指挥、推进、杀敌俱都齐全，好你个阿麦，想不到你竟会设计出这般阵法。"

阿麦笑了一笑，道："先生可真看得起我，这哪是我能想出来的。这是我无意间从一本兵书上看到的，据说是位'戚'姓将军所想，名为'鸳鸯阵'。"

"鸳鸯阵？为什么叫鸳鸯阵？"王七忽地问道。

阿麦被他问得一愣，只得摇头道："这个就不知道了。"

不想旁边徐静却是嗤笑一声，手捋胡须说道："叫鸳鸯阵应是取鸳鸯成群结队之意，你们瞅瞅，这一队除去队长之外，其余人等俱都成双配置，众人又结成一队，如影随形，密不可分。"

王七与李少朝听得挤眉弄眼，嘿嘿而笑。

阿麦那里笑了一笑，却是说道："这名字由来想是如先生所说一样，不过，这一队人马却是可分的，可分成五人队，三人队。"

徐静惊讶，又仔细看了看那战阵，沉吟道："不错，正是可以一分为二、为三，不过这阵虽好却也有不足之处，此等小阵灵活善变，更适合巷战等狭小之处，要与常钰青骑兵野战怕是不能吧？"

阿麦点头道："先生眼光真是毒辣，此阵的确更适合巷战，不过，也可随地形、战况调整，尤其是与车营相搭，正可迎战北漠骑兵。"

另有六千名步兵被分配到三百辆战车旁。每辆战车旁有步兵二十人，分作两队，十人负责推车并施放床弩，远距离打击敌人，另外十人则手执藤牌、镋钯和长柄单刀等兵器，负责近战杀敌。两队士兵与战车形成一个统一整体，同进同退。

因床弩未能赶制出来，几百辆战车上只能先捆缚了大石块以做练习，被战车兵推着撒欢般地满校场跑……

同样一副场景落入不同人眼里便是不同的想法。

徐静看得眼睛放光，他一开始还以为阿麦是要用车阵对抗骑兵，正要劝阿麦那是自固之道，而非取胜之方呢，现如今看到此番景象，手只拽着胡子竟顾不得往下捋了。

王七看着那些健壮的士兵却是颇多自豪，不愧是我营里挑出来的，你们满军里转您着去看看，还有比这些小子们更壮实的吗？

军需官李少朝瞧见这一幕更多的却是心痛，一个个吃得贼多，做的却都是这些推石头的活，有这把力气干些什么不好，真是浪费了啊。

就在众人的各怀心思中，日子过得飞快，江北军到青州的第一个年头便来了。李少朝的脸丝毫没有过年的喜气，反而显出几分愁苦，年关年关，穷人过年即是过关。别的暂且不说，只说眼下无面无肉，拿什么给大伙过年？李少朝抬眼望望阴郁的天空，恨不得天上飘的不是雪片子，而是能撒下些白面来。

许是李少朝的怨念直冲了云霄，腊月二十八这天，青州城外就突然有人给江北军送来几十车的山珍野味。押送的是个三十多岁的粗壮汉子，先吩咐将大车都停在远处，独自一人来到城下，冲着城墙上高声喊道："有位故人给麦将军送些年礼过来，还请军爷放下吊桥让咱们把东西送进去。"

守城士兵哪敢随意放下吊桥，闻言忙去请示长官。今日负责城卫的正是右副将军莫海，听到消息上城来看，只见城下远处停了一串大车，个个满载着，足有三四十辆之多。那城下的汉子见到有戴了缨盔的将领上来，知是个管事的，便又扬声叫道："我这里有那位故人交给麦将军的信物，还劳这位将军交与麦将军，麦将军见过了便会知道。"

说着扬手一掷，一个绸布小包便向城楼上飞了过来，直落向莫海怀中。那护城河足有十几丈宽，又有城墙的高低落差，可那人随手一掷竟就将东西扔到了莫海身前，足可见臂力强劲得骇人。莫海心中暗惊，接住那小包打开一看，却是一块南夏军中标志身份的铜牌，刻的是校尉级别。莫海一时猜不透这是何人的信物，忙叫人拿了这绸布小包去给阿麦送去。

阿麦正在新军校场上指导黑面训练新军阵列，李少朝依旧是跟在她身边与她磨叨军需之事。阿麦听得一阵阵心烦，几次都想挥手轰了李少朝走。城墙上的守兵给阿麦送过那绸布小包来，说是城外有人给她送年礼过来，特交了此信物给她。阿麦心下诧异，待看清那绸布包裹的那块校尉铜牌，面上先是一怔，随即便涌上狂喜之色来，也顾不得与黑面交代一声，转身就向校场外疾走。

李少朝在后面看得奇怪，又惦记着那士兵说的"年礼"二字，忙悄悄地在后面也跟了上去，却发现阿麦步子迈得极大，竟似忍不住要跑起来一般。

莫海仍等在城楼上，见阿麦这么快就过来了不觉有些惊讶，忙迎了过来叫道："大人。"

阿麦随意地点了点头，边向垛口处走边问莫海道："那人呢？"说着话已是到了垛口，阿麦往下看去，一时有些愣怔，只见护城河那边静悄悄地停了几十辆货车，人影却不见一个。

莫海答道："来人说东西已经送到，他便先回去了。"

阿麦微怔片刻，这才应了一声。

莫海又问道："大人，这些大车怎么办？"

那大车有三四十辆之多，上面盖了毛毡，都装得满满的，从城上远看过去真摸不准里面装了些什么，就是藏了人在里面也是看不出来的。听莫海如此问，阿麦反而笑了，转头说道："既是给咱们的年礼，就收下好了，正好李少朝整日里念叨没东西过年呢！"

话音刚落，莫海还未言语，刚刚爬上城墙的李少朝却是极爽利地应了一声，转身不停脚地就往城下走。阿麦忙唤住了他，吩咐道："叫人去牵了骡马来，数点清了，把车都拉进来。"

李少朝却是回头咧嘴一笑道："还牵什么骡马啊，怪费事的，反正老黑那些人平日里练的便是推大车，我去喊他们过来些就行。"

阿麦不禁失笑，无奈地摇了摇头，手中的铜牌因攥的时间久了，已带上了她的体温。阿麦低头细看了片刻，小心地收进了怀里，抬头望向那压得极低重的云层。北风吹过来，卷着星星点点的雪片子，空气中已是有了爆竹燃后的火硝味道。盛元五年，终于在一场大雪中来临了。

因今年立春是在年后，所以很是春冷了一阵子，待天气转暖已是二月间。阿麦所要的床弩已经装备了新军，士兵们已经进行到准度练习的阶段。新军中的骑兵也大都换上了阿麦建议的那种类似狼牙棒的新式武器，越用越觉得这武器简单顺手，而且还可以加工改良，自由发挥，充分展示自我个性。那憨厚粗壮的便用沉重些的，一棒子砸下去能把马头砸塌，为人刻薄的就给铁钉装上倒钩，只要砸中了人顺势往回一收，对方就能被扯下马来了，真真是妙不可言！

新军训练进展顺利，其他各营操练也很刻苦，城中的形势一片良好，只除了李少朝为了粮草之事上蹿下跳有些着急上火之外，江北军诸将各司其职，将日子过得井井有条。

同时，北漠大军稳驻武安，常氏一族老少三个爷们儿竟也在武安过了个年。与青州的捉襟见肘不同，北漠大军的粮草很是充盈，征南大元帅陈起不但将粮草一次给了个足，还专门派了宣威将军傅悦押送粮草物资过来。

说起傅悦其人江北军诸将都有些陌生，统管斥候队的王七便又解释了一句道："就是盛元二年，野狼沟之战，被咱们射死的那个傅冲的亲哥哥。"

江北军诸将不禁都发出了一声"哦"，尾音拉得很是绵长，皆是一副原来如此的表情。薛武一直留驻青州，对野狼沟之战知道的却是不多，当下问道："可是早前北漠那个和常钰青并称'将门双秀'的傅冲？"

莫海不屑地嗤笑一声，"嘛双秀啊，好大喜功，轻兵冒进，只刚和咱们江北军一接头就被射死了。"

阿麦思量片刻后问王七："陈起为何派了此人前来？只是押运粮草，还是要留在武安？可有这方面的消息？"

王七摇头，"没什么消息，只知道粮草是由傅悦押运前来的。"

一直没说话的徐静突然笑道："多是北漠军中派系之争的缘故，看来陈起这是要拉拢傅家与常家相抗了。"

阿麦沉默不语，似在思量什么。

张生看看徐静，又望向阿麦，问道："大人，可是要去劫掠粮草？"

阿麦闻言回神，瞥一眼那边眼巴巴瞅着她的李少朝，却对张生摇了摇头，说道："不可，我们骑兵稀少，辎子又早有防备，去了白白让骑兵折损。"

徐静也是缓缓点头道："不错。"

武安城中，常家几人也在商议傅悦押运粮草前来之事。

常修安对此事极为恼怒，气愤道："既由我常家领兵东进，还派这傅家小二来做什么，分明就是要故意来搅和咱们，若不是那个傅冲，咱们还不至于有野狼沟之败呢！再说那傅家有什么本事，不就是仗着是太后的舅家吗？"

"三叔！"常钰宗打断常修安的话，转头看向堂兄常钰青，问道，"七哥，陈起可是嫌咱们东进速度太慢？咱们一路从豫州打到青州，攻下的城池不下十数个，虽说是被青州绊住了些日子，可也没闲着啊，他何至如此？"

与常修安的愤然和常钰宗的疑惑不同，常钰青面色平淡，嘴角上还带了一丝讥诮的笑意，闻言说道："正因为咱们常家军功太盛，又得太后信任，他这才会叫傅悦过来分一杯羹，既夺了我常家的军功，又给了傅家脸面，一举两得，何乐而不为！"

　　常修安更是气愤，干脆说道："等那傅悦来了，咱们就晾着他，看他能使动哪队兵马！"

　　常钰青却笑了笑，说道："三叔若是如此，就正中了陈起心意了，非但得罪了傅家，还要见恼于皇上与太后。"

　　常钰宗忍不住问道："那该如何？"

　　常钰青轻笑道："傅悦既来了用他便是，而且不只要用，还要重用！"

第五章

激战 兄弟 风采

进入三月，青州粮仓里的粮草越来越少，李少朝反而意外地镇定了下来。阿麦日渐沉默，斥候从武安探回了消息，常钰青大军已经有所行动，一场不可避免的战争终要来临了。

考验，这是一场对新军的考验，也是一场事关江北军生死存亡的考验。

三月十二日，北漠大军出武安，直逼青州。

江北军骑兵统领张生带骑兵两千欲趁机偷袭北漠粮草大营，谁知常钰青早有防备，留常修安带骑兵三千并步兵一千护卫粮草。张生出师不利略有折损，引江北军骑兵退向青州城南。

三月十七日，北漠铁骑至青州城西。青州城内粮草不足，五万江北大军放弃青州，从东门出退向飞龙陉口。同日，城内百姓恐北漠屠城而发生民乱，携带粮食细软四散奔逃，青州城门大开，城内乱成一团。

常钰宗建议北漠军进城平定城内民乱，趁机占据青州。常钰青却是冷笑，非但没有进入青州城，反而绕青州城而过，分出铁骑三千由先锋将傅悦带领，直插飞龙陉口截断江北军的退路，剩下的大军主力则是步步压向江北军，将尚不及退入飞龙陉的江北军全堵在了陉口外的那片开阔地带。

时隔近半年之后，阿麦与常钰青终又狭路相逢。

与飞龙陉内的狭窄绵长所不同，陉口外是太行山山脚向西延伸而出的一大片平缓的开阔地，正是非常适合骑兵作战的地形。江北军的骑兵部队正掩护着步兵向东撤退，见北漠大军追到连忙列阵迎敌。可江北军中骑兵本就不多，张生又带走了一半去袭北漠粮草大营，所以留在此处的骑兵不过两千，和两万北漠铁骑比起来数量少得有些可怜。

两千对两万，又是在开阔地带，胜负几乎没有悬念。

北漠骑兵都已有些按捺不住，大将军常钰青却依旧没有下达冲锋的命令。他一直在寻找与江北军野战的机会，现如今真的把江北军堵在了这里，他却有些犹豫起来。常钰青太了解阿麦此人了，她不可能如此老实地坐以待毙。果不其然，江北军骑兵列阵之后很快就向后撤去，露出了那掩藏在后面的三百辆战车。

常钰青终于笑了，原来是想用车阵抗御骑兵。借战车之固来截阻骑兵的驰突冲击，保持己方阵形的完整。同时，由于阵内车辆的密集分布，行列间的通道非常狭窄、曲折，骑兵难以快速穿插，行动的空间将受到极大的限制……

车阵对骑兵固然有一些优势，却难以抗御步兵灵活的攻击，同时又有一个致命的弱点——怕火攻，再加上车阵本身以守为主，根本不利于主动出击的攻击性作战。

"阿麦，你让我有些失望了呢。"常钰青弯唇轻轻笑了笑，吩咐身旁常钰宗道，"准备火箭，负草焚车。"

常钰宗也是熟读兵书之人，自然知道常钰青这是要用火攻来对付车阵，忙命人去布置火箭及干草。

那边，江北军的几百辆战车迅速向阵形前列靠拢，而且并不像一般的方阵、却月阵、函阵等阵形做纵深布列，而是前后交错地排成了几行，快速地向北漠军阵推进。

北漠诸人不觉看得有些糊涂，车阵多是以防御为主，还没见过这样推着战车往前疯跑的呢！江北军这是要做什么？眼看着两军之间的距离越来越近，常钰青虽一时搞不懂阿麦到底在玩什么花样，不过却不能等着敌方的战车冲击自己军阵，见此冷静地命令骑兵前军向江北军冲杀。

而江北军战车在冲到距北漠骑兵二百丈远时猛地停了下来，战车上一直盖着的毛毡终于被掀开，露出牢牢固定在战车之上的床弩来……再强劲的弓箭也比不过床弩的射程，这种以几个士兵绞轴发射的弩机，射程足可达三百大步。北漠铁骑前军才刚刚开始冲锋，江北军的弩箭便已经呼啸而至。

以木为杆，铁片为翎，与其说是箭，还不如说是带翎的枪，每一枪落地几乎都能将一个骑兵连人带马钉倒在地上，更有甚者能连穿几个骑兵而过。北漠大军被这突来的打击搞得蒙了，非但那些冲锋的骑兵队损失惨重，就连后面尚未冲锋的骑兵大阵也在弩箭的攻击范围之内。弩箭一排排落下，北漠铁骑一排排地往下倒去，静立不动的骑兵阵成了江北军新军最好的靶子。

这个时候，万无后退的道理。常钰青最先反应过来，冷声吩咐左军冲击敌阵右翼，而其余诸军则继续冲击江北军军阵。常钰青头脑很清楚，江北军床弩虽然厉害，却不过只有三百架，只要能冲进江北军军阵中，北漠大军依旧可以扭转局势。

不得不说，作为一个骑兵将领，常钰青的指挥极为出色，可惜世上的事情总是有些变幻莫测。江北军战车在施放过最后一轮弩箭之后，那些车兵立刻推起大车向两翼撤去。黑面平时苛刻的训练终于见到了效果，这些车兵们将车推得飞快，很快就用车列阵护住了部队的两翼，继续施放弩箭。同时，一直等在阵后的江北军骑兵纵马冲了出来。

两翼是床弩施放的强劲而密集的弩箭，四面迎头砸过来的都是铁刺狰狞的狼牙棒，北漠铁骑还从未遭受过如此的打击，队形很快就已散乱。可北漠铁骑既能称霸天下，自有其过人之处，再加上江北军骑兵人虽勇猛却不恋战，只在北漠骑兵阵中左右突驰了一番就快速离去，所以，北漠骑兵虽折损了不少，却仍是冲到了江北军步兵阵前。

可是，他们很快就发现，他们人虽然冲到了，却又被战车拦住了。

不知在什么时候，江北军的那些战车竟然又从两翼推回来了，平时放在车辕上的屏风被打开，竖立在一边车轮之后以代车厢，几百辆战车并肩衔接，排成了圆阵将北漠骑兵挡在了外面。

车阵内百弩齐发，北漠骑兵又成了箭靶子。

北漠大将军常钰青脸色铁青却依旧镇定，车阵虽可抵挡骑兵，却对步兵无法。常钰青果断地命令阵前骑兵下马，试图以步兵攻破江北军的抵御车阵。同时，派飞骑传令堵在飞龙陉口的北漠先锋将傅悦，命他从背后进攻江北军军阵。

北漠骑兵变步兵，很快就有人惊喜地发现那车阵屏风最靠边的两扇竟然可以前后摇摆，犹如门页，竟是可以供步兵进出的。可还没等北漠"步兵"来得及高兴，那一直藏在车阵后的江北军杀手队突然从门页里冲了出来。原来，人家那门是给自己人留的……

在牺牲了无数的北漠"步兵"之后，北漠随后赶上的骑兵终冲破了江北军车营防线，踉踉跄跄来到江北军步兵阵前。郁闷得让人吐血的事情又发生了，那原本整齐的步兵阵竟自动分散起来，组成了不知有多少的小队，分散开迎着北漠骑兵反冲过来。

北漠骑兵心中很是纳闷：怎么又突然变了？又成撒星阵了？这还有完没完了？

撒星阵，分合不常，闻鼓则聚，闻金则散。骑兵至则声金，一军分为数十簇；骑兵随而分兵，则又鼓而聚之。说白了就是骑兵冲来时不硬挡，只求尽量避开，而当骑兵转向或减速时，步兵们便一拥而上，形成敌我混杂之势。

这其实是一种很无赖的打法，颇有点市井泼皮豁出命的意思，从不和你正面相碰，就是一伙子人蜂拥而上，讲究的就是敌中有我，我中有敌。你打吧，反正大家都混杂在一起，说不准哪一刀哪一箭就招呼到了自己人身上，可要不打更糟糕，敌人的刀箭一定会照顾到你。

以往步兵遇到骑兵基本上只能防御，便是陵水之战中阿麦用过的三叠阵，也属于防御阵形，而此阵大不相同，它可以主动出击。当然，这个阵法实施起来也颇具难度，非精兵不可为。

首先，做泼皮也是需要极大的勇气的！这些泼皮，哦，不对，是这些步兵必须悍不畏死，看到骑兵冲来绝不能害怕，否则一旦胆怯逃窜，便将受到骑兵从后砍杀，如砍瓜割麦一样的容易。其次，光不害怕还不行，还要冷静沉着，与同伴严密配合协作，方能杀敌于马上。

即使都是精兵且配合默契，以步兵对骑兵，仍是会处于劣势，撒星阵使出就等于是拼出命去打，正所谓"阵如撒星，血战不回"，一旦步兵施展这种阵法，那就意味着一场惨烈搏杀即将开始。

北漠骑兵并未害怕，身体里流淌的好战的热血让他们无所畏惧，他们只怕软弱的南蛮子们不敢应战。于是，北漠骑兵笑了，手中挥舞着弯刀继续向前冲去。可惜，他们很快就发现他们又错了。

江北军这些分散开来的十余人的小队太奇怪了，士兵的武器竟然有长有短，五花八门。前面的长盾手掩护着队列的前方，藤牌手匍匐滚地，专门砍敌人的马腿。后面两名狼筅手执着一丈多长的狼筅，掩护盾牌手的推进和后面长枪手的进击。而分置左右的四名长枪手则各自照应前面的盾牌手和狼筅手。再后面，还有使用短刀的短兵手以防敌人迂回攻击，顺便给受伤落马的敌人痛快地补上一刀。

这种阵法，利用小队内士兵的分工作战完全弥补了单兵作战时的弱点。

最恐怖的还在后面，随着江北军战鼓节奏的变化，这原本十一人的小队竟然又开始分列了，成为两个、三个更小的阵列……

阵虽小，杀伤力却依旧恐怖！

历经了千辛万苦，骑兵的速度及冲力优势早已消失殆尽，劈下去的弯刀被长盾牌挡住了，马上的人还未反应过来，盾牌后面又突然伸过一支长枪来，将马上的骑士一下子挑落下来，紧接着就是不知从哪里落下来的钢刀……死亡，原来是如此简单的事情。

常钰宗杀得眼中一片血红，却仍是阻挡不住溃败之势。理应从江北军军阵进攻的傅悦部迟迟不见动静，张生所率两千骑兵却突然神不知鬼不觉地从北漠大军身后出现，北漠两万铁骑，终于开始土崩瓦解。

这一仗直持续到傍晚时分，战场上已一片狼藉。有江北军的战车被北漠的火箭射中起了火，浓烟直冲天际。可更多的却是北漠骑兵的尸体，人和马的鲜血混在一起，将刚刚返青的地面浸成一片片深深浅浅的红。

常钰青带着北漠残军一直退到青州城南几十里外的程家庙处才停下来，传令整点部众时却发现先锋常钰宗并未能跟上来。常钰青身边的将领有不少是常府的家将出身，俱都与常钰宗熟识，见此眼圈不禁都有些泛红，一个个向常钰青央求道："大将军，回去救十一郎吧！"

常钰青面色冷峻，薄唇抿得不带丝毫血色，沉默地看了众人片刻，却只是冷声吩咐副将冯义道："整合残部，暂作休整，待明日清晨偷袭江北军大营。"

众人听得一愣，当下就有将士追问道："那十一郎怎么办？"

常钰青冷冷地瞥了那人一眼，没有理会，继续向冯义交代道："江北军要打扫战场，今夜必然无法赶回青州城内，只得在飞龙陉外宿营。他们新胜难免骄傲，营卫不会太严。一会儿你带军作势西逃，过屏山后挑出一千精锐择地隐藏，剩余的仍继续西逃。这一千精锐等到丑时出兵，绕至江北军大营东南方向趁夜袭营……"

那副将冯义见常钰青交代得如此清楚，心中又惊又疑，不禁出声问道："大将军！您这是？"

常钰青依旧冷着脸，只沉声问道："你可听明白了？"

冯义只得点头，"末将明白，只是……"

"没有只是！"常钰青冷声打断冯义的话，提着长枪跨上一旁的照夜白，又转身交代他道，"我回去救钰宗，若是成了便直接往西北而走，替你引开江北军注意。傅悦一直没有回音，怕是凶多吉少。你若是袭营不成，不用再多做计较，直接带了大军退回武安，坚守以待援军！记住，切莫进青州城！"

常钰青说完便策马欲走，冯义忙上前伸开双臂拦在常钰青马前，急声劝道："大将军！您不能去，我去救十一郎，您是一军之主，无您则军心不稳，您绝对不能以身涉险！"

常钰青冷声道："我若不去，那麦穗怎会相信我北漠大军已经溃不成军向西逃窜？"说完冷喝一声道，"让开！"

冯义却是纹丝不动，常钰青冷笑一声，策马后退几步后猛然向前，照夜白纵身一跃竟是从冯义头顶之上飞跃而过，风驰电掣般向北飞奔而去。常钰青的亲卫恐他有失，急忙纷纷上马跟在后面紧追了上去，一行几十骑竟又冲向了飞龙陉。

飞龙陉前，战时销声匿迹的江北军总军需官李少朝终于又活跃了起来，还幸存的北漠战马、锋利的弯刀……天色渐黑，李少朝眼睛却似能放出亮光来，挥舞着两只胳膊指挥军需营里的士兵收捡战场上的战利品，直喊得声嘶力竭、唾沫四溅。

江北军中有规定，一场仗打完之后，主力骑兵及步兵要迅速收整以防敌兵反扑，战场的打扫由军需营里的士兵专项负责。因今日这场仗赢得漂亮，北漠铁骑又是北漠大军中装备最好的，以至于李少朝都觉得人手不足起来。

李少朝想了想，拔脚就往战场西侧的步兵营处奔，待寻到了步兵统领王七，直接开门见山地说道："你借我一营兵用，咱们把鞑子死伤的这些战马也都弄回去，我回头用马皮给你们做成马靴穿。"

王七却不肯借人，只推托道："马靴那是风骚的骑兵用的，咱们步兵营用不着这个，你还是找张生借人去吧。"

李少朝不肯死心，眯缝眼眨了几眨，又游说道："你不是还有个斥候队呢吗？用得着！"

王七听了不觉有些心动，想了想便真应了，叫了手下一个营将带着人执了火把随李少朝去打扫战场。阿麦带着林敏慎、张士强等人从远处纵马过来的时候，那营步兵刚刚被李少朝重新带回到战场之上。阿麦见仍有主力步兵营的士兵留在战场上不觉有些诧异，转头吩咐身旁亲兵去问是怎么回事，一会儿的工夫却是李少朝随着那亲兵回来了，到了阿麦马前笑嘻嘻地说道："是我从王七那儿借的兵，今儿鞑子落下了不少好东西，丢了实在可惜！"

阿麦听了气得剑眉倒竖，强自压了心中怒气，又命亲兵去传王七。过了片刻，王七骑马过来，老远就叫道："大人，什么事？"

阿麦阴沉着脸，策马上前扬手就抽了王七一鞭子。别说王七一时被阿麦打得傻住，就连阿麦身边的众人也有些愣了。阿麦虽已是江北军主将，可对人向来随和有礼，还从未见她如此发怒过，更别说还是对一个军中的高级将领动鞭子。

阿麦那里怒道："现在是什么时候！你不着急加强营卫，却叫人来打扫战场，你活腻歪了？"

王七垂头不语，李少朝脸上有些讪讪的，他知道阿麦是因自己曾做过她的队正，顾及他的脸面，这才把火都撒到了王七身上。李少朝犹豫了一下，说道："大人，是末将的错。"

阿麦冷冷横了他一眼，接道："我没说你对，你只顾惦记着那点东西！命若是都没了，留着东西有个屁用！"

李少朝连连点头称是，王七那里却依旧是闷声不语，显然心里有些不服。李少朝见此忙拉了王七对阿麦说道："我们这就去加固营防。"

阿麦瞥王七一眼，冷声说道："叫黑面以车护营，多派些外探和外辅出去，防备鞑子袭营！"

王七闷闷地应了一声转身欲走，不远处却突然传来营中士兵的惊呼声。阿麦等人闻声都望了过去，只见火光映照之下，几个江北军士兵正举枪齐齐对准地上某处，旁边举着火把的那个士兵更是回头冲着王七喊道："王将军！这边有条大鱼！"

王七看看阿麦，转身大步向那边走了过去，待到近处，才看清士兵们用枪指着的是个受伤倒地的鞑子将领。只见这人身上伤处颇多，铠甲上满是血污，一条腿的角度扭曲得有些怪异，像是折了一般。王七从旁边一个士兵手中接过火把来仔细照了照，见此人不过二十出头年纪，肤色微黑，原本清朗的眉目此刻因恼怒而显得有些扭曲，正横眉怒目地瞪着自己……瞅着却有点眼熟，竟像是那日在青州城下横枪立马的常钰青的模样。

王七心中突地一跳，顿时又惊又喜，忍不住大声叫了起来："大人！咱们这回可真逮了条大鱼！"王七转回身冲着阿麦兴奋地喊道，"大人，你快过来看看！是常钰青，常钰青！咱们抓住常钰青了！"

那边阿麦听得一愣，这边那鞑子已是猛地向王七啐了一口血水出去，嘶声骂道："呸！狂妄小人痴心妄想，我们大将军怎么会落入你们这些宵小之手！他早晚要将你们灭个干净，把你们都吊到青州城门去！"

一旁的江北军士兵见此抬起手中长枪就要往下刺去，却被王七伸手拦住了。王七不慌不忙地掸净了衣角上的污渍，这才抬眼看向那鞑子，猛地抬脚踹向他的伤腿处，嘴中狠声骂道："看谁先把惟挂城门，一会儿老子就把你送上去！"

"王七！停下！"阿麦策马过来喝住了王七，低头看向地上那人，见他眉眼果然有几分与常钰青相似。阿麦又看了眼他身上精钢所制的铠甲，说道："他不是常钰青，应该是常钰宗吧。"

"常钰宗？"王七愣了一愣，扫了地上那人一眼，转头又问阿麦道，"就是在白骨峡被咱们灭了三万步骑的那个常钰宗？"

阿麦点头。

王七不禁又笑道："难怪瞅着眼熟呢，竟然也是老熟人呢。"说着竟在常钰宗身边蹲下了，笑着问道，"嘿？你都被咱们灭过一回了，怎么还不长点记性呢？"

江北军众人听了哄笑起来，常钰宗气得脸色通红，厉声叫道："要杀要剐给个干脆，别跟娘们儿一样光动嘴皮子！"

他这样一喊江北军众人反而笑得更厉害了，就连阿麦嘴角也不禁带了些笑意，吩咐王七道："找罗郎中给他看看，小心着点，别弄死了。"

"知道了。"王七爽快地应道，笑嘻嘻地回头看了阿麦一眼，似已经忘记了刚才挨鞭子的事情。

有传令兵过来向阿麦禀报莫海处的战况。战前，北漠先锋将傅悦曾带了三千骑兵去拦江北军东退之路，不料阿麦早有防备，命右副将军莫海带着人伏在那里，将傅悦候了个正着。傅悦失了先机，失利之下只得带兵北逃。莫海带着人追到了子牙河边，傅悦渡河后沿着河岸向西而行，莫海一面带部队随着对岸傅悦一同移动，一面派了飞骑回报阿麦。

阿麦略一思量，命那传令兵先回去告诉莫海密切注意傅悦动静，自己则是转身去寻徐静。她刚策马行了没多远，忽闻远处传来示警的击鼓声，那急促的鼓声刚刚响起便断了声息，显然击鼓示警的人已是被人灭了口。

这个时候，谁还会去而复返？

夜色之中看不甚远，远处一阵急促的马蹄声，所到之处惊呼声顿起。阿麦尚未反应，一侧的林敏慎已是策马向前几步挡在了她马前。伴随着时而响起的金属相击之声，一匹白色战马从暗夜之中脱颖而出，马上骑士黑衣亮甲，手握长枪，竟是北漠军大将军常钰青！

原来常钰青见一直找寻不到常钰宗，干脆就向着火光处奔了过来，这一路闯来已是不知用枪挑了多少上前阻拦的江北军士兵，只是放声喊着："十一郎！

十一郎！"

这边王七正着人抬了伤重的常钰宗欲走，见此情景也是一时愣住了。常钰宗听见有人唤他，挣扎着坐起身来，冲着常钰青方向喊道："七哥！我在这里！"

常钰青闻声望过来，待看清是常钰宗时心中不禁大喜，直接拍马冲来。常钰宗见此也骤然发难，一把推开身旁钳制着他的江北军士兵，拖着伤腿向常钰青方向滚爬过去。一旁愣怔的王七猛地回过神来，想也不想地挥刀砍向常钰宗，大刀正好砍中常钰宗后背，常钰宗嘴中一个"七哥"尚未喊完，身体便向地上直栽了下去。此时常钰青纵马已是到了常钰宗近前，眼看此景双瞳骤然收紧，身上杀气暴涨，厉喝一声，手中长枪游龙般探出，直刺向王七胸口。

阿麦远远看到，心中一窒，失声叫道："王七！快跑！"

王七下意识地挥刀去挡，可手中长刀还未收到身前，那透着凉意的枪尖已是刺透了他胸前的铠甲，穿胸而过。王七一时愣了，有些不相信地低头看向胸口上的长枪，竟然觉不出痛来，这是自己的身体吗？

常钰青长枪猛地回抽，王七的身体也跟着那股力向前迈了一步，血液从胸口喷涌而出。

"王七！"阿麦厉声喊道，不管不顾地纵马冲了过去。

众亲卫恐她有失，忙打马从后紧随而来。林敏慎马还未至，人已从马鞍上一冲而起，越过前面的阿麦，手中长剑连变几个招式刺向常钰青要害之处。

常钰青高坐马上，舞动长枪将那些剑招一一化解，长枪一拨将林敏慎逼退一步，就势俯身提起地上的常钰宗，又挥枪挡开四周围攻的江北军众人，纵马向西北方向突围而去。

江北军诸将分出一些人去追击常钰青，剩下的则忙下马去看王七。阿麦早已从马上滚落下来，将王七从地上揽起，用手死命地摁住他胸口的血窟窿，回头嘶声喊道："去叫罗郎中，快去叫罗郎中！"

旁边有人应声而去，林敏慎从一旁过来，提气运指，连点王七身前几处大穴。阿麦满眼期盼地望向林敏慎，林敏慎却是微不可见地摇了摇头。常钰青那一枪是贯胸而过，伤的又是胸口要害之处，这血又如何能止得住？

王七这才觉察出伤口的疼痛来，颤着嗓子问阿麦："大人，我是不是就要死了？"

"胡说！"阿麦怒喝道，"死个屁！谁还没挨过几刀啊。"

王七环视了一圈四周围着的众人，见大伙均是难掩面上悲愤之色，心里已是有些明白，他抬眼看向阿麦，颤声说道："阿麦，我有些话要和你说。"

阿麦强压住喉咙处的哽咽，骂道："哪儿那么多废话，你老实歇一会儿吧，罗郎中这就过来了，给你止了血就好了。"

林敏慎站起身来，和众人默默避到了一旁。

王七忍着胸口的疼说道："阿麦，咱们兄弟能有今天，没少沾你的光。"

阿麦骂道："胡扯！"

王七不理会阿麦的粗言，只继续说道："可大伙也没给你丢过人，大伙怕被人骂咱们是一人得道鸡犬升天，所以每次打仗都拼着命地上……大伙……从没给你丢过人。"

阿麦忍了心中悲痛，强说道："这些我都知道。"

王七脸色又白了不少，已经隐隐泛出青色。他想深吸口气攒些力气，却引得咳嗽起来，连吐了几大口血，这才嘶哑着嗓子勉强说出话来："阿麦，你在什里说过，谁要是先死了，他的爹娘就是大伙的爹娘，你还记得不？"

阿麦用力点了点头，"我记得！"

王七勉强露出些笑容来，呼吸渐弱，强撑着说道："什长是武安人，家里有个老娘，每月一两银子就够……老黄是锦官人，爹娘有兄弟照应着，媳妇带着个闺女，他说过媳妇若是愿意再走一步就由她去……若是愿意守……就拉她们娘俩儿一把。"

阿麦喉咙哽得说不出话来，只能一个劲儿地用力点头。

"我是顺平王家庄人，家里就我一个儿子，我爹怕我在外面受欺负，给我起名叫王七，说不知道的，还以为我上面有很多兄弟，就不敢欺负我了……"声音停了下来，王七喘了一阵气，勉强地从胸前掏出那块标志将军身份的铜牌，抖着手交入阿麦手中，才又说道，"我一直不肯改名字，就是怕我爹娘不知道我已经做了将军，他们只知道儿子叫王七……"

王七的声音越来越小，间隔的时间越来越长，"阿麦……"王七转向阿麦，眼神已经开始涣散，声音几不可闻，阿麦得把耳朵凑在他的嘴边才能模糊听到，

"你……替我告诉他们……王七做到了将军，王七……"

王七的嘴唇几次开合，到后来却只是微微地叹了一口气出来，终于声息全无，头也缓缓地歪倒下来，沉沉地压在阿麦臂上，很沉，很沉……

这个人，在她初入军营的时候就和她打过一架，之后和她一起受罚饿肚子，偷偷分吃一个馒头。

这个人，和她一同在乌兰山中转战千里，明明饿得塌了腰，却笑嘻嘻地将打来的兔子先扔给了她。

这个人，在军中总是没正形地叫她阿麦，损她长得娘气，上了战场却是挥着刀护在她的身旁。

这个人，刚刚还若无其事地挨了她一鞭子……

阿麦胸中涌出一股热浪，腾地直逼眼眶，似有装不下的东西从眼中溢出，止不住地顺着脸颊滚下。

张士强在一旁不停地用手背擦拭着眼中流出的泪水，嘶哑着嗓子叫阿麦："什长，王七……他死了……"

阿麦恶狠狠地回头瞪他，厉声呵斥："哭！哭什么哭！不就是死了吗？谁还没个死？"

张士强怔怔地看着阿麦，说不出话来。军医罗郎中急匆匆地跟着亲兵跑过来，见到众人的情形心中也是一惊，蹲下身来探向王七的颈侧，那里早已微凉，毫无声息。

阿麦动作轻柔地将王七放平在地上，然后从地上站起身来，用力地抹了一把脸上的泪水，回头冷声吩咐张士强："将王七带回青州，传令叫贺言昭暂领步兵营。"

贺言昭，豫州军出身，随商易之军进乌兰山后曾任江北军第三营校尉，江北军步兵偏将，来青州后任步兵营的副统领。

徐静还在帐中，听到王七出事的消息很是错愕了一阵，正一个人默默坐着，帐帘一挑，阿麦从外面进来。徐静见她眉目冷清，除眼圈微红外面上并无异色，心中反而更加忧虑起来，不禁叫道："阿麦……"

"先生，"阿麦打断徐静的话，直接说道，"傅悦逃向西北，莫海带兵追了过去。常钰青残部虽是由南转西，可刚才常钰青却是带着十几个亲卫向西北而去了，不知是战前和傅悦就有约定，还是凑巧了去的。"

徐静略一沉吟，说道："常钰青虽然新败，但不能对其掉以轻心，尤其是傅悦部，几千骑兵虽是败逃，却未伤其筋骨，若是趁夜反扑倒是极为凶险。"

阿麦点头，"我也是如此想，已叫莫海紧追着傅悦不放。"

正说着话，带兵追击常钰青的张生回来了，说常钰青已是带着常钰宗并几个亲卫逃过子牙河与傅悦骑兵会合，倒是追上了几个常钰青的亲卫，但却都没能留下活口来。

这些已在徐静意料之中，倒未觉奇怪，他只是怕阿麦因王七之死而一时失了冷静，再对常钰青穷追不舍，反而可能会中了常钰青之计。谁知阿麦面色却是平静，想了一想说道："叫莫海小心行事，多派斥候沿河向前打探，莫要中了常钰青的伏兵。"阿麦转头又看向徐静，出声询问道，"您说呢？先生？"

徐静稍一思量，说道："叫莫海分出一营人马多执火把假扮大军继续向西追击，余部找个稳妥之地悄悄停下，多加提防，防备常钰青趁夜袭营。"

阿麦也觉得此计甚好，便叫了那传令兵快去与莫海传信，张生看阿麦与徐静像是有话说的模样，连忙找了个借口避了出去。

阿麦转回头看向徐静，说道："先生，这一仗对常钰青我们已是险胜，现在只剩冀州肖毅那里，依我看不如顺势拿下的比较好。"

徐静轻轻捋了捋胡须，说道："你有何打算？"

阿麦只一看徐静这习惯性的动作便知他已是心中有数，不禁淡淡地笑了笑，说道："我倒是还没什么打算，不过先生怕是胸中已有妙计。"

徐静听阿麦如此说也不好再作玄虚，笑了笑说道："你给我一万兵，我替你往冀州走一趟。"

阿麦有些疑惑，问道："先生这是？"

徐静笑道："若是论带兵打仗，老夫可能不如你阿麦，可若是论起这三寸之舌来，老夫还是有自信胜你一筹的。"

对于徐静的嘴皮子阿麦向来是佩服的，想当初赴青州路上初遇商易之，她不过是换了身衣裳的工夫，再回来时商易之已把徐静奉为座上宾。还有在豫州，徐静只靠一封书信就能让石达春舍弃个人声名而投敌做内应……阿麦不禁笑了，问徐静道："先生是要对肖毅先礼后兵？一万兵太少了些，我给先生两万吧。"

徐静抒着胡子直摇头道："非也，非也，冀州不能强夺，只能智取。"

阿麦听了更感兴趣，问道："先生如何智取？"

徐静回道："我要给肖毅送礼去！"

"送礼？"阿麦奇道。

徐静嘿嘿笑了一笑，答道："不错，是送礼，非但要送，还要送份厚礼，只要把这份厚礼挂在了肖毅身上，我就让他再也没那力气骑得墙头！"

南夏朝中对江北早已是有心无力，肖毅虽是商维老部下，可人心隔肚皮的事情谁也拿不准。商易之现在又是暗中敛权的紧要关头，若是在此关节与冀州有所表示，一旦肖毅转身把此事卖给了皇帝，商易之之前所付心血都将会付之东流，他这个人绝不会为了个虱子烧了皮袄。

如此一来，冀州肖毅早早地就上了墙头，只等着瞅江南皇权落入谁手。若是商易之得了，肖毅自然会乖乖听从商易之的安排；可若是依旧被皇帝紧握在手中，那么肖毅就将成为江北军身后的心腹大患。

这个墙头，肖毅蹲得稳当、悠然、淡定。

徐静现在想要做的就是在墙头这边拽他一把，他既是骑不稳墙头，那总得选择一边跳下来，有商易之在这头隐隐坠着，肖毅就没法跳到墙头那边去！

阿麦只稍一思量已是明白了徐静的意思，当下便说道："好，那我叫莫海陪先生去送礼。"

徐静点头称好，犹豫片刻后又劝阿麦道："作为战将，死于沙场不过平常事，莫要因此受激而乱了心神。常钰青少年成名，确有几分将才，对待此人须急不得怒不得，慌不得乱不得，不急则少冒进，不怒则免激将，不慌则可军稳，不乱则利阵固。唯有如此，你才能克他制他，赢他胜他。"

阿麦这次没有打断徐静，只垂目静静听着，待他说完后才抬眼看过来，微笑道："阿麦懂得了，多谢先生教诲。"

她的笑容恬淡温和，徐静看着却是轻轻地叹了口气出来，喜怒不形于色也不过如此吧！徐静想了想终未再劝。

阿麦辞了徐静出来，林敏慎与张士强还在帐外等着。阿麦知林敏慎武功高强耳聪目灵，自己刚才和徐静所说的话必然瞒不过他，索性也不避他，直接问道："你觉得常钰青今夜可会袭营？"

林敏慎一怔，答道："我不知道。"

阿麦却是笑了笑，说道："常钰青此人，必看不上莫海那些兵，就是要袭营也会来袭咱们的中军大营。"她说着，转身吩咐张士强道，"你去通知黑面、张生和贺言昭，叫他几人速到我帐中来。"

张生与黑面等人很快便到了阿麦帐中，阿麦正对着桌上的沙盘出神，听见有人进来头也未抬，只将他们招到沙盘旁，指着沙盘上的地标说道："常钰青主力大败，现已溃逃过屏山，不足为患。倒是傅悦手中几千骑兵只遭微创，现沿子牙河西向缓行，反成隐患。现在常钰青又与傅悦会合，此人本就善夜间奔袭，现在又有了几千精骑在手，怕是不会消停。"

黑面应道："那就将战车紧着西北方向防护？"

阿麦抬头看他，微微摇头，"不够，只那几百辆战车不足挡他。"她又低头细看沙盘，过了一会儿指着西北方向的两条路径说道，"常钰青若来必然经此两处，贺言昭，你着两营人马分别伏于这两处，速去。"

暂领步兵营的贺言昭忙抱拳应诺，转身出了大帐布置。阿麦又交代张生道："你骑兵营尚余多少骑兵？"

"一千七百余人。"张生答道。

阿麦想了一想，说道："先将新军中的骑兵同交与你统领，全都留在营南待命。人不解甲，马不卸鞍！"

当夜，江北军大营营防一直在变动。首先是黑面将战车先紧着西北方向防御，然后两个主力步兵营不声不响地出了大营往西北方向而去，而张生，则领骑兵在大营西南十里之地严阵以待。

江北军做好了防备常钰青夜袭的各项准备，唯有在判断常钰青偷袭方向上发生了点偏差……

寅时初刻，江北军大营外突传来示警的惊鼓之声。

阿麦一身铠甲披挂整齐，正靠在床边假寐，闻声立时惊醒过来，侧耳倾听那惊鼓声，却发觉竟是从东南方向渐近。她心中一凛，噌的一声从床上坐起身来，取了佩刀就向外走。

帐外灯火通明，各营士兵均已有所反应。林敏慎、张士强等人也是刚从自己营帐赶过来，见阿麦出来，林敏慎问道："声音是从东南而来，这是怎么回事？"

阿麦没理会林敏慎的问话，而是转头沉声吩咐张士强道："命黑面依旧加强西北方向营防，以防中常钰青声东击西之计。同时传令张生，命他带兵赶往东南察看，确保大营安全。"

张士强领命而去，没过片刻，徐静也赶了过来，又有斥候快马过来，禀报阿麦道："大营东南发现鞑子大队骑兵，正在与一支步骑掺杂的兵马交战，其余方向并无军情。"

众人听了均是一愣，就连阿麦也不禁奇怪，问那斥候道："什么样的兵马？"

斥候回答道："尚不清楚，像是咱们这边的人，不过却未着统一的衣装，兵器也不是军中制式的。"

阿麦迟疑着问徐静道："不会是冀州肖毅的兵马假扮的吧？"

徐静缓缓摇头，"不应该。"

阿麦微微抿唇，脑中却转得极快。北漠大队骑兵从东南而来显然是要袭营，却突然冒出一队兵马来拦住了他们……这队兵马到底是敌是友？这是否又是常钰青的障眼法，故意吸引开江北军的注意力？

阿麦转头又吩咐那斥候道："告诉张生，先不要介入战场，只占据有利地形场外观望，切勿中了鞑子的诱兵之计！"

那斥候应诺一声策马离开。

阿麦无意间扫了众人一眼，见除了徐静穿的是身便服，其余众人都是一身铠甲披挂整齐，皆是一副如临大敌的模样。她不由得淡淡地笑了笑，对徐静说道："先生，我们不如先去帐中等着消息，您说可好？"

徐静笑了笑，随着阿麦进入中军大帐。众人均在帐中等待消息，不时地有斥候回报东南战场的情况，无非是些"张将军已择了有利地形列阵，将江北军大营俱都掩在身后""鞑子骑兵已显败势"之类的消息。

众人又等得片刻，外面天色已是有些蒙蒙亮，又有斥候进帐回报战情，说道："张将军已带兵杀入混战双方，追击逃窜的鞑子骑兵。"

阿麦眉头微皱，暗道张生这次却有些冲动了，若那战场只是常钰青设的局，此次张生怕是要吃亏了。阿麦想了想，与徐静商量道："先生，您坐镇军中，我带人去看看。"

徐静捋须点头说好，阿麦便点了些兵马随她出营。只刚出营不远，对面就有斥候快马回报说是张生已大获全胜，正带兵回转。没等片刻果见张生带着骑兵营大队回来，同来的还有那支身份不明的兵马。

张生与一个穿青色衣袍的男人在军前并辔而行，远远望见阿麦，忙打马迎了过来，大声笑道："大人，您看是谁来了！"

阿麦闻言向张生身后望去，一时怔住。

只见那人身姿笔直，面容刚毅，目光明亮，瞧见阿麦看他也不慌张，直走到近前时才冲她微微笑了笑，出声唤道："阿麦！"

阿麦回过神来，不知为何眼圈却突觉得有些发热，勉强笑了一笑，叫道："大哥。"

一旁的张生已是笑着解释道："天快放亮的时候才认出是唐将军来，这才忙上去帮忙，谁知还是去晚了，鞑子那些骑兵俱都被唐将军带人分割开来围着打呢，我这里只跟着凑了个热闹。"

唐绍义却笑道："多亏了张生，不然定会逃掉一些鞑子，以步抗骑，即便胜了也是要吃亏些。"

正说着，后面一骑飞驰而至，马上是个三十余岁的青壮汉子，对阿麦与张生等人视而不见，直接向唐绍义禀报道："唐二当家，鞑子人数已经清点完毕，死的活的算全了正好九百八十二个！"

"鞑子骑兵千人为团，这应是一团之数了。"唐绍义点头说道，又吩咐那汉子，"你将鞑子俘兵俱都交给江北军，然后带着大伙在江北军大营外扎营整顿，再着人回去给大当家报声平安。"

那汉子应了一声，打马而去。

张生有心避开，好给阿麦与唐绍义二人留一些说话的空当，下意识地看一眼唐绍义，又看向阿麦，问道："大人，我过去看看？"

阿麦略一思量，说道："也好，大家都辛苦一夜了。你看着些，早些将战后事宜处理完毕，好将骑兵营带回大营内休整。"

张生应诺，又与唐绍义拱手告辞，拨转马头向后面的骑兵大队而去。

阿麦轻勒缰绳，陪着唐绍义放马缓行，路过林敏慎的身旁时，唐绍义见他有些面熟，不由得多看了一眼，目光中的疑惑一闪而过。

阿麦瞧见，吩咐林敏慎道："穆白，你先回营通知徐先生，说……"

"大人，"林敏慎截断阿麦的话，似笑非笑地瞥了唐绍义一眼，然后不慌不忙地从袍角撕下块衣边来，揉成两团塞入耳中，这才又说道，"您刚说什么？今儿风太大，我没听清楚。"

阿麦眉梢一扬就要变色，却被身旁的唐绍义制止了，笑着劝道："既是听不到，那就算了吧。"

林敏慎接道："是啊，是啊，说什么也听不到的。"

唐绍义有些哭笑不得，又听林敏慎正色对阿麦说道："我既是大人的贴身亲卫，自然是要把大人的安全放在首位，保护大人的安全即是保护我的前程，还希望大人体谅。"

阿麦张了张嘴，却终没说出什么来。旁边的唐绍义不在意地笑了笑，策马向前行去。阿麦狠狠地瞪了林敏慎一眼，双腿轻夹马腹，催马赶了上去。两人默默行了片刻，阿麦这才做出随意的样子，问唐绍义道："大哥，你这是在哪里落了……脚？"

唐绍义看阿麦一眼，唇角微微弯了弯，笑问道："是想问我在哪里落了草吧？"

阿麦闻言就有些不好意思，抿着唇笑了笑。

唐绍义说道："当时听你说青州西云雾山上有帮悍匪，后来离了泰兴之后便往东而来，问了许多人也未寻到什么云雾山，倒是有座堆云山，我上去了，也未能找到你说的那些悍匪……"唐绍义停了停，笑着瞥一眼阿麦，又接着说道，"后来问了当地人才知道此地的匪窝都在南太行，干脆就进了南太行……"

他当时只当是阿麦记差了的，从未想过那所谓的云雾山不过是阿麦随口胡诌的山头，云雾云雾，便是取自云山雾罩之意，自然是找不见的。

南太行本就是有名的匪窝，自从鞑子攻破靖阳关之后，江北陷入战乱，民不聊生，南太行的土匪更是多了起来。只名号响亮的匪头就有一十八个，其中最大的那个手下足有千余人，干脆自封为"占山王"，还打算把南太行的土匪全都收服了，然后趁着乱世逐鹿中原，也好有一番作为。

唐绍义进入南太行时，占山王的征讨事业正进行得如火如荼，一十八寨已被他攻克了十三个，只剩下息家的清风寨并着身后的几个小山寨还在苦苦支撑。唐绍义想了想，未去投这个占山王，而是独身一人上了清风寨。开始时不过是默默无名，后来占山王又一次来攻清风寨，唐绍义以奇制胜，只用了几十个人便击退了占山王几百名匪兵，还斩下占山王结拜兄弟的首级，拎到了清风寨大当家息烽面前……

唐绍义语调平缓，将一年来的往事慢慢道出，如同在讲述别人的事情。阿麦却从他平淡的话语中听出了当时的惊心动魄，不到一年时间，从一个刚落草的匪兵到南太行最大的山寨清风寨的二当家，其中的艰辛危险可想而知。

唐绍义说道："后来倒是把南太行的十几处山寨都拢到了一起，可息烽早前受了内伤，已是熬得油尽灯枯，临终前便把山寨托给了我，我也已与他说清我落草只是为了拉起人马抗击鞑子。息烽虽是草莽，却也能担得起汉子两字，非但同意我带着山寨抗击鞑子，还把清风寨多年积攒的银两都交给了我以作军资，我便做了他清风寨的二当家。前些日子听说鞑子大军进攻青州，便想过来帮你一把，紧赶慢赶仍是未能赶上昨日的那场大仗，不料闷头走着却撞到了鞑子袭营的骑兵队。"

阿麦一直沉默，心中在想那息烽既然已将清风寨托付了唐绍义，唐绍义却为何只做了个二当家？大当家又是何人，为何不见露面？她心中好奇，又隐生异样之感，一时也不好发问，只微微抿了抿唇。

唐绍义话本就不多，讲完了这些便不知该说些什么，两人一时都有些沉默。后面的亲卫队都落后他二人有段距离，只他两人在前面，这样突然静寂下来，气氛便有些尴尬。前面营门在望，一直低头沉默的阿麦终抬起头来看向唐绍义，问道："大哥，你可会恼我？我……"

她张了嘴却有些说不下去。

唐绍义沉默片刻，神态平静地答道："阿麦，你比我做得好。"

阿麦稍怔，随即释然而笑，唐绍义若是恼她，又怎会给她送粮解困，又怎会亲带兵马前来助战？她驱马越前几步，抬起马鞭指着前面连绵起伏的江北军大营道："大哥你看，这就是我手中的江北军，常钰青纵有精骑几万又能奈我何？"

唐绍义微微笑着，迎着晨曦望向阿麦，她手臂抬得极稳，腰背笔直，眼中透露出骄傲的神色，连话语中都是肆意的飞扬与洒脱，"我前有青州挡鞑子锋芒，后有冀州作为后盾，何惧鞑子？只需几年时间，我便可将鞑子驱出靖阳关，光复江北。"

众人在营中得到消息，早已等在了营门外，见昔日的骠骑将军、江北军左副将军竟落草为寇，不免都有些嗟叹，与唐绍义寒暄了几句后，簇拥着他与阿麦去往中军大帐。

帐中，唐绍义恭敬地向徐静行了个礼，叫道："徐先生。"

徐静微笑着上下打量一番唐绍义，说道："唐将军，好久不见。"

阿麦简单地向众人说了唐绍义带兵来援凑巧撞到鞑子袭营骑兵的事情，大伙听了也都惊叹好险，谁也想不到西北方向的常钰青会毫无动静，鞑子骑兵竟会从东南而来，也亏得唐绍义带兵撞到，截住了那支骑兵，否则后果不堪设想。

过不一会儿，张生与清风寨的人马交接完毕回来复命。李少朝听说全歼了鞑子一个团的骑兵，便有些待不住了，眼睛一个劲儿地往帐门处瞟。阿麦怎会看不透他那点小心思，把众人都一一打发了出去，唯独按着他在帐中。

李少朝心里有些着急，可唐绍义就在帐中他也不好明说，只好一个劲儿地用眼神暗示阿麦：若是再晚一步，鞑子骑兵的那些装备就都要落入清风寨的匪兵手中了。

阿麦对李少朝的暗示一直视而不见，到后来李少朝干脆也就死了心，耷拉着个脑袋听阿麦与徐静商量如何给冀州肖毅"送礼"之事。追击傅悦部骑兵的江北军右副将军莫海着人送来消息，说傅悦部骑兵昨夜果然分出兵力暗渡子牙河后偷袭己方，幸得自己大部早已扎营停驻，只前行追击的那个步兵营被鞑子骑兵误当成江北军主力，遭到偷袭损失惨重。鞑子骑兵一击即走，今早已快速向西而去，请示阿麦是否要继续追击。

阿麦吩咐那传令兵道："叫莫海无须理会鞑子，整兵回来。"说着转头询问徐静，"先生，我叫莫海这就陪你同往冀州，可好？"

徐静捋着胡子，颔首道："好。"

阿麦又转头吩咐李少朝道："你去将咱们昨天俘获的鞑子战马俱都交与莫海，

让他一块给肖毅送去。"

李少朝闻言却有些急了，"那怎么行，咱们战马也缺得很！怎么能给肖毅？再说……"

"你喂养得起吗？"阿麦打断李少朝的话，突然问道。

"呃？"李少朝一愣，张着嘴正欲再辩，阿麦又重复了一遍，"我问你现在拿什么来喂养这些娇贵的战马？"

李少朝的底气立刻泄了下来，眯缝眼眨了几眨，虽是看着阿麦说不出话来，但却看得出是极度的不甘心。

阿麦和徐静对望一眼，不禁笑了，对李少朝笑道："你放心，你送过去多少战马，肖毅都会一匹不少地给你还回来，还省了你的粮食呢！"

李少朝却糊涂了，疑惑地看看阿麦，又看看徐静。徐静给了他一记白眼，没好气地说道："行了！让你吃不了亏就是了！"

徐静带着李少朝出去准备前往冀州事宜，帐中便只剩下了阿麦与唐绍义二人。阿麦沉默片刻，问唐绍义道："大哥，你……"她话未说完，唐绍义已出声打断，"我还是回清风寨。"阿麦稍默，神色略显失落，随即却又恢复自然，爽快笑道："那好！我送大哥出营。"

唐绍义看着阿麦，嘴唇微微开合几次欲言又止，却终是没说什么。

阿麦独自送唐绍义出营，两人一路沉默无言，直到快要分手时才听唐绍义突然出声唤她道："阿麦。"

阿麦闻言抬头看向唐绍义，浅淡地笑了笑，问道："大哥，什么事？"

唐绍义并不看她，只将视线转向远处清风寨人马临时搭建的营帐，缓缓说道："他们都是自由散漫惯了的，又因旧事对官兵多有芥蒂，现在实不便并入军中。"

阿麦心中既觉愧疚又觉感动，一时之间竟不知说些什么好，低头沉默半晌之后才说道："大哥，有些事我既做了，再多说也已是无用，只有一句话可以告诉大哥，阿麦定会将鞑子驱出靖阳关。"

唐绍义脸上露出温厚的笑容，转过头看阿麦，向她伸出右掌来。阿麦微微抿唇，有些迟疑地伸手与他相握。唐绍义指尖微微地颤了一下，很快用力握住了阿麦的手，拉近了她低声问道："阿麦，你可还记得泰兴城北你说过的那句话？"

阿麦怔了怔，点头，"记得，我说，我们一定要活着。"

唐绍义笑了，"那好，就让我们一定要活着！"

他极用力地攥着阿麦的手掌，视线直在阿麦脸上转了几遍才缓缓松开了手，冲她咧开嘴爽朗地笑笑，回身打马向前，直驰出了数十丈才轻轻地勒住了缰绳，却没有转身回望阿麦，只略停了停，便又策马向前冲去。

莫海带着部队赶回，阿麦命他直接领一万兵陪同徐静前往冀州，剩余的兵马则由她带回青州。青州城内早已听到了江北军战胜的消息，潜伏在城内的江北军左副将军薛武在第一时间就带兵控制了青州四门防务，稳定住了城内的局势，大开城门迎阿麦入城。

这一仗，江北军兵力虽稍有折损，但却击溃了常钰青几万装备精良的骑兵，可以说是大获全胜，全军上下官兵士气都很高涨。同时，因薛武派人在城中大肆宣扬江北军是因怕城内百姓受到伤亡而故意将战场转移到了城外，青州城的百姓顿时将这几日来压抑的恐慌全部转化成了对江北军的热情。数万百姓对入城的江北军大军夹道欢呼，让马上的江北军诸将着实过了一把当英雄的瘾，不禁个个脸上都平添了几分兴奋与激动。

唯有阿麦，面容一如往常，平淡清冷，甚至连嘴角都是微微抿着，眼中更是不见一分喜色。

只不过两三天的光景，青州城内竟显得破败不少，街道两旁的商铺因民乱都受到了不同程度的破坏，有些商铺内甚至已被乱民抢掠一空。可即便如此，城中的百姓们依旧对江北军感激涕零，因为是江北军保住了青州城，使他们免遭战火荼毒、鞑子杀掠、颠沛流离之苦……他们所求的不过是有饭吃、有衣穿、有房住！

街边跪伏的人群中有五六岁的小儿，偷偷地抬起头好奇地打量着这支威武雄壮的军队，眼中满是崇拜与敬畏……阿麦的视线从街道两旁缓缓扫过，心中滋味复杂莫名，这些跪伏于地感激涕零的百姓是否知道她在带兵出青州城的时候其实已是舍弃了青州，已经……舍弃了他们？

第六章

扬名 称帅 亲事

青州一役，阿麦扬名。

江北军共斩杀北漠两万余人，逼得北漠"杀将"常钰青退守武安，一时无力再攻青州。与此同时，江北军主将麦穗，这名起于行伍的小人物，终凭着自己的彪悍战绩进入四国名将之列。

青州城守府中已经遵照阿麦的吩咐事先准备了灵堂，用以祭奠在此次战役中死亡的五千七百二十九名将士，墨渍未干的牌位足足摆满了三间大屋。阿麦破天荒地穿了一袭白衫，在灵堂上守了三夜。

待到第四天清晨，阿麦独自出了灵堂，刚转入院旁的夹巷就看见林敏慎正等在前面不远处。"你真不该去守这三夜，"林敏慎轻笑道，"你看看里面守夜的那些人，哪个脸上没冒点胡茬出来？就你面皮依旧光滑如初，你倒是也不怕被有心人瞧出问题来！"

阿麦怎会不知林敏慎的脾性，言语刻薄不过是因心中不平罢了！他身为世家子弟，来投军不过是想博些军功在身，谁知商易之却安排他来做个亲卫，江北军再多胜仗，他也分不得半点军功，难免会在言语上带出些酸气来。

阿麦脚步停也未停，目不斜视地从林敏慎面前走过。她这种轻视的态度让林敏慎有些恼怒，想也没想便迅疾地伸手扣向她的肩膀。阿麦并未躲避，任他扣住自己的肩膀，只是转回头看他，漠然道："真正有心的人，只会看到灵堂里五千七百二十九个牌位，不会把目光放在我的脸皮子上！"

林敏慎一怔，紧接着讽道："你不过就是在笼络人心！你打了这样的胜仗，心里还不知怎样高兴，却非要如此惺惺作态，难道之前打仗没死过人？也没见你如何——"

"我就是在笼络人心！"阿麦接道，反问林敏慎，"那又如何？"

这下林敏慎却是语噎，当你攒了无数的狠话，正准备来指责一个人无耻的时候，那人却先于你指责之前便"勇敢"地承认自己无耻了，你除了憋着口闷气，还能怎样？

阿麦见林敏慎如此，又故意气他道："你也只能眼红着，谁让你现在只是我的一个亲卫呢！商易之既然让你隐姓埋名来做一个小小的亲卫，就没打算让你林敏慎立军功，你情愿如何？不情愿又能如何？你林家既然已选择了做个外戚，他如何能容你手握兵权？"说到这里，她停了停，唇角轻轻地挑了挑，讥诮道，"我看你还是少烦恼些，就老实地等着做皇帝的大舅子吧！"

林敏慎松开了手，默默无言地看着阿麦，眼中却隐隐地冒出怒火来。阿麦嗤笑一声，转身便走，没走几步却又停了下来，回身冲林敏慎冷声说道："不过，你也得谢他派你来只是做个亲卫，若不是如此，纵你武功高强，怕是现在也已经死在了我的手上。"

阿麦说完便走，只刚走出夹巷便听得后面传来砰的一声巨响，似有什么重物砸到了墙上。正好赶上张士强从阿麦对面过来，听见响声忙急慌慌地跑了过来，紧张地问道："大人，出什么事了？"阿麦嘴角却轻轻地弯了弯，语气轻快地说道，"没事，可能是穆白走路没带眼睛，脑袋撞墙上了吧，你过去看看。"

张士强诧异地看一眼阿麦，探身往夹巷内望了望，果然见林敏慎还在后面。张士强急忙跑了过去，只见林敏慎正垂手立在墙边，身侧的院墙上果然向内凹了一处，连带着四周的青砖都裂了缝。张士强不禁骇然，喃喃道："穆白，你脑袋真……硬！"

四月二十一日，徐静从冀州而返，同来的除了莫海的一万江北军，还有冀州守将肖毅。肖毅年约五十，身材高壮，浓眉大眼，面阔口方，猛一看倒像是个豪爽莽直之人，初一见阿麦面便直言道："麦将军莫要因前事恼在下，因盛都形势复杂莫辨，在下只怕给商帅招惹麻烦，实不敢走错一步，万般无奈之下这才让薛武空手而回，原想着暗中再给将军送粮草来。"

阿麦亲执了肖毅的手将其迎入城守府，边走边笑道："肖将军多想了，你我同奉商帅，麦某如何不知肖将军的一番苦心？"

肖毅似大大松了口气，叹道："亏得将军体谅，能得遇将军实乃在下幸事！"

阿麦呵呵干笑两声，说道："肖将军谬赞，是麦某之前行事欠考量了些，麦某心中一直不安，这次大胜鞑子骑兵得了些好马，便想着给肖将军送些过去以表歉意，却无别的意思。谁知肖将军非但不收，还给送了这许多粮草来，让麦某实在汗颜！"

肖毅眼睛圆瞪，耿直说道："将军这是说的哪里话！我在冀州，又无骑兵建制，如何用得了这许多战马，没得糟蹋了。说起这粮草来，却不是临时起意的。从薛武上次回来，在下就一直在暗中准备粮草，正想着给将军送过来呢，不料徐先生和莫海将军就到了。"说到这里，肖毅嘿嘿笑了笑，又接道，"在下就偷了回懒，干脆就让莫海将军给捎带回来了，将军莫怪，莫怪！"

两人这样一言一语地应承着进了议事厅内，分主宾坐了，又谈论了一会儿江北军大胜鞑子铁骑之事，肖毅对阿麦大加称赞一番后却突然肃了脸容下来，正色说道："我老肖是个直脾气，有些话想与将军说一说，只是不知当讲不当讲。"

阿麦将手中茶杯缓缓置于身侧茶几上，说道："肖将军不是外人，但讲无妨！"

肖毅迟疑一下，这才又说道："将军，您自从兵出泰兴，什么做得都好，唯独一件事不好！"

阿麦眉梢隐隐挑了一挑，看向肖毅，"哦？"

肖毅一脸恳切地说道："您不该称江北军将军，您早该称元帅！"

阿麦一愣，脑中忽地记起很久以前父母相处时的情景，但凡母亲对父亲有所求的时候，母亲总是会一脸严肃地看着父亲，然后批评父亲道："麦掌柜的，你什么都好，就一点不好！"后面也是长长一个停顿，然后就听见母亲一本正经地说，"你长得也太帅了些！"

那个时候，父亲总是会开心地笑，不管母亲提了什么出格的要求都会答应。慢慢地等她懂事了，她就会在一边笑话母亲，母亲却是很正经地训她："笑什么笑！要记着点，既然想要拍人家的马屁，就不要怕厚颜无耻！"

阿麦将视线从肖毅脸上移开，微低了头，强忍着才没有笑场。

又听肖毅诚恳说道："您几次带军大败鞑子，这一次更是重创常钰青骑兵，大杀鞑子威风，威名已是轰动四国。论军功论资格您早该称帅，再说，您称了帅，商帅那里也可少引皇帝猜疑，不然您一直空悬元帅之位，那皇帝只道您是在给商帅留着！"

在肖毅面前，阿麦第一次觉得脸皮还不够厚，只得勉强应承道："这件事还需从长计议。"

肖毅又劝了几句，见阿麦不肯松口，便及时转了话题。两人又闲谈片刻，肖毅借着途中疲困下去休息，阿麦将他送出议事厅，让莫海陪他去了客房休息，自己则转身又回了议事厅，默默坐了一会儿却扑哧一声笑了出来。

林敏慎听见声响从门外进来，随意地坐了，说道："他不过是想给自己争个副元帅，竟也能如此厚颜！"

阿麦乐呵呵地看着林敏慎，说道："没错，他鼓动我来做元帅，就是想自己来做那副元帅。"

林敏慎冷眼看向阿麦，"你真要做？"

阿麦却不答，只是笑道："你还真该拜个师向他学学，人家这才是真正的文武兼备、唱念做打俱佳！不像你，只涂了一脸的油彩就当自己是名角了！"

林敏慎屡遭阿麦奚落，早已习以为常，听了倒也不怒，只依旧冷冷地看着阿麦。阿麦见他如此，收敛了脸上的戏谑，淡淡道："我早有称帅之心，只是之前军功不显，恐不能服众。现在我力挫常钰青精骑，轻下冀州，莫说江北，就是在四国也已扬名，此时不称帅还待何时？"

林敏慎听得目瞪口呆，好半晌才叹道："亏得你还是个女子，脸皮竟这么厚！"

阿麦轻声一笑，针锋相对道："我脸皮厚不厚实不重要，只是觉得那山间竹笋反而更惹大伙耻笑。"

林敏慎不解，下意识问道："何为山间竹笋？"

阿麦笑道："这山间竹笋嘛，嘴尖皮厚腹中空啊！林相只有你这样一个独子必定早已是失望万分，就你这点本事，我看还是少涉身朝堂的好，免得砸了林相那块招牌。"

林敏慎先是一愣，怔了片刻后竟然垂了头默然不语。

阿麦正瞧得奇怪，就听到林敏慎有些失意地说："其实，我也不喜欢这些朝堂之事。"

这次换作阿麦愣怔了。

林敏慎抬头看她，自嘲地笑笑，坦然道："我不怕你笑话，若不是家父只有我一个儿子，我才不会入这朝堂，这朝堂怎比得上江湖之中肆意恩仇潇洒快活！"

阿麦早就对林敏慎的一身武功感到奇怪，按理说他一个世家子弟，学也是学些诗文权谋之类，怎会习得如此高深的武功？

林敏慎看阿麦眼中露出好奇之色，当下也不避讳，笑着解释道："我幼时体质极弱，家父怕我养不大，这才叫人带走习武，长成后又学着游侠人物行走江湖，前两年才回到盛都家中。"

阿麦少见林敏慎如此坦诚相对，不禁有些惊讶，沉默片刻后便出言解释刚才的称帅之事，说道："称帅之事，肖毅说得也有道理，我若不称帅，终是惹商帅遭皇帝猜忌。"

林敏慎口气也缓和了些，笑道："幸好我知你是个女子，否则连我也会认为你这是要背主自立。"

阿麦笑了笑，说道："我会派人去请示商帅一声，且看他如何决断。"

林敏慎想了想，问道："你要派谁回盛都？"

阿麦只是一时想到派人偷偷潜回盛都，倒是没有决定人选，听闻林敏慎如此问，反问道："怎么？你有人选？"

林敏慎稍有迟疑，笑道："如果你要派人回盛都，我倒是可以替你走这一趟。"

阿麦却沉默不语，林敏慎在盛都已是属于"战死"之人，让他回盛都，纵然是他武功高强，却也是平添了几分危险，一旦被有心人察觉……

林敏慎见阿麦面露迟疑，坦言答道："我在盛都有想见之人。"

阿麦稍一沉吟，笑道："也好，那就劳烦你跑一趟盛都。我还有两件事需要你办一下：一是想法从军械司偷几个会制突火枪的匠人，二是再寻些手艺精湛的铁匠，悄悄送到江北来。"

突火枪林敏慎听说过，那是前朝时在军中出现的一种火器，好看不好用，发射慢，射程近，又很难射准，而且发射几次后那竹制的枪管便会爆裂。说白了，突火枪这玩意也就是用来吓唬吓唬人还成，并无太大的实战效用。现在朝中军械司中虽然仍有专门制造突火枪的匠人，但是军中却很少装备突火枪了。

林敏慎心头疑惑，不过见阿麦并无解释之意，当下也不好再问，只点头说道："这些好办，我顺便带回即可。"

阿麦轻轻扯了扯嘴角，说道："那好，你准备一下，尽早出发。我等你消息。"

林敏慎却是笑道："这有何好准备，现在走便是。"

说着径自转身而走，倒把阿麦看得一愣。

直到林敏慎快出房门，阿麦才回过神来，忙叫道："衣服，换了衣服！"

林敏慎朗声笑道："放心，坏不了你的事！"话音未落，人已是没了踪影。

盛元五年五月的青州城内很是热闹，冀州守将肖毅自四月来青州之后一直未走，他几次劝说阿麦称帅，见阿麦总是含笑不语，干脆便先舍了阿麦这头，每日里只忙着请客吃酒，与江北军诸将加深感情，一次酒宴上听闻暂领江北军步兵统领的贺言昭还未娶妻，干脆当场做起媒来，要把薛武的妹子说与贺言昭为妻。

与青州城内一片春光明媚、热闹欢快的景象不同，武安城内却显得有些萧索。青州之战，北漠军除傅悦所领的三千先锋外，其余大部均是损失惨重，前军将军常钰宗更是身受重伤不治而亡。常钰宗是常家二房的幼子，自幼便因乖巧懂事深受长辈喜爱，此番随着常修安出征南夏，本是想让他历练一番好做常钰青臂膀，不料战死沙场。常修安哭得老泪纵横，亲扶了常钰宗的棺木回北漠上京。

直到五月中，陈起对常钰青青州战败的处理方才到了武安军中：命常钰青将兵权交与傅悦之手，即日回到豫州待命。

豫州局势早已稳定，北漠征南大军行辕便设在了那里，常钰青此去豫州，多半是又要赋闲。常修安刚从上京赶回，闻言大怒，放声骂道："陈起这厮欺人太甚，哪个能保证百战百胜的？上京那里还未说什么，他却要先下了咱们常家兵权！"

常钰青眉宇间比以前又多了几分淡漠，闻言只淡淡说道："是我太过轻敌，才会有青州之败，怨不得旁人。"

常修安一腔怨气被堵了个严实，脸上愤恨之色好半天才消了下去，颇有些无力地坐倒在椅上，叹道："家中本想着借取冀州之机拿下日后南下大军的半数兵权，也好不负太后所望，谁想着咱们竟会在青州这里栽了个大跟头，伤筋动骨的。"

常钰青面色沉静，稍一思量后说道："此事还需要三叔去劝一劝家中的叔伯们，咱们常门能够百年不倒依仗的就是常家人向来只做国之利剑，从军不从政，更不会介入皇家之争。皇上日渐长成，太后那里再这样干政总是不好，我们常家若是过多依仗太后，日后必遭皇帝忌惮，不如便只做个纯粹的军人，听从军令便是。"

常修安听着也觉有理，但心中却仍有些不甘，愤愤道："道理虽是如此，但是咱们堂堂百年将门，却要被一个不知来路的陈起压制着，着实让人憋气！能攻破靖阳明明是你的功劳，却被他扣上了一个嗜杀的罪名，惹得皇上不高兴。他算个什么狗屁东西！不就是指着尚个公主吗！"

常钰青剑眉微扬，不屑地笑了笑，说道："他确是有几分真本事的，只不过堂堂丈夫为权势竟如此伏低做小，却让人看他不起了！"

常修安迟疑了一下，道："老七，我看等咱们到了豫州，你干脆找个借口先回上京算了，这回来的时候家里还嘱咐我和你商量商量，既然战事不顺，又不容于陈起，不如就先回上京。家里给你挑了几门亲事，想让你回去相看相看，说其中还有个是老周家的闺女，周志忍的一个侄女，你小时候见过的……"

常钰青漠然不语，虽仍在听着，但视线却已放到了书案上的青玉笔筒上，显然并不在意。

常修安说着说着声音就低了下去，他虽比常钰青高了一辈，但是常钰青自幼便是个极有主意的人，性子又冷，后来又因屡建奇功升得极快，常修安还真有点不敢在他面前拿叔父的谱。常修安心里又开始习惯性地有些发虚，可一想到临来时大嫂的殷殷嘱托，不由得强提了一口气，接着劝道："那宋氏连咱们常家门都没进就病死了，那是她自己没这个福分，和你有什么关系？咱们这样的人谁还没杀过些人？谁身上还能没点煞气了？要是都能把媳妇克死了，那咱们大伙都一块打光棍算了！七郎，你别听那伙屁也不懂的老娘儿们胡咧咧！你今年都二十六了，上京像你这么大的，孩子都快能进军营了！你总不娶亲算个什么事？你……"

"三叔，"常钰青突然打断常修安的话，抬头看向他，问道，"这次家里给提的都是些什么人？"

"都是上京里最好的闺女，"常修安一听他问这个心中顿时大喜，掰着手指头一个个地数，"你认识的周家老三的闺女，忠勇侯梁家的孙女，抚远将军舒怀的大闺女……"

就这样一直数了八九个，常修安才停了下来，眼巴巴地瞅着常钰青。

常钰青扬眉，"没了？"

常修安微微一怔，"没了。"

常钰青又问："都是上京城里最好的？"

常修安猜不透常钰青的心思，只得点头，"最好的！都是些名门望族的小姐，个个才貌双全。"

常钰青却发出一声嗤笑，说道："可这些人我偏生都瞧不上！"

说完，竟就转身走了！

常修安胸口一闷差点没背过气去，直扶住了书案才站稳。

顺了好半天气，他自我安慰道："亏得不是我的小子，不然老子非得把他腿给敲折了不可！这些都瞧不上，难不成还想娶个天仙家去？婚姻大事乃是父母之命媒妁之言，还反了你了！惯的，都是惯的！"

话刚说完，偏生赶上常钰青又返回来取遗落的军令，见常修安扶着书案喃喃自语，便出言问道："三叔，你说什么？"

常修安骇得一跳，心虚地抬眼瞥了瞥常钰青，连声答道："没事，没事。"

常钰青似笑非笑地问道："我怎么听着什么'婚姻大事'之类的呢？"

常修安一脸正色地说道："婚姻大事岂能儿戏！七郎既然都看不上，那就再等一等，好好挑一个遂心的、家世人品相貌都得配得上咱们七郎的！"

常钰青唇角上本噙着丝笑，听到这里却是面色一黯，那唇角勉强挑了挑，似自嘲般笑了笑，摇了摇头，却没再说些什么。常修安看得奇怪，忍了几忍终是没敢问出那句：七郎心里可是有什么人了？

第七章

上意 矛盾 冀州

六月初六，林敏慎从盛都返回青州。

青州城内正热闹着，今日是个宜嫁娶的黄道吉日，江北军步兵统领贺言昭便选在了这一天迎娶薛武的妹子薛氏。这是江北军到青州之后首个高级将领娶亲，娶的又是同僚的妹子，城中一时热闹非凡。

因贺言昭乃是豫州人氏，父母兄长皆不能到场，阿麦便以其长官身份做了男方的主婚人。待到喜宴结束已是夜深，阿麦由张士强、张生等人陪着回到城守府，林敏慎已在她院中等了一晚上。

阿麦多饮了几杯酒，又加上天气炎热，脸上便露出几分潮红来。她见到林敏慎等在院中并未惊讶，只淡淡说道："你等我一下，我去洗把脸就来。"

说着转身去了房内，张士强从院中提了冰凉的井水送入房中后便退了出来。过了一会儿，阿麦洗过了脸，又换了身衣服，这才从房里出来，施施然坐到石桌旁的石凳上，问道："这一趟跑得可顺利？"

林敏慎望着阿麦片刻，却说道："你以后还是少喝酒的好，别把男人都当成傻子瞎子。"

阿麦闻言微恼，冷冷瞥了林敏慎一眼。

林敏慎不以为意，继续说道："这次回去，他的答复是'可称帅'，同时又叫我给你捎了些东西来。"林敏慎说着将一直摆放在石桌上的粗布包袱打开，露出一个黑漆匣子来，打开了推到阿麦面前，"他说你年岁渐长，不能总一副少年模样。这里面有几样东西，让你挑着合适的用。"

阿麦用细长的手指随意地翻看着匣内的东西，每看到一样，林敏慎便出言解释道："这是能贴出喉结的黏胶，几可以假乱真，不过你最好慢慢加量，省得叫人看得突兀。还有些秘制的黑粉，扫到下巴两颊上可以造出青胡楂的模样……"

阿麦微微抿了抿唇角，低垂着目光看着匣内的小瓶小罐，直等到林敏慎都说完了，这才淡淡问道："我叫你找的人可都找到了？"

林敏慎细看了看阿麦的表情，笑道："都找齐了，人已在府中安置下了。"

阿麦缓缓点头，拿起了桌上的匣子转身回房，林敏慎突然在后面没头没脑地说道："他果然不是真心爱慕你。"见阿麦脚下微顿，又接着说道，"若是真心爱慕一个女子，只会想送她最美丽的衣裙、最贵重的珠宝，想送她天底下所有美好的东西，但绝不会是这些。"

阿麦转回身来，笑着看向林敏慎，问道："为何那些东西女子只能等着男人送？自己去取，又有何妨？"

林敏慎一怔，那边阿麦已笑着转身离去，爽朗的笑声伴着夜风吹过来，竟给这炎热的暑夜带来一丝难言的清凉。林敏慎呆坐在石凳上，有点傻眼，怎么想都觉得这和自己最初的预想偏差太大了些。直到看到夜里阿麦房中的灯一直没灭，林敏慎心中这才舒服了些。可睡在他身侧的张士强却有些躺不踏实了，几次起身凑到窗口处去看。

林敏慎瞧得可笑，故意出言逗张士强道："哎？张士强，你是不是早就知道她其实是个……"

张士强回头冷冷看了林敏慎一眼，堵住了他的后半句话，"我只知道她以前是救我性命的什长，现在是护国安民的江北军大将军。穆白，你最好也别忘了她是谁，别忘了你自己的身份。"

张士强的反应让林敏慎有些惊讶，他想不到这个一直站在阿麦身后沉默寡言的少年竟然也会有言辞锋利的时候。林敏慎默默看了张士强半晌，心中的轻视之意渐去，到最后挑着唇角笑了一笑，说道："是我说差了。"

张士强却未笑，转回身又望了眼阿麦窗口透出的灯光，走回床边拿了衣衫默默穿好，也不理会对面床上林敏慎怪异的眼神，径直出了房门。廊角处的炉灶上还烧着热水，张士强提了水壶走到阿麦门外，拍门道："大人，我给您送些热水过来。"

静了片刻，屋里才传出阿麦略显喑哑的声音，"送进来吧。"

张士强深吸了口气，推开门提着热水进去。

阿麦坐在书案旁，面前摊着本《武经总要》，见张士强进来，笑着问道："大半夜的，怎么想起送热水来了？"

张士强将桌上茶壶里灌上了新水，又倒了杯茶给阿麦端到手边上，这才低声问道："大人，您可是有什么为难的事？"

阿麦心中倒是真有为难之事，可一时又不知该如何和他讲才能说清楚，她抿着嘴沉吟片刻后，说道："有件事情我有些想不明白，我说与你听，看看如果换作是你，你会如何办。"

张士强点头，"好！"

阿麦先吩咐张士强找个地方坐下，将心中思绪理了一理后才又继续说道："我一时没法和你从头讲，只和你打个简单的比方。如果你们村子和相邻的村子有着世仇，隔三差五地就要打上一架。你们村虽然偶尔能凭着计谋和运气胜他们那么一两场，可对方人多势众，大多时候还是你们村受着欺压。现在，你突然找到了一种新式的兵器，正好能够克制邻村，你用是不用呢？"

张士强虽未明白阿麦举这个例子的含义，却是听懂了这个比喻，当即便用力点头，"自然要用啊！"

阿麦淡淡一笑，又说："可是，这种兵器十分骇人，之前你们两个村打架，一般时候不过是把人打个鼻青脸肿，要是打得狠了就会是两败俱伤，所以每次打架前大伙也都会思量思量，看看是要真打还是咋呼一下就算完事。可一旦有了这种新兵器，杀起人来就如同儿戏一般，再不是以前的情形了。"

张士强听得有些激动，问道："那为何不用？既然有了这样的好兵器，我们不但可以打败鞑子，还可以威慑四国，到时候谁还敢来欺负咱们？"

阿麦苦笑着摇了摇头，"这世上没有永远的秘密，也没有永远的霸主。你既然能有这种兵器，别国早晚也会有了，到那个时候，这世上会变成什么模样，你我都说不清楚。就如同我们喂养着一头小兽，虽然能够预料到在不久的将来它会成长为一头猛兽，帮我们赶走敌人，守护家园。可是当它再继续长大，也可能会长成一头怪兽，回过头来把我们自己也吞噬掉。"

　　张士强目光中显出茫然，愣愣地看着阿麦，问道："大人，真有这样厉害的兵器？"

　　阿麦自己其实也不确定，她所知道的不过是从父亲的笔记上看到的那些，在那些火器面前，再坚固的城墙也会坍塌，再坚固的铠甲也如同纸板……

　　阿麦缓缓地摇了摇头，闭上了眼睛，低声说道："我也不知道。"她停了停，吐了口长气，又说道，"你出去吧，我自己再待一会儿。"

　　张士强不敢惊扰阿麦，轻手轻脚地退了出去，小心地带上了门。

　　阿麦将父亲的笔记本从书案下的暗格里取了出来，翻开到刚才看的那页，那里有几页折叠起来的图纸，翔实的图解旁是一段与父亲的笔迹截然不同的清秀字体：没有经过正常的孕育过程，没有同步发展的社会经济与科技环境与之相适应，就这样过早地把这种怪物般的东西催生下来，这是对人类文明的推动还是摧毁？社会的跳跃性发展，到底是利大于弊还是弊大于利？

　　阿麦认得出这是母亲的笔迹，短短一段话，后面却是跟了一长串的问号，足可见当时母亲心中的疑惑与迷茫。阿麦看得有些出神，心中也是一片茫然，这些父母明明都知道该如何制造使用却最终只用图文来记录的东西，这些一直遭到母亲质疑的东西，她到底该不该用？

　　这一夜，阿麦房中的灯一直亮到鸡鸣时分。张士强已经起身，正在房门外犹豫着要不要喊阿麦起床时，她已穿戴整齐了从屋里出来，如往常一般带着张士强向校场跑去。昨日刚刚成亲的步兵统领贺言昭正带着步兵营出早操，阿麦见了不免有些惊讶，笑问道："不是放了你三天婚假在家好好陪陪媳妇吗？怎的就把新妇一个人丢下了呢？"

　　贺言昭脸上露出腼腆的笑容，显得很是不好意思，嘴上却逞强道："不过娶个婆娘，不能娇惯着她！"

阿麦闻言弯着唇角笑了笑，不再言语，在校场上看了会儿士兵的早操，又独自练了小半个时辰的弓马骑射，这才又带着张士强跑步回城守府。刚进城守府大门，迎面就碰上了军需官李少朝。

李少朝正有事要问阿麦，忙拦住了，问道："大人，穆白带回的那些工匠怎么安置？"

阿麦想了想答道："就放在你营中吧，你看着随便给安排些差事。"

李少朝不禁诧异，阿麦叫穆白专门从江南寻来这些工匠，来了却随手塞给了他，这到底算是怎么回事？李少朝小眼睛下意识地眯了一眯，笑着问阿麦道："您没有别的用处？"

阿麦摇头道："没有，如果你觉得实在用不上，遣散了也行。"

李少朝心中更觉糊涂，嘴上却毫不含糊地说："怎么会用不上？我营里正缺些好工匠呢。"

说着生怕阿麦变了主意一般，连忙抬脚就往安置着那些工匠的院子走。

阿麦瞧着淡淡地笑了笑，回房重新梳洗了，换过了干净的衣衫去寻徐静。徐静才刚刚起床，正站在院子里用盐水漱口，看到阿麦过来，忙吐尽了口中的盐水，问阿麦道："穆白回来了？"

阿麦点了点头，顺手从旁边侍立的亲兵手上取过毛巾给徐静递了过去，答道："昨夜里到的。"

徐静接过毛巾胡乱地抹了两把，有些期待地看向阿麦，问道："那边怎么说？"

阿麦语气平淡地答道："说是可称帅。"

徐静眼中光芒一闪，嘿嘿笑道："正好，豫州传来消息，陈起已经命常钰青并常修安回豫州待命，只留傅悦暂守武安。此刻称帅，正是天时地利人和俱全，也早点安了肖毅的心！"

阿麦微笑不语，她知徐静既这样说便是已有了计较。果然，六月十五军议的时候，薛武带头跪请阿麦称帅，再加上冀州守将肖毅从一旁力劝，阿麦几次推辞不下，终于点头答应称帅。

自此，冀州军正式编入江北军，江北军的兵力扩充到七万余人，从原先步、骑、新军三个兵种二十营的编制扩充至三十营的编制，每营的平均兵力是两千余人。贺言昭、张生和黑面分任三军统领，三十个营由九十名将官分别率领，其中有正将、副将和校尉各三名。肖毅、薛武、莫海分任江北军副元帅，这三人是阿麦的副手，阿麦不在时可代替她主持江北军全军的事务。

九月初，阿麦留步兵统领贺言昭守青州，自己则带了江北军军部迁往冀州。百里飞龙陉内正是色彩最为艳丽的时候，绿的沉静，红的灼目，黄的绚烂，美得摄人心魄。

峡谷时宽时窄，宽敞处两旁青山相对而望，溪水在山边漫成浅滩，大大小小的卵石被水冲刷得晶莹剔透，待走到最为狭窄处，却只容得几骑并行，两侧绝壁拔地千尺，夹道而来，迫人心神。抬头仰望，只余带宽的碧空清澈如洗，干净得不沾一点尘埃。

直到走出这段峡谷，视线才又豁然开朗，众人皆不约而同地长出了口气。薛武在一旁指着不远处的一处关口介绍道："此处是飞龙峪，从此向南便是南太行了。南边几十里便是甸子梁，方圆足有百十里，是块练骑兵的好地，现在正被唐将军的清风寨占着呢。"

薛武所说的甸子梁阿麦早已有所耳闻，那是一块巨大的高山草原，面积极为广阔，四周陡峻难行，山顶却是坦荡如砥，水草丰美，如同西胡草原一般，可放牛牧马，被当地人称作甸子梁。

阿麦顺着薛武所指的方向望过去，这个时候，唐绍义是否就在那草甸之上？他一直说要练出一支叫鞑子闻风丧胆的骑兵来，可南夏历来少马，养骑兵又最耗财力物力，若要建一支足以与北漠相对抗的骑兵谈何容易！

阿麦轻轻地叹了口气，如果那样简单，她也不会把脑筋动到父亲笔记中所说的火枪火炮上去了。

大军到达冀州时已过重阳，阿麦及军中几个首要将领进驻冀州，而大军则驻扎在冀州城外。因阿麦早已决定将冀州作为江北军的根基所在，所以东西两处大营的地址早在六月底时便选好，木石等建材在大军到达前就已开始筹集，现在已陆陆续续运到，建房的工匠小工等也俱都集齐。李少朝奉命督造新军营房，生怕不能按时完工，又从军中挑了些会盖房的士兵过来帮忙，以保证赶在天寒之前让各营士兵都能迁入营房。

与身为军事要冲的青州城相比，冀州城则要繁华许多，虽比不上泰兴、盛都之地，却也是江北数得上的大城，又因近年来一直未受战火荼毒，城中百姓民风开放，生活很是富庶。

阿麦与江北军众将一同入城，引得许多百姓夹在街道两旁争相观看。这些百姓听闻这冷面小将便是那大败靼子的江北军元帅，不由得均是又惊又叹，更有不少年轻女子见着阿麦长得俊秀异常，一时芳心大乱。

阿麦身侧的莫海瞧得可乐，凑近了阿麦身侧几步，低声玩笑道："元帅，您看看，咱们这许多人，可他们却只顾盯着您一个人瞧，让咱们大伙只恨爹妈没把自己生得俊些！"

阿麦闻言淡淡地笑了笑，这个浅淡的笑容引得旁边的少女们捂着胸口一阵惊呼，有那胆大的，竟将手帕系成结，直往阿麦身上扔了过来。阿麦下意识微微闪身避过，谁知紧接着又有几条手帕掷了过来。

因林敏慎要护卫阿麦的安全，所以一直策马紧伴在她马侧，见状忍不住嗤笑出声，低声道："若是暗器，我还能帮你拦了，可这些都是美人恩，我是万万不敢挡的。"

阿麦目不斜视，冷面不语，见掷手帕的人多干脆也不再躲闪，只挺直了脊背端坐在马上，任由那些带着脂粉香气的手帕砸到自己身上。

拥挤的人群之中，一个身材苗条的红衣女子颇为打眼。她五官端正，目光明亮，艳丽的眉眼之中却带出几分英武之气，也并不像周围女子那般狂热，只目光一直紧紧地锁在阿麦身上，似自言自语般地说道："这个就是那阿麦了？"

一直跟在红衣女子身后护卫的那个健硕汉子听了，只道是在和自己说话，又因人多嘈杂未能听清内容，忙大声问道："大当……"

只那"当"字刚一出口，红衣女子便极快地回头横了那汉子一眼，吓得那汉子急忙改口道："大小姐，你有什么吩咐？"

红衣女子眼中犹有不悦之色，不过却也未答那汉子的话，只转回头继续去看马上的阿麦等人。那汉子既苦恼又无奈地挠了挠脑袋，见江北军诸将的身影俱已经走远，忍不住又问红衣女子道："大，大小姐，咱们怎么办？"

红衣女子没好气地哼了一声，说道："跟上去看看！"

说着挤开人群向前走去，那汉子生怕她出事，连忙在后面紧跟了上去。

| 第八章 |

少女 心意 相托

冀州城守府提前就得了肖毅的信，大门上的匾额早已改成了"江北元帅府"，府内府外也都重新修葺一新，主院内更是连屋中的家具摆设也全都换成了新的。肖毅将阿麦迎进了正房，见阿麦打量屋中的摆设，笑道："也不知元帅的喜好，他们便都给用的花梨木的料，元帅若是不喜，吩咐他们重新换过就好。"

阿麦闻言便转头瞥了肖毅一眼，她虽不大懂木料，却也知道花梨木的家具十分名贵，盛都侯府商易之的书房中的家具便都是此种材质做成。

阿麦淡淡笑了笑，点头道："这样就很好。"

肖毅是何等机敏之人，只阿麦刚才那个含义不明的眼神便让他心思转了几转，闻言面上露出憨厚的笑容，解释道："我是个粗人，不大懂这些，只是记得以前在商老将军帐下时，听说过他老人家便是喜欢这花梨木的家具，所以就叫人给元帅也备了这样的。"

阿麦笑道："肖副帅费心了。"

肖毅听了却是有些恼的样子，直言道："您这样说可是见外了，不过是些木头摆设，又不是什么精巧玩意儿。不过那打制的木匠倒是说了有些地方专门设置了暗格，给元帅放些私物，元帅改日可叫了那木匠来细问。"

阿麦笑了笑，却没有答言。

江北军新迁，军中堆了许多事务要处理，阿麦一连忙了两三天才得空喘口气，刚坐下来翻几页兵书，就听亲兵过来禀报说外面有个姑娘指名要找麦元帅。阿麦听了不禁意外，旁边林敏慎已是哈哈笑道："听说这两日冀州城里正传着一句话，叫什么'一见麦帅误终身'，许就是你的爱慕者，向你自荐枕席来了。"

阿麦眉头微皱，冷冷地横了林敏慎一眼，却转头对张士强说道："你出去看看，问她见我有何事，如果没有要事就打发走了吧。"

张士强领命去了，过了一会儿回来，回阿麦道："她说她姓息，是唐将军叫她过来找大人的。"

阿麦心中更是诧异，唐绍义怎会叫一个女子过来找自己？这女子姓息，那么说就是和清风寨的老当家息烽有关系？她暗暗思量，口中却是吩咐道："带她过来。"

张士强应了一声转身出去，不一会儿便带着一个长相秀美的年轻女子从外面进来，见到阿麦后毫不畏缩，落落大方地行了一礼，叫道："清风寨息荣娘见过麦元帅。"

虽是女子装扮，行的却是抱拳礼，一双明亮的杏眼直望阿麦，面容举止自然大方。阿麦看得暗赞，面上却是不动声色，安坐在太师椅中，将息荣娘让在客座上坐下，淡淡问道："不知息姑娘找麦某有何贵干？"

那息荣娘没答话，目光却在屋中的林敏慎与张士强二人身上转了一圈。阿麦自然知道她此举的含义，不过却不打算因此就把自己身边的人屏退，所以故作不察，只平静地看着息荣娘。

息荣娘见此便笑了笑，说道："因一时来得匆忙，没能带取信之物，不过我说出一件事来，麦帅定会信我是唐大哥派来的了。"

阿麦淡淡地扯了扯嘴角，不置可否。此女说话明显有着漏洞，既然是唐绍义派她过来，怎会不给她取信之物？阿麦心中这样想着，却听息荣娘朗声说道："年前唐大哥叫人给麦元帅送了些东西到青州，当时用的信物便是唐大可的校尉铜牌，那铜牌现在还在元帅这里吧？"

阿麦眼中神色微变，点头道："不错，那的确是唐将军的信物。"

息荣娘面上闪过一丝得意之色，笑道："既然这样，麦元帅可是信了我了？"

阿麦笑笑，转头吩咐林敏慎与张士强道："你们二人先退下吧。"

张士强还有些迟疑，林敏慎这次却是很听话，像是有心要看阿麦笑话，笑嘻嘻地把张士强拉了出去。待他二人都出去了，那息荣娘却沉默不语了，只眨着一双杏眼细细打量阿麦，视线从阿麦脸上落到喉间，在那新贴的假喉结处停了停，这才又上移到阿麦的脸上。

阿麦被她瞧得有些不自在，轻轻地咳了一声，出声唤道："息姑娘？"

息荣娘微微一惊，心神这才从阿麦脸上收了回来，又听阿麦温声问道："不知清风寨的老当家息烽是息姑娘何人？"

息荣娘闻言面色一黯，答道："那是先父。"

阿麦微微抿唇，心中顿时明了，难怪息烽把清风寨俱都交给了唐绍义，而唐绍义却只做了个二当家，这样看来是息烽将这姑娘托付给唐绍义了。

"息大当家，不知此次因何事来找麦某？"阿麦径直问道。

息荣娘微垂着头，似心中颇为矛盾，沉默片刻后猛地抬起头来看向阿麦，问道："麦元帅可有妻室了？"

阿麦被她问得一愣，猛想起林敏慎刚才的玩笑话来，太阳穴处便突突地跳起来，难不成这姑娘真是来自荐枕席的？阿麦被自己这想法骇了一跳，一时间连说话都不利索了，只问道："怎，怎么了？"

息荣娘此时却已强压下了心中羞涩，看向阿麦的目光更显晶亮，直盯着阿麦问道："不知麦元帅可有妻室或是有中意之人？"

阿麦心中渐渐平定下来，照着前阵子应对肖毅等人的说辞说道："麦某家中早已有妻室，只是军旅生涯危险无常，不敢随军携带家眷。"

谁知那息荣娘听了非但不显失望，反而是面带喜色，止不住追问道："当真？"

阿麦颇觉无语，却仍是郑重地点了点头，"不错！"

息荣娘眼中的喜悦之色便如水纹般一波波地荡漾出来，映得一张俏脸顿时生动起来，笑嘻嘻地看了阿麦一眼，却又似突想起来害羞一般，垂下了眼帘，用手轻揉着衣角沉默不语。

阿麦被她这样一副羞涩的小儿女模样搞得头大，更是弄不清这姑娘的心思，只得又问道："不知唐将军因何事叫息大当家来寻麦某？"

息荣娘毕竟是匪窝中长大的女子，自是比一般女子豪爽许多，羞涩后便抬起头来，鼓起勇气对阿麦说道："麦元帅，我喜欢唐大哥。"

阿麦一愣，一是惊讶于此女的胆大直接，二是不解她为何会向自己说出这些，还专门找到冀州来问自己有没有妻室，要问不也是应该问唐绍义有无妻室吗？息荣娘看出阿麦疑惑，用力咬了咬下唇，说道："麦元帅，您是顶天立地的大丈夫，有些话我说了您可别恼，出了我口，入了您耳，这世上便无第三个人知道。"

阿麦点了点头。

息荣娘又说道："我知道您不满老皇帝把咱们江北拱手让给鞑子，这才带兵反出泰兴，千里东进青州，后来又击溃了常钰青的几万精骑，护我们太行百姓于身后，我们清风寨虽是匪，对您却也是十分敬佩的。"

阿麦浅笑不语，心中却道这姑娘原来也是个口舌伶俐的，不管后面要说什么，事前却先把自己的马屁不露不显地拍了一番。

息荣娘面色微凝，话语一转接着说道："可我想您并不清楚唐大哥离开江北军后的事情。"

阿麦眼底光芒一闪而过，沉静地看着息荣娘，等着她的下文。

"唐大哥入咱们清风寨的时候，占山王正在围剿咱们寨子，我爹受了重伤，寨中的叔伯们虽没说什么，可大伙心中却都觉得这次定是要被占山王端了山寨了。我爹甚至暗中已经安排了心腹，要私下送我出寨。唐大哥就是在这个时候进了咱们寨子的，开始大伙并不信他，他也吃了不少的苦，后来终于带着些兄弟大败了占山王，还在阵前斩杀了占山王的兄弟。"

阿麦说道："我听唐将军说过此事。"

息荣娘眉梢微挑，反问道："那唐大哥是否和您说过他曾受重伤的事？"

阿麦心中一凛，垂了眼帘遮住眼中异色，缓缓摇头道："不曾。"

息荣娘淡淡笑笑，继续说道："唐大哥虽是英雄了得，但他却不是咱们江湖中人，战场上拼杀的硬功夫不同于咱们江湖手段。那一仗中，唐大哥虽然大败占山王，但是自己却也被占山王手下的一个高手用暗器所伤，连肋骨都断了两根。"

这些事情，唐绍义是从不肯和她说的，更何况是她依仗着两人的情分用计骗他到了这太行……阿麦心中泛出一丝苦涩愧疚，难怪唐绍义离去时会主动说起那句"我们一定要活着"。

"唐大哥昏迷了四五天，一直是我照看着的，当时咱们大伙都以为他熬不下去了。他一直高烧不退，到后面竟然连胡话都说起来了。"息荣娘说到这里停了下来，抬眼看了看阿麦，犹豫着是否要继续说下去。一些话说出来便不能收回，不知会带来何种后果，可如果不说，那就只能是埋在唐绍义心底的毒瘤，不如就干脆给他揭出来，也有个痊愈的机会。

息荣娘下了狠心，直视着阿麦说道："他总是含混不清地喊着两个字，开始时大伙一直听不清他喊的是什么，后来一天夜里我独自守着他的时候，我叫他'唐大哥'，他终于清晰地回了我一句，他叫我'阿麦'！"

息荣娘学着唐绍义当时的语调，她声音清脆，全不似唐绍义那般的暗哑低沉。可就是这样一声，却叫得阿麦心惊肉跳起来，暗中紧扣了齿关才继续若无其事地坐在那里，抬眼望着息荣娘浅淡地笑了笑，说道："阿麦是麦某的小名，麦某和唐将军自汉堡起便同在一军，率共生死，情如兄弟。"

见阿麦如此轻描淡写地说过，息荣娘心中便松了口气，可却不知为何有些失望，竟觉得替唐绍义不值。息荣娘淡淡说道："我后来问过唐大哥，他的回答也如元帅一般。"

阿麦不动声色地看着息荣娘。

息荣娘说道："后来我爹去世，把清风寨交给了唐大哥，同时也将我托付给了唐大哥。我知道我爹的意思是要唐大哥娶了我，唐大哥英雄盖世，我早就对他倾心，心中自然也是很欢喜。"

阿麦沉默片刻后，轻声说道："息大当家才貌双全，和唐将军很是般配。"

息荣娘听了却是嘲讽地笑了笑，扬着眉梢问阿麦道："你果真不知唐大哥心意？"

阿麦避开了息荣娘的眼睛，淡淡答道："唐将军一心为国，只求早日驱除鞑虏，光复江北。"

息荣娘嗤笑一声，说道："元帅，我这才看出来，您是揣着明白装糊涂呢。您若是真不懂我的意思，定然不会如此回答。"

阿麦抬眼看着息荣娘沉默不语。

息荣娘又说道："我是山中女子，脸皮子厚得很，我今天也不怕您笑话，就都和您说了吧。唐大哥虽然接了清风寨，却不肯娶我，只要我来做这个大当家，并说只要我哪日不容他了，他会净身出寨，绝不带走寨中的一人一马。我开始时是以为唐大哥家中有了妻室或是心爱之人，可问他却又说没有。我就想起他受伤时喊的胡话来，问他'阿麦'是谁，他很是惊愕，不知我从哪里得了这个名字，开头只是不肯说，后来挨不住我缠，终告诉我说那是他的一个结义兄弟。"

阿麦淡淡问道："息大当家想说什么？"

息荣娘咬了咬唇瓣，迎着阿麦的目光，干脆答道："我要说的是唐大哥喜欢你。"

阿麦一怔，随即便放声大笑起来，好半晌才停下了，看着息荣娘笑问道："息大当家，你可知你在说些什么？"

息荣娘被阿麦刚才的大笑笑得有些羞恼，微抬了下巴，答道："我说唐大哥心里喜欢你，你别觉得好笑，也别瞧唐大哥不起。这世上便有那男子只喜欢男子，我们寨子中就有，更别说，别说你——"

"别说我什么？"阿麦目光猛地转利，如剑般看向息荣娘双眼。

息荣娘被阿麦眼神压得心头一惊，却又不肯在阿麦面前示弱，犹自抬着下巴逞强道："更别说你长成这个样子，比美貌女子还要好看几分，若不是你脸上泛着胡楂，喉间有明显的喉结，连我都要觉得你是个女子！"

阿麦冷冷地看着息荣娘，寒声道："息大当家，你可知道你在说些什么？如果不是看在唐将军面上，今日麦某定不会让你再出这元帅府！"

阿麦语气中渗出寒冷的杀气，迫得息荣娘一时说不出话来，她这时才猛地记起自己面前这个看似温文尔雅的男子是已经闻名四国的江北军元帅，是一战剿杀鞑子几万骑兵的铁血将军。

息荣娘愣愣地说不出话来，阿麦冷哼一声，说道："看情形你来冀州唐绍义并不知情，否则他绝不会容你来说这些荒谬之言！看在他的面上，我今天不与你计较，你还是快回你的清风寨吧！"说完便从太师椅上站起身来，拂袖便要叫人送客。

息荣娘闻言猛地惊醒过来，上前扯住阿麦衣袖，急道："元帅！你既然当唐大哥是你兄弟，你果真忍心看他因为你孤苦一生？"

她手上用了小擒拿手法，阿麦几次用力竟然是挣脱不掉，又不敢让她近身，最后只得无奈地回身看着她，问道："你到底要怎样？"

息荣娘脸上露出小女儿的得意之色，口中却央求道："元帅，一开始时你是应了我的，你是顶天立地的大丈夫，不会恼我说的话。"

阿麦挣开息荣娘的手，回到太师椅上重新坐定，闭目片刻复又睁开，问道："你说吧，你要如何？"

息荣娘答道："你既然有妻室，又不喜欢唐大哥，不如就径直告诉唐大哥，也好让他死了这份心思。"

阿麦颇觉无力，用手捏了捏太阳穴，说道："他从未向我说起过什么，你就叫我自己走到他面前，告诉他我已有妻室，并不喜欢他，叫他死了这份心思，该娶亲娶亲，该生子生子？你觉得这法子可行吗？"

息荣娘自己听了也觉得这法子有些不对，反问阿麦道："那你说该怎么办？"

阿麦默默看向息荣娘，却也不知能说些什么。两人正相顾无言，忽听得外面传来一声巨响，直震得窗棂噗噗落土，连房子也跟着隐隐震动起来。两人一惊，俱都起身冲向门口，刚出得房门，林敏慎与张士强也一前一后地从院子里掠了过来。

阿麦问道："怎么回事？哪里出的声响？"

张士强答道："像是从府西传过来的。"

果然，不一会儿便有亲兵回来禀报，声响是元帅府西侧的一间屋里发出来的，那边本是军需营的仓库，存放着些军械之类的，不知怎的突地爆了，连带着房顶都塌了一半，倒是没听见说有人员伤亡。

阿麦听得皱眉，此时正是秋季，天干物燥，也亏得是没有起火，不然还不知会出多大的乱子。

过不一会儿，李少朝便阴沉着脸来了，身后还带着一个人。只见那人不但身上烧得破破烂烂满是黑灰，就连脸上也是黑漆漆一片，头发眉毛俱已是烧了个乱七八糟。那人来到阿麦面前刚欲跪下行礼，身后李少朝猛地一脚将他踹倒在地上，骂道："元帅，就是这小子闯的祸，差点把我那屋子也给炸塌了！"

那人默默从地上爬起，重新跪直了，敛衣向阿麦拜道："小人郑岚，拜见元帅！"

阿麦见此人虽形容狼狈，可神色却淡定自若，心中暗暗称奇，问道："到底是怎么回事？"

郑岚沉声答道："小人是军需处的工匠，今日试验突火枪的时候不小心引爆了火药，给炸了。"

阿麦听了还未说话，旁边的李少朝却先急了，骂道："你小子又不安分，不是说不叫你做那劳什子突火枪了吗？"

阿麦抬手止住了李少朝，随意地瞥了地上的郑岚一眼，然后转身看向一直站在不远处的息荣娘，淡淡说道："息大当家，我这里有些军务要处理，你远来劳顿，不如先下去歇息一下，可好？"

息荣娘不是傻子，听阿麦如此说便知人家这是不愿意自己听到军中事务，当下便点头道："好，全听元帅安排。"

阿麦略点了点头，吩咐张士强送息荣娘下去休息，然后便带了李少朝与那郑岚来到书房之中，指了指凳子叫他二人坐下了，这才转头问身后的林敏慎道："他是你从盛都带回来的工匠？"

林敏慎仔细地看了看郑岚那张被烟燎得黑漆漆的脸，不由得笑了，玩笑道："许是有这么一个，不过这脸上乌七八黑的，我也拿不准了。"

郑岚闻言忙用袖口抹了抹脸，将脸上的黑灰拭去了些，向林敏慎说道："大人，是我，您不记得了吗？我是那个主动要求跟您到江北来的！"

林敏慎强忍着笑，向阿麦点了点头，"是有这么一个和别人不一样。"

阿麦淡淡笑了笑，笑问那郑岚道："你为何要主动跟他到江北来？据我所知你们那些工匠大部分是被他掳来的。"

郑岚却是未笑，一本正经地看着阿麦，郑重答道："因为只有江北才有鞑子。元帅，突火枪可以克制鞑子骑兵！"

阿麦听得心中一动，凝神看向郑岚。

李少朝听了郑岚的话却觉可笑，嘿嘿笑了两声，嘲道："就你那突火枪？也就是声音大点，吓唬人还行，放十枪里面有八枪不响，好容易放出去的那两枪还不知道能不能飞到鞑子面前，就是飞到了，连人家的铠甲也射不穿！更别提那些在自己手里就开花的，白白糟蹋了好竹子，用不几次就废了。"

郑岚不理会李少朝的念叨，只目光灼灼地看向阿麦，声音里隐隐带着些激动的战栗，说道："元帅！突火枪的枪管可以不用竹制的！"

李少朝奇道："不用竹子那用什么？"

郑岚一字一顿地答道："可以用铁制的！"

他声音不大，却字字如雷，直把阿麦都惊得定在椅上没了反应。李少朝没觉察到阿麦的异样，只一听郑岚说还要用铁便要急了，叫道："你快省省吧！败家玩意儿，你竹子糟蹋不够还要来祸害我那点铁料！"

郑岚好容易能有个在阿麦面前说话的机会，怎肯轻易放过，虽听李少朝呵斥却也顾不上害怕，只盯着阿麦说道："元帅，我来江北的路上已是和那几个铁匠聊过了，他们完全可以制出我需要的铁质突火枪，这样枪膛轻易不会炸裂，也能经得住更多的火药，弹丸可以射得更远！"

阿麦心中已是翻起了惊天骇浪，她自然知道这铁质的枪膛不像竹制的那样容易炸裂，她还知道正是将竹筒换作铁筒才让火器有了跃进般的发展，知道如何将突火枪的构造设计得更加合理，怎样严格控制药室的尺寸，保证装药量达到相应的标准，既能保证发射威力，又可提高发射时的安全性能。父亲笔记内夹的那些图纸上便有关于这种东西的介绍，甚至还有比这东西威力更大的武器……

一时间，图纸上那些复杂纷乱的图形塞满了阿麦的脑子，阿麦只觉得脑袋有些昏沉起来。那些父亲不曾用她不敢用的东西，如今却是要自己降生在这个世上了吗？这就是所谓的天道使然吗？

又听郑岚说道："到时候咱们万枪齐发，定能将鞑子打个落花流水。"

阿麦良久没有反应，只静静地看着郑岚，直到把郑岚看得都手足无措起来，才收回了目光，微垂着眼帘沉默不语。

一旁的林敏慎忍不住出声问道："你可试验过铁质突火枪的射程能有多远？"

郑岚听了脸上一红，不好意思地答道："还没正式试过，那些铁匠不敢私下给我铸造铁管，我只能先从火药的改进上着手，今天正试验火药用量呢，结果一不小心给弄炸了。"

原来说了半天不过是给大伙画下的一张饼！这下林敏慎与李少朝听了俱是大笑不已，只阿麦仍是微垂着头不知在想些什么。林敏慎察觉到她的异样，停下了笑，若有所思看向阿麦。

阿麦终下了决心，毅然抬起头来，问郑岚道："你可懂机关之学？"

郑岚虽不明白阿麦为何会突然问到此处，不过还是老实地点了点头，说道："倒是学过一些。"

阿麦转头吩咐李少朝说道："你找个隐秘点的地方，把军中会制突火枪的匠人皆都交与他管，再挑几个手艺精湛的铁匠给他，总之一句话，不管他要什么，你都给他准备好了便是！"

屋中几人都是怔了，那郑岚最先反应过来，连忙跪倒在阿麦面前，谢道："多谢元帅对小人的信任！小人定会制成最好的突火枪交与大人！如若不能，小人甘愿……"

"你先去吧，"阿麦打断郑岚的话，眼中似有火苗跳跃，语气却仍是淡淡的，说道，"我会常去看你的进展，莫让我失望才好。"

郑岚自是跪伏于地对阿麦感恩戴德，李少朝心中虽有些不情愿，不过自从阿麦用床弩车大败鞑子骑兵之后他便已是彻底服了阿麦，对阿麦是言听计从。现听阿麦这样交代，便想阿麦定是有所打算，所以便极听话地带着郑岚下去安排。

书房中只剩下阿麦与林敏慎二人，阿麦沉思不语。林敏慎默默打量阿麦一会儿，忍住了那已到嘴边的话，转而问道："那位息家大小姐那儿怎么处理？"

阿麦这才记起那个麻烦姑娘来，顿时觉得头大，连忙摆手道："送走，送走。"

林敏慎不禁笑了。

谁知那息荣娘却不肯走，并且一听阿麦要送她走，竟然就要直闯阿麦的住所。她是个年轻漂亮的女子，又有些武功在身，叫人硬不得软不得。林敏慎等知情的念她与唐绍义的关系，不知情的又怕她与元帅有着私情，所以大伙心中都有着各自的小算盘，一时还真是拿她无法了。

阿麦见此，干脆躲到了徐静处。徐静还不知这息荣娘与唐绍义之间的纠葛，只道她真是个来纠缠阿麦的泼辣女子，见阿麦如此窝囊，不禁气得胡子直翘，呵斥道："怎的如此无用！不就是个女子，你向她直说家中已有妻室，不容你在外纳妾不就得了，我看她脸皮还能有多厚！"

阿麦暗道，她是来寻我和她一起治疗唐绍义的"断袖"之症的，就是我家中有老虎怕是也吓不退她的。那边徐静已然气道："你不敢去说，老夫去说与她听！"

徐静名义上还是阿麦的叔丈，自是最有立场说这些话。

阿麦慌忙拉住了徐静，小心地扫了一眼四周，这才小声说道："她是清风寨名义上的大当家，息烽死前将她托付给了唐绍义，她这次来寻我是为了唐绍义。"

徐静一怔，瞬时就明白了过来，惊愕地瞥向阿麦，问道："唐绍义已知你的……身份？"

阿麦脸上有些尴尬，更多的却是无奈，摇头道："正是因为不知道，所以这息荣娘才要寻来，叫我……唉！"阿麦真不知该如何向徐静解释清楚息荣娘的来意，思量了一下用词，才又说道，"她叫我想法去了唐绍义的'断袖'之心！"

徐静先是愣怔，随即便失笑出声，拊掌道："看来这女子也知三分兵法，知道要先釜底抽薪！"

阿麦被徐静笑得有些恼，赌气往椅上坐了，气道："先生你还笑！你叫我如何到他面前去说这些？"

徐静虽强忍住了笑，可嘴角却仍不由得弯了些弧度，说道："这话还真没法主动去说，若是他向你来求欢倒是可以义正词严地拒绝。"

"先生！"阿麦喝止徐静，饶是她脸皮向来厚实，此刻也有些泛红，"都什么时候了，先生还说这样的玩笑话！"

徐静笑了笑，过了片刻后问道："阿麦，你对唐绍义当真无意？"

阿麦脸色一肃，正色答道："阿麦心中现在只有驱除鞑子光复江北，与唐绍义间也只有兄弟之情、好友之义，除此以外绝无男女私情。"

徐静缓缓点头，说道："那息荣娘既然能看出唐绍义对你有意，想必唐绍义对你的情意已是难掩，他现在不知你的女子身份也罢了，日后一旦得知，只怕会……情难自制！"

阿麦听后，心中突地一跳，默默坐了片刻，抬头问："先生，你说为何生为女子便会有这许多的事？我若真的是男子，是不是就没了这许多麻烦？"

徐静听了默然，半晌后才轻声说道："阿麦，你虽一直扮作男子，但是我并不希望你就真的把自己当作男子了。天地分乾坤，万物分阴阳，人则分为男女，乾坤、阴阳、男女各司其职才合天道。"

阿麦闻言淡淡地笑了笑。

息荣娘那里一直纠缠不休，郑岚的突火枪却是进展神速，只不过两三天工夫，阿麦再去看时，已是铸成了铁质的枪管，外形上已能明显区分出铳膛、药室和尾銎三个部分……准确地说这已不应该再叫作突火枪，而是火铳。

阿麦听郑岚讲解了一番新式突火枪的威力，又沉默地看了片刻，将郑岚独自带到书房之中。林敏慎与张士强等亲卫俱都被阿麦打发到院外等候，书房中进行的谈话没有第三个人知晓。

屋中的谈话直进行到晚间时分，郑岚从书房中出来，面上难掩激动之色，一双眼睛更似能放出精光来，只快步向外走，到院门口时差点被门槛绊了跟头，走过林敏慎与张士强等人身侧时更是视而不见，连停都未停。

众人看得惊愕，林敏慎愣愣地看着郑岚越走越快，到最后几乎要跑起来的身影，嗫嚅问张士强道："元帅倒是和他谈了些什么？"

张士强没有回答。

当天夜里，阿麦屋中灯火又几乎是一夜未灭。天色微明时分，阿麦叫张士强取了火盆进去，就着桌上的烛火将笔记中夹的那几页图纸点燃，扔到了火盆之中。她紧抿着唇坐在椅中，默默地注视着火盆中跳跃的火苗。

"我怕管不住自己，"阿麦突然没头没脑地说道，"人总是受不了诱惑，慢慢变得贪得无厌，最终将这些怪兽都放了出来，它们本就不是属于这个世上的东西，能随了父亲去是最好的。"

张士强不明所以地看着阿麦的举动，嘴唇几次张合却是闭上了。

阿麦伸手细细摩挲着那笔记本的封皮。那年在乌兰山中，她从父亲的遗物中只取出了这本笔记及那把匕首，现如今匕首已经遗失在雁山，她身边只留下了这本笔记。其中的内容她早已是背得滚瓜烂熟，早就该毁了的，可是她却一直舍不得。

肖毅特意给她定制的藏了暗格的书架，林敏慎探究的眼神……自从飞龙陉大胜常钰青之后，大家便已认定了她手中必然有着什么兵法奇书。阿麦嗤笑一声，终于将那本笔记放入了火盆之中，纸张很快便被火红的火焰舔舐卷起，上面的字迹遒劲有力，在火光的映照下现出它的铮铮傲骨，偶尔会有清秀的字迹夹在其中，给那刚强增添了一抹柔意。刚柔相济，便应是如此吧……

火盆里的火势由强转弱，最终化作了黑色的灰烬。

阿麦的眼睛有些酸涩，只得仰头闭了目，好半晌才能稳住声线，淡淡吩咐张士强道："拿出去吧，找棵树下埋了。"

张士强轻手轻脚地将火盆端了出去，将里面燃尽的灰烬拢在一起寻了干净的白绫包好了，埋在了阿麦书房后的一棵枣树下。待再回到书房中，林敏慎也在，正在向阿麦询问息荣娘那里怎样处理。

阿麦稍稍思量了下，说道："就让她先在府中住下吧，暗中派人去清风寨，通知唐绍义过来领人。"

谁知阿麦刚派了人去没两天，唐绍义却是自己到了。原来跟着息荣娘一同来冀州的还有寨中的一个兄弟，便是那日在息荣娘身旁护卫的汉子，他姓赵，家中排行老四，寨子中的人都叫他赵四。赵四是山寨里有名的老实人，武功也不弱，所以自小便成了息荣娘的护卫。

那日息荣娘在街上跟着阿麦一直跟到了元帅府，她身为江湖女子，自是比那些闺中女子眼界宽了许多，与那些男子相比却又是多了一分直觉，在街上远看阿麦面容姣好如女子一般，心中便有些怀疑阿麦的性别，打算着要夜探元帅府查个究竟。亏得身边跟着的赵四拦住了，劝她说元帅府里守卫森严，岂是那么容易就进的，到时候被人当成刺客或细作给逮住，岂不是要给唐绍义招惹了麻烦。

息荣娘这才打消了夜探元帅府的心，赵四刚松了口气，没想到一眼没看住，这息荣娘竟然堂而皇之地去元帅府大门口求见麦元帅去了！赵四无奈之下只得暗中派人回山寨给唐绍义报信，自己则日夜守在元帅府外，生怕息荣娘有个万一。

息荣娘来冀州时是告知了唐绍义的，不过当时说的理由却不是来找阿麦，而是要买些物品。唐绍义只道她是个年轻女子，定是爱美来冀州城买些衣服首饰之类的物品，他是一个大男人，不好问得太细，又想冀州现在已是在江北军控制之下，所以也没太上心，只叫息荣娘多带几个人出来。

息荣娘却只挑一个最老实的赵四跟着，便奔了冀州而来，没过几天，那赵四便叫人给唐绍义捎回去了信，说息大当家独自闯入了元帅府。

唐绍义带了人寻来时，赵四还在元帅府门外的街面一角上蹲着呢，已是熬得两眼通红，见到唐绍义来激动得差点眼泪都出来了，直迎了过去叫道："唐二当家！

您总算来了！"

唐绍义点了点头，问赵四道："可知大当家为什么来寻麦元帅？"

赵四摇摇头，"不知道。"

唐绍义听了浓眉微皱，又问道："大当家也没说过什么话？"

赵四歪着嘴角费力想了想，答道："息大当家只说麦元帅长得可真俊！"

此话一出，跟着唐绍义前来的那几个人面色都不禁有些古怪，不约而同地瞄了唐绍义一眼。唐绍义顿觉哭笑不得，这息荣娘前些日子还逼着自己娶她，吵嚷得满山寨都知道她钟情于自己，这回倒好，移情到阿麦身上，改去纠缠阿麦了！

唐绍义先叫人送赵四回客栈休息，自己则去元帅府求见江北军元帅麦穗。门口的小校恰好是认识唐绍义的，一边忙叫人跑着去与阿麦送信，一面亲自引了唐绍义向府内走。

阿麦正在和肖毅等人商讨招募新兵的事情，听闻唐绍义来并不惊讶，和肖毅简单说了几句便叫众人散了，自己也起身出了院门去迎唐绍义。

没一会儿，唐绍义的身影便随着那小校从远处渐行渐近。带路的小校远远地看到了阿麦，忙疾走几步上前和阿麦行了个军礼，见阿麦没有吩咐便退了下去，只留阿麦与唐绍义两人站在原地。

阿麦微笑着看向唐绍义，唤道："大哥。"

唐绍义静静地打量着阿麦，一身青衫如劲竹般挺拔瘦削，面容俊秀，眉目清朗……唐绍义视线在划过阿麦下颔时却微微停滞了下，然后若无其事地移开视线，叫道："麦元帅。"

阿麦没有应声，只站在那里淡淡笑着看向唐绍义，依旧唤道："大哥。"

唐绍义终弯着唇角无可奈何地笑了笑，改口道："阿麦。"

阿麦引着唐绍义向院内走，边走边笑道："我前两日刚派人去请大哥，不料大哥竟会这么快就到了。"

唐绍义只道阿麦是说息荣娘之事，稍一沉默说道："息大当家自小生活在山中，又是被息烽当作男儿般教养，脾气难免任性率意些，给你添了不少麻烦。"

阿麦斜睨一眼唐绍义，掀起帘子将他让进书房，笑了笑说道："大哥误会了，我请大哥来不是为了息大当家的事情。"

唐绍义稍觉意外，随意地在椅中坐下，问道："军中有什么事？"

阿麦在一旁坐了，答道："豫州送出来消息，现在陈起大力平剿江北各地的抗虏义军，不仅将心腹姜成翼、傅直等人派往宿、雍等地平叛，就连从武安而返的常钰青等常家人也被他用来镇压荆州的民团。"

常钰青兵败青州之后奉命调回豫州这件事唐绍义是知道的，常家与陈起不和的事情也早已不是什么秘密，他本以为常家人回到豫州之后便会被陈起闲置起来，不料陈起竟然又用起了常家人。

唐绍义不禁问道："陈起还要用常钰青？"

阿麦闻言淡淡地笑了，说道："想是陈起不愿用的，可百年常门哪就这么容易倒下了，好像是上京中北漠小皇帝的意思，陈起也是没有办法吧。他好容易抓住了常钰青兵败的机会，本想把他调回豫州架起来，可军令刚发出来就收到了上京的军令，只得再分了三万兵给常钰青，叫常钰青沿途攻占尚未降北漠的城镇，结果常钰青一路从武安打回了豫州，攻下大小城池十余个，反倒是又增添了不少战功。"

唐绍义不禁惊愕，愣了片刻之后才说道："没想到那陈起竟然也会失算，早知如此还不如把常钰青留在武安守着青州，叫那傅悦一路去立这些战功，这下倒好，傅家白投了陈起了，陈起也没给人家争些好处。"

阿麦点头，"不错，陈起怕是肠子都要悔青了，不过他那人向来好面子，就是把牙咬碎了也会和着血往肚子里咽的，脸上还偏生带着笑不露出分毫来。"

唐绍义听阿麦说得好笑，也不禁失笑，可转念一想便已明白其中要害，沉默了片刻后，说道："青、冀两州日后怕是会更加艰难。"

陈起先弃青、冀两地于不顾，而是专心向江北各地抗虏义军发起攻击，巩固己方势力，他日一旦没了后顾之忧，便是全力进攻青、冀两州之时。唐绍义既能说出此话，想是已看出了陈起的意图。

阿麦见唐绍义军事直觉如此敏锐，心中暗暗赞叹，说道："顶多到明年秋季，便是陈起全力进扑青州之时。"

唐绍义的面色愈加凝重起来，从现在到明年秋季，其间不过一年时间，仓促之下就算能再召集几万新兵又能如何？只练出一个成熟的弓箭手就得两三年时间，这还不算其中体力臂力等天生条件。没有弓箭手就无法克制北漠的骑兵，只依靠长枪兵阵又或是阿麦所设的车营，却是难以应对骑兵多方向的驰骋突驰。

阿麦自是能猜到唐绍义心中所想，见唐绍义凝神不语，转而问道："大哥，听说你在甸子梁练骑兵？"

唐绍义点头道："甸子梁上正好适合练骑兵，我就把山寨里的人马挑了些出来，想练一支精锐的骑兵出来，不求多，只求精。"

不是不想求多，是没有那么多的战马，也没有这个财力物力，所以才转而求其精吧。阿麦暗暗想着，迟疑片刻，问唐绍义道："大哥，你现在手上有多少骑兵？"

若是别人问这个问题，唐绍义自是不会回答，可阿麦问了，唐绍义只想了想便答道："原来从寨子里挑出来些，再算上上次从常钰青那里缴获的那些，有五六百了。"

"单人单骑？"阿麦又问道。

唐绍义无奈地点了点头，南夏本就缺少战马，现在江北交通要道已被北漠占领，再无法从西胡草原购入马匹，所以根本无法达到北漠骑兵那种一人双骑甚至三骑的配置。

阿麦抿着唇沉吟片刻，抬眼看向唐绍义，沉声说道："大哥，张生手下现有骑兵近四千，青州之战又抢了鞑子不少战马，我再补上几千人俱都交给你，明年秋季之前，你可能替我练出一支精骑？"

唐绍义瞳孔猛地收紧，不可置信地看着阿麦，见她目光坚定，毫不躲闪地看着自己说道："你将骑兵带上甸子梁，钱粮装备都由我冀州来供应，我明年只要五千精骑，剩下的都归大哥！"

剩下的足有数千之众，而江北军在乌兰山最盛之时，唐绍义几进西胡如入无人之境也不过是依仗着手中那近万名骑兵。唐绍义唇舌有些发干，下意识地吞咽了一口唾液后才说道："阿麦，你可知这些骑兵俱都到了我手意味着什么？"

清风寨不同于武安，唐绍义也不同于常钰青，若是唐绍义将这些骑兵纳为己有，那么他就如同握住了一把利刃抵在江北军胸口之上，到时候再以抗击鞑虏的名义召集义军，以他自身的影响力，就是将阿麦取而代之也不无可能。

阿麦却从容道："我信大哥。"

唐绍义默默地注视阿麦片刻，点头道："好。"

阿麦望着唐绍义，脸上精致的五官缓缓舒展开来，笑意直达眼底，又说道："还有一事需要大哥帮忙。"

唐绍义的目光有些不舍地从阿麦脸上移开，问道："什么事？"

阿麦说道："我想让大哥帮着在太行山中寻个隐秘之处，把军中的军械造办处搬了过去。"

唐绍义听了却是不太认同，说道："太行山中道路难行交通不便，你将军械造办处迁过去，弊大于利。"

阿麦明白唐绍义的意思，解释道："我军中有些新式的兵器要造，不想让外人知晓，但是冀州人多眼杂，难免有鞑子的细作混在其中，所以想寻个隐秘地方。"

唐绍义思量了一下说道："地方倒是可以找到，你人手材料都可以准备好？"

阿麦点头，"工匠是现成的，我提前把铁料都备齐，造成了也不需再送到冀州，直接送往甸子梁就行，明年开春我领着新军直接去甸子梁。"

"新军？"唐绍义稍稍讶异。

阿麦眼中现出坚毅之色，说道："嗯，新军。我要在冀州训一支真正的铁军出来，到时候带到甸子梁与大哥的骑兵会合！"

唐绍义见阿麦已经决定，便也不再劝，点头道："好。"

阿麦又与唐绍义说起近日要在冀州招募新兵的事情，两人正说着，林敏慎未经禀报急匆匆地进来，看到唐绍义也在书房不禁一愣，把已到了嘴边的话强咽了下去。

唐绍义见状便从椅上站了起来，对阿麦说道："我先去看一下息大当家。"

阿麦不知林敏慎有何急事，见他如此避讳唐绍义想是有极隐秘之事，闻言便也站起身来，说道："也好，我叫人带大哥过去。"

阿麦将唐绍义送出院门，叫了张士强过来带唐绍义去寻息荣娘，自己这才又回到书房之中，沉声问林敏慎道："什么事这么沉不住气？"

林敏慎脸上的神色已经平复了许多，只盯着阿麦说道："他起事了！"

阿麦闻言心中一凛，当下问道："什么时候？"

林敏慎答道："九月初他与长公主借秋猎之际从盛都走脱，十五日先于云西正齐换之名，然后以遵祖训诛昏君、为国靖难为名，誓师出征，宣布靖难！"

"那云西叛军呢？"阿麦不禁问道。

林敏慎答道："云西叛军其实早已暗中归顺，只不过配合着演场戏而已。"

阿麦淡淡笑了一笑，沉吟片刻，说道："你去请徐先生过来。"

林敏慎应声而去，没过一会儿院中传过来一阵脚步声，片刻后，林敏慎打起帘子将徐静让了进来。阿麦心中已将整件事情都理了一遍，有了打算，抬头见徐静进来，轻笑着说道："南边终于变天了。"

徐静一听精神为之一振，小小眼睛里顿时精光四溢，问道："什么时候？"

阿麦答道："九月十五。"

现在刚是九月二十三，商易之起事不过七八天，消息便传到冀州，应是从云西直接传来的。徐静稍一思量，又问道："商帅可是在云西起的事？"

阿麦瞥了林敏慎一眼，点了点头，将林敏慎得到的消息详细地与徐静说了，又说道："以后却是不该再称商帅了，该叫主公才是。"

徐静虽早就知道商易之暗中有问鼎天下的野心，却不知商易之竟然是武帝太子齐显的遗腹子之事，乍闻之下不免有些愣怔，眼底神色一时复杂莫名。他知阿麦与林敏慎的目光都还在自己身上，忙掩饰地捋了捋胡子，遮去眼中神色，道："正是。"

阿麦将徐静的神色俱都收入眼底，面上淡淡笑了笑，又问徐静道："先生，咱们是否该易旗以表支持主公？"

徐静心神已稳，闻言沉吟片刻，却转头问林敏慎道："主公云西起事，江雄如何？"

江雄乃是林相的外甥，南夏皇帝为了制衡商维而置的平西大军副帅，此次商易之起事用的是商维之兵，若是江雄无碍，则盛都的林相必临险境。果然便听林敏慎答道："江雄假作带兵从云西逃出，一路阻击着东下的商维与云西联军，退向盛都。"

阿麦闻言不禁笑了，"如此看来，主公攻入盛都只是早晚的事了。"

林相和江雄分明早已是和商易之上了一条船，现如今却仍给老皇帝扮着忠臣悍将，盛都城内有林相这个内应，城外又有江雄的接应，看似坚固的盛都其实早已是千疮百孔。

徐静沉默片刻，便对阿麦说道："咱们江北军应暂时不动，静观其变。"

此言一出林敏慎大是诧异，愕然地看向徐静。阿麦眼底闪过一丝笑意，面上却也做出疑惑之色，问徐静道："先生此话何意？主公刚刚起事，咱们江北军便宣布归顺以壮主公声威，岂不是最好？"

徐静怎会看不出阿麦在作态，闻言云淡风轻地笑了笑，用手轻轻捋着胡子，先瞥了林敏慎一眼，这才对着阿麦说道："咱们江北军远在冀州，就是宣布了归顺主公又有何用？你能带兵南渡去助主公一臂之力？"

阿麦配合着摇头道："不能，我主力一走，鞑子正好可以乘虚而入，冀州危矣。"

徐静轻笑道："正是不能走，所以我们既然做不了雪中送炭，干脆便做锦上添花。主公手中有商维大军，又有云西军的助力，就是各地能起勤王之师也碍他不得。我们不如待主公平定江南登上大统之时再宣誓归顺，以表主公乃是天命所在众望所归。"

阿麦与林敏慎听了俱是跟着缓缓点头，"正是如此。"

阿麦转头吩咐林敏慎道："你想法将信与主公送过去，言明我江北军的态度，待主公登上大统之日，你我二人不仅将青、冀两州双手奉上，还要身先士卒，替主公打下江北这半壁江山！"

林敏慎不知是计，被阿麦两句话鼓动得热血沸腾，当即便应道："好，我这就着人给主公送信去。"

说着便向阿麦与徐静二人拱了拱手，告辞出去。

阿麦看着林敏慎的身影急匆匆地消失在门外，嘴角终忍不住弯了起来。徐静见状不禁摇头，张了嘴刚要说话，阿麦却将食指竖在唇边止住了他，又待了片刻，外面林敏慎的脚步声已经远去，阿麦这才笑着问徐静道："先生要说什么？"

徐静冷了脸，轻哼一声道："要说你阿麦太过狡猾，叫我来做这恶人，话都是我说的，日后商易之怎样怪都不会怪到你身上去。"

阿麦不以为意，反而很是无赖地笑道："谁叫先生是谋士呢！再说现在也的确不是表示效忠的时候，徒引人耳目罢了。"

徐静感叹道："想不到商易之竟然成了皇室正统齐焕，"他停了下，目光深沉地看向阿麦，问道，"阿麦，你呢？你又有何身份？"

阿麦笑了笑，张嘴欲答，徐静却已是阻断了她的话，讥诮道："开口若不是实话也无须再说，老夫观你行军布阵颇有靖国公之风，又开口闭口秉承先父遗志，你到底是靖国公何人？"

阿麦抬眼看向徐静，坦然承认道："我父亲便是靖国公韩怀诚。"

徐静望阿麦片刻，叹道："果然如此，别家也养不出你这样的女儿来。"

阿麦笑了笑不置可否，转了话题又与徐静说起唐绍义来冀州之事，并将骑兵俱都交给唐绍义的事告诉了徐静。徐静听了捋须沉吟片刻才道："阿麦，我知你与唐绍义是生死之交，只是这样未免有些冒险。"

阿麦眉目清淡，轻声道："我信他的为人。"

徐静却笑了笑，说道："人性虽定，心思却是易变，手中握着的东西不同了，想法难免就要有所变动。"

阿麦默然不语，徐静见她如此便知她已是定了主意，当下便也不再劝，只与她谈论起商易之云西起事之后天下的格局变化。直谈到正午时分，阿麦才忽地记起唐绍义与那息荣娘还在府中，忙叫人备了午饭去请他二人过来。

再说息荣娘，她见唐绍义亲自寻到冀州，心中是又喜又怕，欢喜的是唐绍义能亲来寻她，可见对她也是看重；怕的却是怨她不知轻重，同时又更怕知道了她来寻阿麦的真实意图后会恼了她。所以不等唐绍义问，息荣娘便赶紧主动解释道："我那天正好遇到了麦元帅率军进城，一时想起唐大哥说的他是你结义弟兄的事情，就想过来瞧一瞧英雄好汉。"

唐绍义没太理会息荣娘的小心思，只是说道："息大当家以后行事需谨慎些，冀州不同于咱们寨子。"

唐绍义一个"咱们寨子"说得息荣娘心中顿觉甜蜜，不禁带上小女儿之态，低头揉着衣角说："我以后再也不会了，只听唐大哥的话。"

唐绍义心思还全在阿麦刚才说的话上，闻言只随意地点了点头，叫人去客栈中给清风寨的诸人送个平安信，然后便坐在一旁暗暗思量南太行之中哪里可以给阿麦来建军械造办处。

息荣娘见唐绍义沉思不语，也不敢出言打扰，只好默默地坐在一旁，悄悄地打量着唐绍义，越看越觉得他剑眉朗月线条硬朗，越看越觉得心中欢喜，不由得也是看得呆了。

阿麦派人来请唐绍义与息荣娘去吃饭，唐绍义这才从沉思中回过神来，转头想叫了息荣娘一同前去。谁知他刚叫了一声"息大当家",却见息荣娘似被吓了一跳般,一下子从椅子上蹿了起来,满脸绯红手足无措地看着自己。

唐绍义不禁奇怪,问道:"怎么了?"

"没什么,没什么。"息荣娘慌忙答道,然后便火烧屁股般向外逃了出去。

唐绍义不知她这是怎么了,只觉得这女人行事果然无常,不禁轻轻地摇了摇头,跟在息荣娘之后随着门外的亲兵向阿麦处而去。

阿麦房中已然摆了一桌酒菜,除了徐静作陪外,只有军需官李少朝及骑兵统领张生在场,连在一旁侍候的也是亲兵队长张士强。唐绍义与徐静几个相互见过了礼,阿麦笑着将唐绍义与息荣娘让到上座,对唐绍义说道:"大哥,我没叫外人,只咱们几个陪着大哥喝顿酒。"

唐绍义笑着点了点头,道:"这样正好。"

吃不一会儿,阿麦与唐绍义已是一碗一碗地斗起酒来。李少朝与张生俱都看得惊讶,息荣娘更是看得目瞪口呆,唐绍义能饮酒她是知道的,可想不到阿麦这样一个面目姣好如女子般的人物也能酒来碗干,竟是这样一个爽快干脆的人!

李少朝见桌上就息荣娘一个女子,同来的唐绍义也不对其多加照顾,难免起了些怜香惜玉的心,替她夹了块水晶肘子放入碟中,让道:"息大当家尝尝这个,这还是从青州带来的猪宰的肉,与别处的不同。"

息荣娘闻言不禁笑了,问道:"这猪肉还能有什么不同了?"

"那是自然,"李少朝说道,"息大当家不知道,咱们在青州时喂的猪与别处不同,有个别号叫作'三快猪'的。"

阿麦与徐静等人都知其中典故,闻言都不禁低笑,息荣娘却是不知其中之意,问李少朝道:"有何讲究?"

李少朝有意在息荣娘面前卖弄,故意清了清嗓子,一本正经地答道:"所谓三快,便是跑得快,趴下得快,脊梁背子比刀快!"

息荣娘不解地看着李少朝,满面迷惑之色。

阿麦见此不禁笑道:"息大当家不要听他胡诌,其实就是咱们在青州时粮草不足,人都吃不饱,更没东西去喂猪,所以他养的那几头猪整日里喂草,都瘦得很,动作起来比别的猪灵活许多,当然不好抓了。"

众人听了哄然而笑，唐绍义却若有所思地看向阿麦。阿麦有所觉察，可待转眼看过去的时候，唐绍义却又状似随意地移开了视线。

息荣娘本就一直暗中注意着唐绍义，见此不禁心中泛酸，脸上刚刚露出的笑容随即便又黯淡下去。她低下头抿唇沉默片刻，突然端着碗站起身来看向阿麦，朗声说道："荣娘行事鲁莽，不会说话，我用这碗酒向元帅赔罪，还望元帅看在与我唐大哥的兄弟之义上，不与我计较。"

说完不等阿麦答应，一仰头将整碗酒都灌了下去，将碗倒转过来给阿麦看，示意已经饮尽。

阿麦闻言只得也端着酒碗站起身来，笑道："息大当家言重了。"

息荣娘却摇摇头，拎起桌上酒坛径自给自己倒了一碗，端起来冲着阿麦道："荣娘有些话说得虽粗，但是情意却真，还希望元帅成全。"接着又是一饮而尽，然后目光灼灼地看着阿麦，竟是要逼着阿麦当场表态。

阿麦与她对视片刻，将视线收回落到手中的酒碗上，淡淡地笑了笑，说道："事有所为有所不为，麦某只能送息大当家一句话，精诚所至，金石为开！"说完连干两碗酒，默默坐下。

她二人话里话外都有所指，众人都是听得糊涂，唐绍义更是眉头微皱，面带不悦地瞥了息荣娘一眼。只有徐静小眼睛眨了眨，看了阿麦一眼，又看向息荣娘，心中不知道在琢磨些什么。

酒桌上突然间就有些冷场，唐绍义笑了笑，问阿麦道："什么时候招募新军？"

阿麦借着他这个话头就把话题引到征兵上，"榜文明日便会发往各个郡县，各个城镇村落都会张贴。"

几人便谈论起军中之事来，息荣娘本就不懂这些，刚才两碗酒又喝得急了些，此刻只觉得脑袋昏沉，听觉视觉都有些不大灵光起来，她不禁伸手去拽身侧唐绍义的衣袖，说道："唐大哥，我头难受。"

唐绍义与阿麦等人谈得正高兴，闻言便低头温声对息荣娘说道："我叫人先送你回房休息吧。"

息荣娘听唐绍义竟无走意，心中微有些恼怒，借着酒劲使小性儿道："我不要在这里，我要你送我回客栈找赵四他们。"

唐绍义听了心中虽有些不喜，但息荣娘是息烽托孤之人，自己不能不管，只得应声道："那好，我送你回去。"说着便又抬头看向阿麦，眼中颇多歉意，说道，"息大当家不胜酒力，我先送她回去，改日再与大伙喝酒。"

阿麦虽喝了酒，眼中却更显晶亮，笑道："好，我叫人送你们二人回去，反正大哥先不走，我们改日再喝便是。"

唐绍义听阿麦如此说，心中这才高兴起来，带着息荣娘辞去。

阿麦等人直把他们送到大门外才返了回来，张生与李少朝见正主已走，也便不再饮酒，胡乱吃了些便从阿麦处告辞。阿麦叫张士强留下收拾酒桌，自己则请了徐静往书房而来。

书房里花梨木的书案散出阵阵清香，阿麦临案铺开张大纸，提笔将新军训练的要点与建议一一陈列下来，转身交给徐静看，"先生，你看看这些条陈如何？"

徐静仔细看了看，抬头看着阿麦道："大多可行，只是有些是靖国公曾用过的，后来已被朝中明令废除，此次遵行怕是不妥。"

阿麦点头，其中一些确是父亲笔记中所记载，比如提高军中低级军官的待遇及教他们识字读兵法。阿麦解释道："军中原有体制落后，一军之中最精锐的部队多为主将的亲军，一旦主将阵亡或其亲军崩溃，其他部队就很难有所作为。其实有些下级军官虽然没读过兵书，却有着丰富的实战经验，若是再授之以兵法理论，使其在战中融会贯通，不仅于战中多有用处，日后也不乏将帅之才。"

徐静缓缓捋须，却问道："你可知靖国公因何归隐？"

阿麦一怔，这个问题她从未问过父亲，开始时是不知道，待后来知道了，却已是没机会问了。她摇头道："我自离家前一直不知父亲身份，所以并不知道。"

徐静想了想，迟疑道："我也只是听闻而已，当年靖国公假死遁世，除了厌倦权势之争外，还有受皇帝猜忌权臣排挤之故。他当时曾提出'人人平等，文武比肩'之语，引起朝中轩然大波。靖国公还提出在全国建立义学，人不论贵贱，凡我南夏百姓皆可入内读书习字，所有花费皆由国库支出，不用民之分文。"

这些事情，阿麦却还是第一次听说，一时不觉有些愣怔，又听徐静接着说道："建立义学教化百姓，朝中尚可接受，军中不能也如此行事，武人本就难以操控，再各有所想，一个不慎便有军变之险。"

阿麦沉默片刻，说道："先生，你的意思我明白了。"

徐静说道："兵权所在，则随以兴，兵权所去，则随以亡，所以君主对掌兵武将向来忌惮，你如此行事，虽可得一时之利，可日后必遭人猜忌！靖国公尚不能行，你比之如何？"

一番话说得阿麦心中矛盾异常，良久才道："先生，这几款容我再想一想。"

徐静就着其他几条提了一些自己的意见及建议，阿麦用笔仔细地在纸上记了。当天晚上，阿麦便将肖毅、薛武、莫海等人召在一起，提出要将张生骑兵带上甸子梁的事情。肖毅等人乍听之下也惊于阿麦的胆大，待阿麦细细与他们把其中好处都说了，这几人方才认同了，肖毅更是说道："唐将军是忠勇仁义之人，将骑兵交入他的手中定然稳妥。"

第二日，唐绍义只带着一个青衣汉子来了江北元帅府，唐绍义向阿麦介绍那汉子说是寨中的武艺教头，那汉子向阿麦拱了拱手，自我介绍道："小人魏钧，去年还曾替唐二当家往青州给元帅送过年礼，只是没能见着元帅。"

"魏教头。"阿麦拱手还了一礼，又转头笑着问唐绍义，"息大当家如何？"

唐绍义面上闪过些许不自在的神色，答道："她是小孩心性，今日叫人陪着去购物去了，昨日失礼之处你莫要介意。"

阿麦笑着摇了摇头，"没事，息大当家人很好。"

唐绍义只道阿麦是在客套恭维，并未在意。一旁魏钧却是笑着应道："大当家是息老当家的独生女儿，自小就被大伙哄着惯着，脾气难免不济，也多亏了息老当家找了唐二当家这样忠厚的人，这才能容得下大当家的性子。咱们寨中的兄弟直感激得念佛的念佛，诵经的诵经！"

唐绍义听出魏钧说话不太入耳，不禁微皱了皱眉头。

阿麦却是淡淡地笑了，没有答话。一直沉默地立在阿麦身后的张士强突然插言道："唐将军在咱们军中时便是有名的待人宽厚，更别说息大当家是一个女子，唐将军怎好与她计较！"

"休得胡言！"阿麦喝止了张士强，似笑非笑地瞥了魏钧一眼，对唐绍义道，

"息大当家淳朴良善率真烂漫，我看了很是欣赏爱慕，若不是已经家有糟糠妻不能下堂，息大当家又不是那甘居人下之人，怕是定要求大哥与我做媒求娶息大当家了。"

唐绍义与魏钧闻言面上俱是变色，唐绍义知阿麦家中有妻室是假，听阿麦如此说只道阿麦是真对年少美貌的息荣娘有了爱慕之心，心中顿时百味杂陈，一时说不清是酸是涩，口中却笑着说道："休要说笑。"

而魏钧那里却是怕阿麦真的有心挟江北军元帅之威逼娶息荣娘，以唐绍义看阿麦之重，到时候恐怕非但不拦还要极力促成。魏钧心中大为后悔，恨自己不该听了荣娘的醉酒之言，说什么麦元帅对唐二当家有断袖之情。此刻看来，这麦元帅除了人长得太过俊美了些，言行举止并无异样之处。

几人各怀心思，一时俱是缄默。徐静、肖毅、张生、李少朝等几人从外面进来，见屋中气氛有些不对，不免有些诧异，徐静视线从阿麦与唐绍义脸上扫过，出声笑道："让元帅与唐将军久等了。"

唐绍义带着魏钧忙起身与徐静、肖毅等人见礼，几人分主宾重新坐了，阿麦便正式说起张生带骑兵随唐绍义上甸子梁的事情，将其中便利与难处皆都提出来讨论，就连午饭也没顾上摆，只随意地嚼了几个馒头了事。就这样一直谈到屋中掌灯时分，终将各种事务敲定了下来。

阿麦抬头看了看外面天色，笑着留唐绍义与魏钧吃饭。这次不同前一日，宴席上多了肖毅、莫海等人，顿时热闹了不少。莫海早在江北军中时便与唐绍义相熟，此刻见了更觉亲切，端着酒碗嚷嚷着定要与唐绍义大喝三百碗。那边张士强不知偷偷地和张生与李少朝说了些什么，他二人便开始一个劲儿地劝魏钧酒。魏钧酒量虽不差，但也扛不住三四个军中汉子拼酒，一会儿工夫便是喝得脸若猪肝，已是涨成紫红之色。

桌上，反而阿麦最为悠闲起来，除了偶尔伸筷夹些菜放入唐绍义碟中，便是笑着看大伙斗酒。就这样喝到亥时初酒席才散，莫海等人都已喝高，魏钧更是被张生等人灌得烂醉如泥，早已趴在桌上昏睡过去，就连唐绍义脸上也带了些醉意。

阿麦见此便留唐绍义与魏钧宿在元帅府中，谁知唐绍义瞥了一眼阿麦，却坚持要带着魏钧回客栈。阿麦无奈，只得叫两个亲兵架了魏钧，亲送唐绍义他们出府。

待送到元帅府门外，阿麦正欲与唐绍义辞别，却突然听他轻声说道："阿麦，你陪我走一走吧。"

阿麦闻言一怔，抬眼见唐绍义静静地望着自己，眸光如水，沉静隽永。她便笑了笑，点头道："好。"

自江北军进入冀州城后，城内便实行了宵禁，此时街上早已是一片寂静。几个亲兵架着魏钧走在前面，阿麦与唐绍义落在后面缓缓行着。

"清风寨的人都希望我能娶了息荣娘。"唐绍义突然说道。

阿麦默了一默，方笑道："是桩好姻缘，大哥应当珍惜。"

唐绍义沉默了片刻，停下身来看向阿麦，问道："阿麦，你什么时候娶妻？"

"我？"阿麦反问，见唐绍义郑重点头，便顺口胡诌道，"等我将鞑子打出靖阳，然后再游遍江南江北大好河山，寻个世上最美的女子娶了。"

唐绍义干脆说道："那好，我等着你。"

阿麦奇道："大哥等着我什么？"

唐绍义沉默片刻，终鼓足勇气答道："等着你寻个最美的女子娶了之后我再娶妻。阿麦，只要你还没找到中意之人，大哥就一直陪着你，好不好？哪怕一辈子，大哥也陪着！"

唐绍义说到这个份儿上，阿麦已明白他的情谊，心中不是没有感动，却也只能继续装傻，笑道："大哥可别咒我！我做梦都想娶个仙女呢，可不想跟着大哥打一辈子光棍！再说只听过陪着兄弟出生入死、陪着兄弟喝酒享乐，还没听说陪着兄弟一起打光棍的呢！"

唐绍义听了眸光便有些暗淡，待阿麦往前走了一段才又追上去，却未再说什么。阿麦将唐绍义送到客栈，息荣娘还在大堂中守着盏油灯等着，见唐绍义回来本是一脸喜悦之色，可待见到后面的阿麦，脸上顿时冷了。

阿麦不欲与她多做计较，只笑着点了点头便算打过了招呼，向唐绍义告辞出来。回到元帅府，徐静还等在阿麦处没走，见阿麦回来，指着她笑道："你这人太不厚道。"

阿麦被徐静说得一愣，奇道："先生这是从何说起？"

徐静笑道："你明知唐绍义倾心于你，每见你一次便陷得更深一分，你非但不躲着他些，还偏偏要凑上前去惹他动情，这难道叫作厚道？"

阿麦听了不禁嗤笑，反问道："先生觉得我应当如何？就因唐绍义对我有意，我便要断绝与他的来往？他明明有将帅之才，我就因避嫌而不用？只因儿女私情便绝了朋友之义，这心量也未免太过狭窄了些！"

"好一个嘴尖舌利的麦元帅！"徐静听得瞪目，又问道，"那息荣娘呢？她可是求你帮忙成全她与唐绍义的，你既然对唐绍义无心，那又为何不帮她一把？唐绍义若是能移情于她，对你岂不是更好？"

几句话堵得阿麦无话可说，又见徐静笑得一脸得意，阿麦心中难免不甘，呛道："息荣娘是我什么人？我为何要帮她？谁人又来帮过我？"

徐静听了非但不恼，脸上笑意反而更浓，只捋着胡子含笑不语。

阿麦被徐静笑得恼怒异常，沉着脸坐在案前默然不语，过了片刻后却又忽地笑了，自嘲道："先生所言极是，我果真不够厚道。若是我极力撮合他与息荣娘，他未必不会娶了她！不过，我为何要去给她做这个好人？再者说，唐绍义喜欢谁那是他自己的事情，与我何干？"

此话说出，阿麦心中顿觉豁亮，就如多年前母亲曾说过的那般：你喜欢他，这是你的事情。而他喜欢谁，则是他的事情了。与其胡乱去管别人的事情，不如先来管好自己的事情！

徐静此时反而敛了笑容，沉默片刻后说道："你这样很好，阿麦，这样老夫反而能放下心来，阿麦终还是个女子！"

阿麦不解地看向徐静，徐静笑了笑却不解释，只又说道："阿麦可以假扮男子，却不应真的变成男子。他日狼烟熄，战事平，天下定，阿麦能改回红装最好！"

阿麦闻言微怔，商易之与徐静算是最早知道她女子身份之人，却一直只把她当作男子一般来用，商易之后来更是叫林敏慎带了易容的东西给她，明白地告诉她绝不能泄露了身份……现在能从徐静这里听到这样的话，阿麦心中不禁有些感动，真心谢他道："先生，不管以后如何，先生现在能说这样的一句话，阿麦十分感激。"

九月底，商易之云西起事的消息才传到冀州，此时张生带骑兵随唐绍义上旬子梁的事情俱已谈妥，唐绍义已派了魏钧先行回清风寨准备，第一批骑兵先锋择日便要拔营。唐绍义从阿麦处得知商易之起事的消息，沉默良久后才抬头看着她问道："阿麦，你告诉我实话，你是不是早就知道他要反？"

阿麦爽快笑道："嗯，前几日就从林敏慎那里听到了消息。"

唐绍义却是缓缓摇头，"不是前几日，我问的是你在泰兴的时候是否已经知道他日后要反？"

阿麦没有答话，抬头静静地看着唐绍义。

唐绍义绷紧了嘴角，脸色凝重地看着阿麦，又重复问了一遍："阿麦，你是不是早就知道？"

阿麦想了想，坦然承认道："不错，我用向他效忠才换得了江北军的军权。"

唐绍义眼底极快地闪过一丝失望之色。

阿麦见他这般，心中忽觉委屈，又反问道："不然怎样？听从朝中的安排南渡宛江，将整个江北拱手让给鞑子？"

"即便不听朝中安排也不该谋逆！"唐绍义寒声道，"商易之此时发难就是乱臣贼子！"

"谁为乱臣？谁为贼子？"阿麦问道，"齐景从武帝太子齐显手里抢了这江山过来，现如今商易之替他父亲再把这江山抢回去，左右不过是他们齐家人的争斗罢了，谁是谁的乱臣，谁又是谁的贼子？"

唐绍义默然不语，只是神色冷峻地看着阿麦。

阿麦毫不退让，淡定地与他对视。

许久，唐绍义嘲弄地笑了笑，说道："鞑子南侵，盘踞泰兴对江南虎视眈眈，阿麦，你果真不知道商易之这个时候挑起内乱会带来什么后果？"

会带来什么后果？南夏此时内乱，只能是让北漠坐收渔翁之利！阿麦自然知道这些，可如果不乱，她又怎会有机会掌兵？阿麦冷静接道："鞑子不敢，有我江北军在此，他若南下，我江北军便可趁他后方空虚奇袭靖阳，将他大军俱都困在关内。"

唐绍义眉宇间又多了些冷意，问道："用江山社稷百姓黎民来做你们谋反的赌注？"

阿麦无言，垂头沉默了片刻，淡淡说道："这世间本就是一场大的赌局，你我从来没有逃脱过。"

唐绍义有些陌生地看着阿麦，良久没有说话。

"我不管盛都皇位上坐的是齐景还是商易之，我要做的只是北击鞑子，复我河山！"阿麦说道，她缓缓抬起头来，盯着唐绍义问道，"大哥，你可还会同我一起抗击鞑子？"

　　唐绍义默默看着阿麦，却始终无法狠下心来说出那个"不"字。

　　阿麦看出他心中矛盾，又坦诚劝道："大哥，不论是齐景还是商易之，我只是顺势而为，有我的效忠商易之会反，没有我的效忠，他依旧会反。说到底他们都已是舍弃了咱们江北军，舍弃了江北的百姓，你为何还要介意效忠的是哪一个？就叫他们争他们的皇位，我们来守卫江北的百姓，不好吗？"

　　唐绍义抿着唇，许久没有应声。见他如此，阿麦心中已是放弃，苦笑道："是我在为难大哥了。"

　　"我只同你抗击鞑子！"唐绍义突然说道。

　　阿麦惊喜地看向唐绍义。

　　唐绍义脸上神色依旧淡淡，重复道："我只同你一起抗击鞑子，绝不会助商易之夺位！"

　　阿麦听了忙举起三指，起誓道："麦穗在此发誓，江北军只在江北，绝不会南下！如若违背誓言，天打雷劈。"

　　唐绍义沉默地看阿麦良久，终是无奈地叹了口气，将她的手拽了下来，低声道："阿麦，我信你。"

第六卷

惜英雄成败转头空

| 第一章 |

风云 设计 奇袭

十月初二，唐绍义带张生骑兵去往南太行中的甸子梁，同行的还有以郑岚为首的江北军军械造办处的数十名工匠，阿麦命张士强为督办与之随行，临行前给了密令与张士强，交代他一旦郑岚有所异动，立即杀之。

同时，冀州的新兵征募进行得如火如荼，只不过十多天，已是征到了青壮一万六千余人。阿麦将其先集中苦训一个月后，才又打散并入江北军各营，开始全新的训练。

与冀州的秩序井然截然相反，江南此时则正是风起云涌，时局变幻莫测。

十一月中，已正式更名为齐涣的商易之带领大军以迅雷之势攻到盛都城外。

十一月十四，齐景病死于宫中。

十一月十五，太子齐泾于明德殿中仓促即位。

十一月十八，新上任的京防都督江雄命人打开安定门引齐涣大军入，至此盛都城破。新帝齐泾自刎而亡，康王齐泯失踪。齐涣于太极殿内即位，改号初平。

十二月初七，齐泯于岭南发布勤王令，号召各州军队北上勤王。

冬风并未给江南带去丝毫凉意，反而将战火催发得更加旺盛起来，江南一时大乱。

与此同时，江北八州除却青、冀两州被阿麦的江北军所占之外，其余豫、宿、雍、益、荆、襄六州俱已被北漠收入囊中，各地的起义军被陈起镇压殆尽，北漠军的占领区暂时算是稳定了下来。北漠小皇帝开始考虑是先东进青州、冀州，还是干脆渡江南下，趁着江南内乱之机直取盛都！

北漠征南大元帅陈起上书小皇帝，言江南之乱暂时不会平息，此时南渡反而易陷入南下内战之中，更何况江北军占据青、冀二地，一旦北漠大军南下，江北军便如利剑悬于腰腹之上，必成心腹大患！与其南下，不如先全力攻下青、冀二州，然后据宛江而观江南，趁江南内斗虚空之时，一击而就！

小皇帝看了陈起的奏折，拊掌叫好，非但立刻准了陈起所奏，还又另加了一道旨意，晋升陈起为太子少保，送宁国长公主至豫州，与陈起成亲！

陈起先得高位，再娶公主，风头一时无二。

圣旨传到豫州已是年底，豫州刚刚下过了雪。姜成翼从宿州而回，得了信过来行辕向陈起道喜，刚进院子，便见那书房的门窗都大开着，征南大元帅陈起正负手立于窗前，静静地看着窗前的梅树失神。

姜成翼走到廊下，解下身上披风递给一旁侍立的亲兵，又跺了跺靴上沾着的残雪，这才笑着走进屋子。屋角上笼着两个火盆，炭火烧得正旺。因陈起不喜熏香，屋中并未放置香炉，只在案头立了个大青瓷花瓶，斜插了两枝红梅，与窗外的梅树交相辉映，丝丝梅香倒衬出屋中的清冷之意。

姜成翼笑道：“元帅好沉得住气，也不叫人紧着建长公主府，难不成真叫宁国长公主住到这行辕里来？”

陈起方转回过身来看姜成翼，淡淡笑着问道：“什么时候回来的？”

“刚进城，这不就给元帅道喜来了嘛。”姜成翼笑道，“皇上竟然将宁国长公主送来豫州与元帅成亲，可见皇上对元帅的看重果然非同一般。”

陈起却沉默不言，过了一会儿突然问姜成翼道：“若打青州，谁去最好？”

姜成翼不知陈起为何会突然想到打青州上去，闻言思忖了片刻后，答道：“我觉得还是周老将军更稳妥些。"

陈起淡淡地笑了笑，说道："他是老将，稳健有余，进取不足，他不是唐绍义的敌手。"

"唐绍义？"姜成翼不禁诧异，奇道，"他不是已经退出江北军了吗？怎的还会和他碰面？"

陈起走到墙上的挂图前，指着地图上的太行山南段说道："探子回报说唐绍义领了江北军的骑军在此，若是攻青州，唐绍义必会引骑兵西出太行，或断我粮草，或日夜袭扰我军。"

姜成翼自是见识过唐绍义骑兵的厉害，闻言不禁说道："若是那样倒是个麻烦事，唐绍义善于奇袭，防不胜防。"

陈起笑了一笑，说道："所以要攻下青州，必先除去唐绍义骑兵，断了江北军这只臂膀！"

姜成翼听了眉头紧皱，为难道："可唐绍义人马在太行山中，行踪不明，除之甚难。"

陈起不语，思量片刻后，说道："唐绍义此人混过军中又混匪窝，虽骁勇善战，却过于意气用事，杀之不难。"

他既这般说，可见是已有成算，姜成翼忍不住问道："元帅已有算计？"

陈起轻声道："此种人，诱杀即可。"

正月里，有人举报南夏降将石达春暗通江北军，北漠征南大元帅陈起着人去豫州拘石达春来问，谁知石达春却斩杀了来将，携家眷与旧部逃出豫州。陈起闻报大怒，着姜成翼领兵追杀。北漠诸将听了也俱是惊怒异常，想不到那石达春竟真的暗通江北军，还敢杀了北漠将领，带着南夏残兵逃出豫州！

崔衍带兵刚从襄州平叛而回，在舅舅周志忍处听到这个消息不由得气得蹦了脚，叫道："常大可早就说那石达春不是好鸟，可陈起偏生还要将他当个宝一般护着，只说什么要做样子给南夏人看。现在如何？非但折损了咱们兵将，还叫那厮逃向青州去了。我倒看陈起怎么全这个脸！"

周志忍被崔衍这种点火就着的爆炭脾气气得脸色铁青，呵斥道："你这愣头青！大元帅的名讳也是你能随便叫的！"

崔衍挨了骂却仍不服软，硬着脖子犟道："我就是看他不惯！变着法儿地给我常大哥做小鞋穿！"

周志忍气得无语，觉得自己这个外甥果真是根烧火棍子一窍不通！干脆也不与他讲其中曲折，只沉着脸厉声喝道："大元帅与常家的争斗，你少跟着掺和！我今天告诉你这事，就是叫你心里有个数！"

崔衍见舅舅真动了怒，这才老实地闭上了嘴，应道："我知道了。"

周志忍又问道："你屋里是不是还有个石达春送的婢女？"

崔衍心中一突，反问道："她也是江北军的细作？不可能！"

周志忍见他如此反应，心中顿时又觉生气，横眉怒道："不管是与不是，她总归是南夏人，又和石达春有牵扯，你留她做什么！"

崔衍沉默半晌，闷声应了声"哦"。

周志忍想不过是个婢女，也没太放在心上，又听崔衍应了，便也没再说。他留了崔衍吃晚饭，又与他讲了些军中事务，直到晚间才放崔衍回去。

待崔衍回到自己府中已是深夜，徐秀儿还在屋檐下站着，见他回来沉默地迎上前来，将怀里的手炉塞到他手上，自己则踮起脚尖替他解身上的大氅。不知怎的，崔衍心中突然有些烦躁，伸手一把推开徐秀儿，自己掀开帘子径自进了屋。

徐秀儿微微怔了怔，低头犹豫了一下，抱着崔衍的大氅低头跟了进去。

石达春叛逃的事情传到清风寨时刚过了上元节。这日一大早，息荣娘便叫人从库房里翻找布料，想给唐绍义缝件新袍。正忙活着，赵四急火火地从外面跑了上来，叫道："大当家，大当家，山下来人了！"

"什么人？"息荣娘问道。

赵四答道："是个当兵的，已经晕死过去了。"

息荣娘听了心中一惊，忙跟着赵四到前面去看，只见四五个寨兵抬了一个满身血污的男子过来。那人身上多处箭伤刀伤，神志早已不清，嘴里只含混不清地叫着"唐将军"。

息荣娘转头问赵四道："他可还说了些什么？"

赵四摇头，"刚到寨门就倒下了，问什么也不说，只念着唐二当家的名字。"

息荣娘见此也拿不定主意，唐绍义一直领了江北军与寨中的骑兵在甸子梁，离寨子还有五六十里，这人也不知是什么来头，既然叫唐绍义为唐将军，那就应该是军中之人才是。正思量着，那男子又念出别的来，他声音含混，息荣娘费力听了半天，才模糊辨出那是"石将军"来。

息荣娘不禁皱眉，问赵四道："这石将军又是什么人？"

赵四哪里知道什么石将军土将军，只好摇了摇头，"不知道。"

息荣娘没好气地横了赵四一眼，琢磨了一下，说道："既然这样，咱们别给耽误了什么事才好，你骑马去给唐大哥送个信。"

赵四听了忙去给唐绍义送信，息荣娘则叫人抬了那男子去找寨子里的郎中医治。不到天黑，唐绍义便从甸子梁赶了回来。那男子刚刚醒转过来，见到唐绍义，一下子便从床上起身扑倒在唐绍义身前，急声叫道："唐将军，快去救石将军！"

唐绍义认出此人是石达春手下的副将杜再兴，当年随石达春一同降了北漠，却不知他为何会突然找来这里。唐绍义连忙将杜再兴从地上扶了起来，问道："出了什么事情？"

杜再兴便将石达春暗通江北军被陈起发现，无奈之下只得带着家眷部众从豫州逃出的事情一五一十地说了，说到后面又要给唐绍义跪下，央求道："唐将军，求你去救救石将军吧，我们本是带了两千余人出的豫州，只刚走到肃阳便折损了快一半，石将军只得困守肃阳。末将拼死才能杀出求救，求唐将军看在石将军为国多年忍辱负重的分上，去救一救石将军吧！"

唐绍义用力托住杜再兴，将他按在床边坐下，沉声问道："石将军现在肃阳？"

杜再兴点头道："就在肃阳，城中粮草军械俱是不足，石将军守不得几日！"

唐绍义微皱眉头沉默不语，似在思量什么，片刻后又问道："陈起派了谁人来追？"

"姜成翼。"杜再兴答道，他小心地看了一眼唐绍义面上的神色，又继续说道，"末将杀出肃阳后本想去青州向麦帅求救，只是那姜成翼派了多人在路上截杀末将，末将只得弃青州而来寻将军。"

唐绍义又是沉吟半晌，方才对杜再兴说道："你远来辛苦，身上又带着伤，先好生睡一觉，我连夜去寻麦帅商量营救石将军之事。"

"唐将军！"杜再兴面上立现焦急之色，一把扯住唐绍义，急道，"请速去救援石将军，肃阳城小，他那里挨不住几日啊！"

唐绍义点头，暗中却给了身旁魏钧一个眼色，魏钧上前去扶杜再兴，抽空子极快地点了他的昏睡穴。杜再兴一下子昏睡过去，唐绍义俯身看了看他身上的伤处，叫了郎中进来问杜再兴的伤势。

郎中答道："身上箭伤三处，刀创四处，看刀口似是鞑子弯刀所伤，除一箭险些擦了肺叶很是凶险外，别处都是些皮肉伤，养得几日便无大碍了。"

唐绍义留下郎中守着那杜再兴，自己带了魏钧从屋里出来。魏钧问道："二当家，你真要去救石达春将军？"

唐绍义答道："要去。"

魏钧又问："先去冀州？什么时候走？山里夜路可是不好走。"

唐绍义还未回答，一直守在门外的息荣娘却听到了，忙在后面跟了上去，急切地问道："要去哪里？"

唐绍义却摇摇头，回答魏钧道："若再去冀州，一来一回最快也要四五日，耽误不起。"

魏钧听唐绍义这样说，便说道："那咱们这就回甸子梁算了，不算那些新兵，只咱们寨子的骑兵与张统领的骑兵凑在一起便有五千，几日便可奔袭肃阳。"

唐绍义听了不语，心中却已有考量。

石达春实是江北军内应的事情，是他后来从阿麦处得知的，他原本在豫州时就受过石达春照顾，对其颇为感激，后来再听说石达春为国甘愿舍弃个人声名，心中对他更是敬佩。杜再兴讲的俱是实情，他必得带兵去救，可肃阳距此千余里，即便只带骑兵疾驰救援也需五六天的时间才能到，而且还要以远来疲惫之师对抗姜成翼的精兵，胜负难料。若这只是陈起设好的一个圈套，那……

唐绍义眉头紧锁，一时极为矛盾。此事疑点重重，可偏又如此紧急，让人来不及去细查。

息荣娘与魏钧对望一眼，见唐绍义凝神沉思，也不敢出声打扰，只默默地跟在他身后。一会儿工夫三人已是到了议事堂，唐绍义突然问息荣娘道："寨子里能抽出多少好手来？"

息荣娘被问得一怔，想了想才答道："现在寨子里又没有什么事，抽出百八十个来不成问题。"

唐绍义脸上神情很是凝重，看向息荣娘，正色道："大当家，这事还要你与大伙商量一下才是。"他把自己的打算说了出来，原来竟是不想用江北军骑兵去援救石达春，而是只带少许寨中的高手前去接应。

"肃阳情况不明，现在只能听杜再兴一人之言，若是贸然领骑兵去救，实在太过冒险。"唐绍义知息荣娘与魏钧二人均不懂兵法，又细细解释道，"再说如若真如杜再兴所讲，石达春现在被困肃阳，他手中尚有些兵马，又不求杀敌多少，我们只要想法拖住鞑子兵马，助他东逃即可，等到了青州这边，自会有江北军接应。鞑子有了忌惮，更不会贸然追击，石达春便可安全到达青州。"

息荣娘面上仍有不解之色，魏钧却听明白了，只是他曾跟着唐绍义参加过青州之战，见识过鞑子铁骑的厉害，不禁迟疑道："不动骑兵，只咱们寨中这百十来个人，虽说大伙功夫那都是没得说，可如何能拖得住鞑子成千上万的骑兵？"

唐绍义面露微笑，答道："就因为咱们人少，行事反而更为便利。我们不需与鞑子正面相抗，只想法断了他的粮草饮水，或者杀了他的主将引他大军自乱即可。"

息荣娘与魏钧听了脸上便都带出些自得的笑容，若论行军打仗他们这些江湖中人比不上唐绍义、阿麦等行伍出身的将军，可若是讲到投毒放火、暗杀行刺，却是比那些只知舞刀弄枪的士兵强多了。息荣娘忍不住有些跃跃欲试，说道："唐大哥，我这就去召集人手，你说吧，咱们什么时候动身？"

说着竟就要转身去召集人手，唐绍义一把拉住了她，正色道："大当家，你听我把话说完。"

息荣娘回过头，眉眼飞扬地问唐绍义道："唐大哥，还有什么事？"

唐绍义却先松开了手，息荣娘眼底闪过一丝失落。

唐绍义沉声道："有些话还应当和大当家讲清楚，大当家也该和下面的弟兄们都说明了，此去肃阳，不论成败都将是十分凶险。石达春只是江北军中人，虽与我有旧，与寨子里的兄弟却并无干系，去与不去全凭大伙自愿。"

息荣娘贝齿轻轻地咬着下唇，瞥了唐绍义一眼，轻声问道："那唐大哥你去不去救石达春？"

唐绍义眉目一肃，答道："我定然得去，不说他曾为国忍辱负重多年，是个德高望重的将军，只说他曾对我有收留之恩，我就不能见死不救。"

息荣娘说道："只凭唐大哥说的这些，这人便值得咱们大伙去救他。"

说完，转身就去召集寨子中的功夫高手。唐绍义也是个雷厉风行之人，见她如此便也不再多说，先提笔写了封信叫人快马加鞭地给阿麦送去，又让魏钧把杜再兴的昏睡穴解了，唤醒杜再兴问道："你可能撑得住？如若能撑得住，明日一早便同我一起赶往肃阳。"

杜再兴听了顿时大喜，急声道："就是现在走，末将也能行！"

唐绍义压下他的肩膀，安抚道："明日吧，明日一早便可出发。"

翌日一早，唐绍义便带了清风寨的九十二名高手奔肃阳而去。大当家息荣娘本也要跟着同去，却被唐绍义严词拒绝了，息荣娘虽然百般不情愿，可到底不敢违唐绍义之意，只得听话地留在了清风寨中，极为不舍地看着唐绍义带人绝尘而去。

冀州元帅府，阿麦看到唐绍义的书信时已是两天之后，唐绍义将事情的因果、自己的考虑及决定均写得清清楚楚，同时在信中让阿麦命青州军西行接应他与石达春，当然，前提是杜再兴说的一切属实，而他又能将石达春部众顺利救出的话。

阿麦看信后又惊又急又怒，直气得把信啪的一声拍在了桌上，怒道："胡闹！"

徐静讶异地看了看阿麦，取过信看了起来，不及片刻也不禁失声道："哎呀，这个唐绍义！"

阿麦脸色更为难看，徐静见她如此，只得劝道："好在他并未带了骑兵过去，只那些武林中人，即便中计也可脱身。"

阿麦却没这样乐观，陈起与唐绍义这两人她都极为了解，陈起此人心思极深，若是真设下这套引唐绍义前去，必然还会有几个准备，即便不能称心地除去江北军骑兵，怕是也要将唐绍义除了才算。偏生这个唐绍义又非讲究那套忠孝仁义之道，明知前面可能是坑也要拼着性命去跳一跳，生怕万一错了再误了石达春的性命。

阿麦越想越气，到后面竟气得叫道："他爱逞英雄就叫他一个人逞去！反正也没带我的骑兵去！"

徐静少见阿麦如此情绪失控，心中虽知此事颇为严重，可却仍忍不住笑了，说道："你也别急，这事是不是圈套还未定论，再说唐绍义人已经是去了，你现在便是急得火上房，又能怎样？"

徐静这几句话说得慢悠悠的，阿麦一腔怒气顿时散了个干净，无力地坐倒在太师椅上，缓缓说道："的确是，现在着急也截不回来他了。"

徐静又说道："咱们先等两天，若石达春真的叛逃出豫州，豫州定会有消息传来。"

阿麦沉默不言，心中却在想这事十有八九是陈起之计，如果真的是石达春身份败露，陈起又如何容他轻易逃出豫州，豫州那可是北漠大军行辕所在之地！不过徐静说得也有道理，事到如今着急也是无法，唯有冷静下来思考对策才是。阿麦头脑渐渐冷静下来，叫了亲兵进来，吩咐道："先叫人去甸子梁叫张生领骑兵直去青州待命，然后再去请三位副帅过来，就说我有要事相商。"

那亲兵应诺出去，徐静问阿麦道："你真要去青州？"

阿麦点头道："先按唐绍义安排的行事，命青州做好接应石达春的准备。"

徐静想了想，说道："我与你同去青州。"

阿麦知徐静是怕自己意气用事才要跟去，便点头应下。

一会儿，肖毅和莫海等人俱都到了，阿麦与他们简略地说了说石达春之事，令他们三人协管冀州军务，自己则带兵马前往青州接应。

肖毅听了很是震惊，惊愕道："石达春竟是我江北军留在豫州的眼线？"

阿麦点头，"石将军一身是胆，全心为国，不计个人得失名声留在豫州与鞑子周旋，现今身份泄露了，我们无论如何也得前去救援，绝不能寒了石将军的心。"

莫海情绪不禁有些激动，他本是豫州将领出身，曾在石达春手下为将，与石达春的情分自然与他人不同，现听阿麦这样说，立刻表态道："元帅，让我带人去接应石将军吧！"

阿麦却是摇头，只说道："我自己去，你们守好冀州就是。"

肖毅与莫海等人俱是应诺，阿麦送他三人出去，又叫人将黑面叫了来，嘱咐他军中操练之事。张士强带着郑岚等工匠迁入太行山之后，已是研制了一批火器出来，阿麦亲自带着人去看了，试验过后很是满意，那些火铳的射程足有二百大步，已快能追上强弓的射程。

阿麦吩咐黑面道："你先从营中挑选出五百兵士出来，秘密带往张士强处，命他先行试验，切莫漏了风声。"

军中事务俱已安排妥当，第二日一早，阿麦便只带了徐静及林敏慎等几个亲卫赶往青州。青冀两地相距三百多里，阿麦一路上催马快奔，每逢驿站便更换马匹，如此一来竟在当天晚上便进入了青州城。

阿麦虽是女子，可这几年来东征西战，体力比寻常男子还强上许多。而林敏慎有内功护体，自是不把这等事情看作辛苦。其余几个亲卫也都是青壮男子，不觉如何，唯独苦了徐静一个。他年纪本就比众人大了不少，平日里去哪儿都是乘着辆骡车，何曾遭过这样的罪！前面几个驿站换马时还能独自上下马，可等到后面几个驿站，就得需要他人扶着了。

待到青州城守府门外，阿麦等人都下得马来，只徐静一个还高坐在马上不动。那几个亲卫自是知道怎么回事，不用阿麦吩咐便齐齐动手去搀徐静，徐静却是坐在马上高声叫道："动不得，动不得，还是抬吧，抬下去！"

城守府门口的守卫看着不禁愕然，林敏慎等人闻声却是哭笑不得，阿麦只得吩咐守门的小兵去给寻个小轿来。那小兵连忙跑着去了，一会儿工夫江北军步兵统领、青州城守贺言昭带着一顶小轿从府内疾步出来，向阿麦行了军礼，叫道："元帅。"

阿麦不欲多说，只冲着他点了点头，便转身指挥着那几个亲卫将徐静小心地从马上抬下来扶入轿中，进了城守府。

贺言昭跟在阿麦身旁，低声问道："元帅，出什么事了？怎的突然就过来了？"

阿麦未答，待进了屋中才问贺言昭道："鞑子那边可有什么动静？"

贺言昭只道是问武安那边的情况，答道："傅悦一直陈兵武安，这一阵子倒是老实得很，没什么动静。"

阿麦又问道："豫州可有消息？"

贺言昭稍觉意外，答道："没有。"

阿麦略点了点头，将唐绍义带人去援救肃阳的事情与贺言昭简单说了，又吩咐他派斥候前去肃阳探听消息，同时立即调剂兵马，准备明日西出接应唐绍义。贺言昭忙领命去了，阿麦又去探望徐静。徐静股间已是磨得稀烂，刚上过了药正趴在床上抽着凉气，全无了往日的淡定，口中正叫骂着："唐绍义这个莽夫二杆子，待他回来，老夫定不饶他！哎呀——"

阿麦淡淡笑了笑，搬了个凳子在床边坐下，说道："先生，豫州那边并无消息。"

徐静听了转过头来，用手捋着胡须沉吟片刻，说道："先等一等吧，算着日子，若是有信就是这两日了。"

阿麦却是沉默不言，半晌后抬头看向徐静，说道："我已命贺言昭下去准备，一旦张生带骑兵来到，便带兵西行。"

徐静闻言一怔，抬眼看向阿麦。

阿麦面色平静，淡淡说道："唐绍义那里容不得我再等了，就算他中了陈起之计，我也不能不救他。"她不能不救唐绍义，就如唐绍义不能不去救石达春一样，虽然明知道去了就是中了圈套。阿麦不禁苦笑，若是论到算计人心，他们都不是陈起的对手。

徐静默默地看着阿麦半晌，冷声说道："你若就这样去了，比唐绍义还不如！"

阿麦眼底飞快地闪过一丝讶异之色，沉声问徐静道："先生此话怎讲？"

徐静说道："唐绍义人虽莽撞尚知不能随意调动骑兵犯险，你身为江北军统帅，在不明敌我的情况下就要引兵前去，我且问你，江北军可是你阿麦一人的私军？那些将士的性命与唐绍义相比怎就如此轻贱？"

阿麦被徐静问得面有愧色，哑口无言。

徐静面色稍缓，说道："当今之计，只有多派人西去打听，以不变应万变！"

阿麦沉吟片刻，缓缓摇头道："先生，此法虽稳妥，却太过保守，不如围魏救赵。"

徐静听得心中一动，问道："打武安？"

阿麦面现坚毅之色，沉声说道："不是武安，而是绕过肃阳，偷袭其后的平饶，截断姜成翼的退路！"

徐静心中迅速盘算着，偷袭平饶虽然冒险，但是总比不知肃阳情形就贸然跳进去的要好。徐静妥协道："也好，你叫贺言昭带少许兵往西相迎，记得多带旌旗虚张声势，暗中将精锐调往平饶，不管唐绍义那里情况如何，你只一击即走以保实力，切莫恋战。"

阿麦俱都点头应了，说道："先生就留在青州坐镇吧，以防武安傅悦再有异动。"

徐静横了阿麦一眼，没好气地说道："我不留在青州，难不成你要让人抬着我随你去！"

阿麦不禁笑了，站起身来冲着徐静一揖到底，"阿麦谢先生。"

翌日，张生带着骑兵从甸子梁赶至青州，阿麦又从贺言昭青州守军中抽调了五千精锐出来，亲任了主帅带军趁夜出了青州。刚出青州境界，豫州那边便传过消息来，石达春因暗通江北军的事情败露，确实是带着家眷部众逃出了豫州。

张生与贺言昭听了心中俱是一松，如此看来倒不像是鞑子设的圈套了。阿麦心中却仍是有着莫名的不安，分兵时还嘱咐贺言昭道："唐绍义比咱们早了四五日出发，此时怕是已经到了肃阳，不论成败俱都会有消息传出。你此去肃阳，一定要多派斥候打探，切莫中了鞑子的伏击，一旦看到形势不对，无须勉强，也不用顾及石达春及唐绍义等人，先紧着自己跑了即可！"

贺言昭听得心中感动，行礼道："元帅放心。"

阿麦点了点头，带了林敏慎等亲卫同张生四千骑兵转向西北，沿饶水绕往姜成翼身后，奇袭平饶。因都是骑兵，阿麦等人速度极快，又防消息走漏，专派了人截杀鞑子的斥候，这样一来，竟是神不知鬼不觉地摸到了姜成翼身后的平饶。

夏初平元年正月二十六日，阿麦率骑兵由南绕道至平饶城东北，择山后隐藏。前去打探的斥候回报，小城平饶正有鞑子骑、步兵混杂的大军进驻，数量不明，但看样子应该有数万之众。

阿麦得到消息，一直绷紧的嘴角终轻轻地弯了上去，露出不屑的笑意来。这果然是陈起布的一个大局，用石达春引唐绍义前来，然后逼得她江北军不得不西出……

只是，陈起想不到，今日她便要从这里破了他这个局！

张生难掩心中的紧张与激动，声音里已是隐隐带着了些颤音，问道："元帅，咱们要趁夜偷袭吗？"

阿麦嘴角挂着淡漠的笑意，摇头道："不要夜袭，我们要等到明日一早。"

张生微怔，随即便又明白了阿麦的用意。早晨鞑子尚在睡梦中，正处于最疲惫的时候，突然遭遇大规模偷袭，其慌乱可想而知！而自己可以利用早晨天亮明了鞑子情况，选择最合适有效的战术来消灭敌人。

天色已黑，阿麦不想有火光引得鞑子注意，便只借着月光在地上粗略地画平饶附近的地形图给张生几名将领，边部署道："咱们与鞑子兵力悬殊，若是硬拼损耗太大，我们迟早要消耗殆尽。不如将鞑子驱向北边，平饶城北便是饶水，河宽水深。今年天气比往年都要暖得早，我已派人去饶水看过，现在河面的冰层极薄，必经不起大队人马的踩踏……"

张生几名将领听得眼中似都能放出光芒来，众人不是没有参加过大的战役，可是却没有一场能够和此次相比，用四千骑兵去攻鞑子几万兵马，竟还要想着全歼鞑子！

这一夜，对于江北军诸将来说注定是个不眠之夜。而平饶的北漠军营之中，士兵们睡得很是香甜，可他们万万想不到，这可能是他们中很多人的最后一眠。

二十七日清晨，天色刚蒙蒙亮，北漠军营中尚处于一片静寂之中，江北军的骑兵突然从东而来，兵分两路像两把利刃刺入北漠军大营。一路骑兵由阿麦亲率着只追着北漠的中军大帐而打，另一路则在北漠大营中往回奔驰厮杀，几次切割之后便将北漠军中搅了个天翻地覆。

被打蒙了的北漠军无法得到及时有效的组织指挥，像无头苍蝇四处乱撞——正中阿麦预料！

阿麦用骑兵驱赶引诱，把北漠军引向北方饶水，在饶水岸边江北军骑兵展开攻击，杀北漠军两万余人。北漠军无奈之下只得撤向饶水北岸，可饶水冰层极薄，人马上去之后很快便踏破了冰面，无数的士兵落水，溺死在冰冷的饶水之中……

平饶之战终成了一面倒的局势，幸得江北军的骑兵兵力单薄，阿麦不敢恋战，在饶水边对北漠军进行剿杀之后便迅速东撤，很快便消失得无影无踪。

战报传回豫州，整个北漠军高层皆被震惊。平饶一战，北漠损失人马达五万之众，其中被江北军击杀者两万余人，还有三万人是被自己人挤落饶水冻溺而死。本是为剿灭江北军而设的伏兵，竟被江北军偷袭，损失大半。

陈起看到战报之后，将自己关在屋中静坐了整整一日，直到天黑时才从内打开了屋门。周志忍等俱在门外等了半日，见陈起开门均沉默地抬头看向他，周志忍犹豫了一下，方才沉声说道："元帅，胜败乃是兵家常事。"

陈起淡淡地笑了笑，清俊的脸庞上难掩倦意，说道："我知道，只是此事是我大意了，太过小看了……麦穗。"

"麦穗"这两字他说得极为艰难，说出后却不由自主地自嘲地笑了笑，经过了这许多的事情，他怎么能以为她还是那个曾经心思单纯的阿麦，他怎么能忘记了她本就是将门虎女，她有朝一日会展翅冲天。

众人都不敢接话，静默了片刻才听有将领问道："平饶虽败，但唐绍义却落入咱们手中，是杀还是——"

"押回豫州吧，"陈起接道，"此人还有用，暂时杀不得。叫成翼回来吧，江北军此胜之后必会又龟缩回青州，再留无益。"

陈起猜得不错，江北军不仅阿麦带着骑兵很快地向东撤退，就连贺言昭所带之军也因提前得到了清风寨的消息，半路上就转了回去，连肃阳的边都没挨。就这样，贺言昭反而比阿麦的骑兵还要早到青州。

阿麦带着骑兵入城，见前来迎接的人群之中并无唐绍义的身影，心中不禁一沉，果然便听贺言昭禀报说是在半路上遇到了清风寨的魏钧，得知唐绍义中计被俘，魏钧仗着武艺高强从鞑子大军中逃出，奉唐绍义之命来与江北军报信，肃阳之围乃是陈起奸计，石达春根本就不在城中！

阿麦面容沉寂，只轻轻点头道："我知道了。"

一旁的徐静看了心中却有些不安起来，他知道阿麦是个情绪内敛之人，除了作假给人看的外，她很少会在人前透露出心中真实情感，只有上次刚看到唐绍义信时，一时情急之下才会失控地发了顿脾气。而这次，已经确定唐绍义被俘，生死难料，她却反而这样平静……

待到众将散去，徐静抬眼看了看阿麦，说道："如今看来，石达春不是叛变便是已遭了杀害。"

阿麦想了想，说道："应不是叛变，否则杜再兴去寻唐绍义时不会只字不提刘铭的事情，那才是唐绍义的命门所在。"

徐静知阿麦所说的刘铭乃是原汉堡城守刘竞托孤给唐绍义的孩子，徐静认同地点了点头，又问她道："你要如何？"

阿麦却是淡淡地笑了笑，答道："不管如何，先好好睡一觉再说。"

说着便辞了徐静，转身回了自己院子。

徐静一时有些傻眼，准备了一肚子的说辞竟然连说的机会都没有！他思来想去还是有些不放心，第二天又去寻阿麦，阿麦却不在。问院中的亲兵，说是元帅一早便出城去给王七将军扫墓了。徐静闻言愣了一愣，又问元帅带着谁去的，亲兵答道："只带了穆白一个。"

徐静没再说话，只默默转身往回走，待走到无人处，这才猛地一拍大腿，痛心疾首地叫道："哎呀！这个林敏慎！又要被阿麦忽悠了！"

直到午后，阿麦才带着林敏慎从城外扫墓回来。徐静得了信，派人将林敏慎寻了来，见了面开门见山地问道："她叫你做什么？"

林敏慎语气平淡地答道："去救唐绍义。"

徐静眨了眨小眼睛，"你答应了？"

林敏慎心道：我能不答应吗？她手里抓着我一把的小辫子，都明白地威胁我了，然后又用江湖人最在意的"义气"来给我搭台阶下，我能怎么办？林敏慎无奈地笑笑，答道："元帅对我动之以情晓之以理，我只能答应。"

徐静恨铁不成钢般地摇着头，叹道："胡闹，胡闹！你就是功夫再高，又怎能从千军万马之中救唐绍义出来！"

"没让我去救人。"林敏慎说道。

徐静有些意外，问道："不去救人？"

林敏慎笑了笑，答道："元帅说了，陈起既抓了唐绍义不杀，就是还有着别的想头，看管上也定会十分严密，救人是不易救的，不如干脆就去靼子军中劫一个位高权重的来，将唐绍义换回来好了！"

徐静拈着胡须沉吟不语，心中只琢磨着林敏慎的话，过了片刻后才又问道："可说了要去劫谁？"

"傅悦！"屋外突传来阿麦的声音，帘子一掀，阿麦从外面进来，看着徐静说道，"傅悦就在武安，离咱们最近，此是其一。其二，陈起正欲联合傅家打压常、崔等将门，傅悦于陈起来说十分重要，他不得不救！"

徐静盯着阿麦，一对小眼睛中似有精光闪烁，问道："你是铁了心要救唐绍义？"

阿麦低头沉默片刻，说道："自我进入江北军，从一名小兵一路到现在的江北军元帅，身边的人不知死了多少，什长、陆刚、杨墨……再后来是张副将、老黄、王七，我身边能称得上兄弟的人，差不多都死光了。很久以前，我只觉得军人不过是把刀，杀与不杀皆是身不由己，所以我不恨鞑子。那时唐绍义就对我说过，我之所以还不恨鞑子，是因为我从军时日尚短，我的兄弟们都还在我身边活蹦乱跳着，自然不觉如何，可当这些人渐渐地离我而去，一个个都死在鞑子的手上时，我就不会认为我们军人只是把刀了。"

阿麦抬眼迎向徐静的视线，声音平缓地说道："先生，这些年过去，我才真的明白他说的话，我也不过是个平常人，有舍不开，有放不下！我不想到最后只剩下了我一个，坐在他们的坟头上喝着酒，说着一些无关痛痒的醉话。"

徐静听了沉默不语，林敏慎更是听得动容，立刻表态道："不过就是劫个傅悦过来，容易得很，我去便是！"

徐静淡淡地瞥了林敏慎一眼，却是慢悠悠地说道："劫傅悦来容易，就怕是你把他劫了来也换不回唐绍义。"

阿麦与林敏慎二人均是诧异，阿麦不禁问道："先生此话怎讲？"

徐静答道："傅悦虽然重要，却比不过唐绍义去，比不过青、冀两州，比不过陈起的野心，所以，你们劫他也无用。陈起必能想出既不得罪傅家，同时又不放唐绍义的法子来！"

这也正是阿麦心中所忧虑的，她看一眼徐静，见他又习惯性地捋着自己的胡子，心头不禁一松，笑着冲徐静一揖到底，说道："还请先生教我！"

徐静一见阿麦脸上看似诚恳实则奸诈的笑容，先是没好气地冷哼了一声，这才又继续说道："上京传来消息，鞑子小皇帝要将公主送到豫州与陈起成亲，那送亲队伍怕是都已经出了上京了，你们去劫那傅悦，还不如去劫这个公主，陈起舍了谁也不会舍了这个公主！而且，陈起不管是要将唐绍义杀了祭旗，还是剐了泄恨，想也不会是在肃阳，只能是着姜成翼带回豫州。"

徐静的眼睛是那种窄而细的形状，可不知为何，林敏慎却突然有种看到了狐狸眼睛的感觉，怔怔地看了徐静片刻后，才突然击掌叫好道："妙！徐先生果然妙计！"

一旁的阿麦却垂下眼帘沉默不语。

北漠宁国长公主要送嫁豫州的事情她已在谍报上看到过，当时她只觉得胸口发闷，并无太多别的感受，毕竟陈起早已不是槐树下的那个陈起哥哥，而阿麦也不再是那个把嫁给陈起哥哥当作人生第一要事的傻丫头。

可即便如此，她还是不想牵扯到陈起的娶亲之事中去，不管陈起娶的是北漠的公主，还是随便一个别的女人，那都已和她阿麦没有任何关系。而若是去劫公主，那就意味着她不得不再次和陈起面对面……

徐静与林敏慎见阿麦一直没什么表示，不禁都有些诧异，两人互望了一眼，却都没有出声相问。

阿麦抬眼看向徐静，说道："江北局势一直不稳，韃子小皇帝既然敢将宁国长公主送到豫州来与陈起成亲，必然会派大军相随护卫，劫她怕是很难。"

徐静既然能出"劫公主"这个主意，心中已是将这些考虑了周全，闻言说道："若是在路上劫人，那自是不易，可若是等到了豫州，劫这么一个娇滴滴的公主，却是比劫持那傅悦要方便行事得多了。而且……"徐静捋着胡子轻笑了笑，说道，"行他人之不敢想，方能得出人意料之利！"

"先生是说利用陈起婚礼之时的混乱？"阿麦问道。

徐静笑而不语，只嘴角含笑看着阿麦。阿麦复又垂下了眼帘，手指在桌面上轻轻地敲击着。她这样的神情林敏慎已是看见过几次，看似平淡无比，每每却都是她心中有极难抉择的事情时才会如此模样。林敏慎见此不禁也屏气凝神起来，目不转睛地盯着阿麦，等着她的决定。

"先生，"阿麦终抬起头来，说道，"若去豫州，我得同去。"

"不行！"徐静立刻变了脸色，反对道，"你是江北军的统帅，怎能以身犯险！豫州你绝不能去！"

此话一出，林敏慎脸上的神色便有些古怪，徐静那里也觉察出这话似乎不能这么说，忙又解释道："你不同于穆白，他武功高强，即便劫人不成也能逃脱，而你连自保也不成，去了反成他的拖累。"

林敏慎脸上似笑非笑的，心中却道这老狐狸分明是怕阿麦去了危险，就想要舍着我一个去！想到这，林敏慎便笑道："徐先生所言极是。"

　　徐静干笑了两声。

　　林敏慎又道："不过元帅心计百出，足智多谋，不是常人所能比，若是元帅能同去豫州，救出唐将军的胜算便又多了几成！"

　　徐静气得直冲着林敏慎瞪眼，林敏慎却故作视而不见，只看着阿麦，等着她的答复。

　　阿麦见此不禁弯了弯嘴角，说道："若是旁人便也算了，但是陈起，你去了就算能劫到那公主，也未必能逃得出豫州来。"

　　徐静自然不愿阿麦去豫州，听了正要再劝，外面却有亲兵来禀报说清风寨的息大当家过来了。阿麦微微怔了怔，这才吩咐亲兵将息荣娘带到客厅等候。

　　息荣娘依旧穿着一身红衣，却是劲装打扮，眉宇微锁，坐在椅上，见阿麦进来立即站起身来迎向阿麦，说道："寨中已得可靠消息，鞑子正将唐大哥押往豫州，麦元帅何时出兵去救？"

　　阿麦先坐下了，又伸手示意息荣娘也坐下，这才开口问道："不知魏教头伤势如何？可严重吗？"魏钧随着唐绍义去救人，虽未被北漠抓住，却也是受了伤回来的。

　　见阿麦不理会自己的问题，反而问起魏钧来，息荣娘有些奇怪，不过还是耐着性子答道："他只是受了些皮肉伤，没有大碍。"

　　阿麦略点了点头，不紧不慢地问道："息大当家，唐绍义那日带了寨中多少人去的？回来了多少？"

　　"去了九十二人，回来了二十七个。"息荣娘冷声答道，停了停，又忍不住追问阿麦道，"麦元帅准备何时出兵？到时我清风寨好一同出兵。"

　　阿麦依旧是不答，反而又问道："寨子里可还有像魏教头那样的高手？"

　　息荣娘答道："还有两三个，当时因有事未在寨子里，唐大哥又走得匆忙，便没等他们。"

　　阿麦轻轻地"哦"了一声，没等息荣娘开口便又紧接着问道："那从北漠军中逃出的二十七个中还有几人可用？"

息荣娘见阿麦总是避重就轻，强忍了心中不耐之情，压着脾气答道："除去重伤的四个，其余的都可用。"

阿麦又是轻轻点头，这回却是半晌不语，不知在思量些什么。

息荣娘等得不耐烦，心中一直压着的怒火也烧得越发旺了，忍不住从椅上站起身来，愤然道："你若不想去救唐大哥就直说！咱们自己去救便是！"

阿麦仍不答话，息荣娘一气之下干脆也不再说了，转身便走。人还未走到门口，突听阿麦从后面不紧不慢地说道："你还想去救唐绍义吗？"

息荣娘步子一顿，停了片刻后才转回身来，狐疑地看着阿麦，问道："你什么意思？"

阿麦答道："你若还想要去救唐绍义，最好就不要走。"

息荣娘稍一迟疑，终还是忍了脾气复又转身返回，看着阿麦问道："元帅到底要何时出兵？咱们太行一十八寨的人马都已准备好了，只等着元帅一声令下便可杀向豫州。"

阿麦却是笑了笑，说道："去救唐绍义不能动用大军。"

息荣娘神色先是一愣，随即眉梢一扬眼看着又要发火，却听阿麦又轻笑着说道："息大当家先别发火，且听我把话说完。"

息荣娘深吸一口气，这才压制住脾气，淡淡说道："元帅有什么话就说吧，荣娘洗耳恭听。"

阿麦正色道："豫州远在千里之外，乃是鞑子大军行辕所在，城内城外精兵不下十数万，就是把整个江北军都带了出去也未必是其敌手，更何况鞑子还坐拥以逸待劳之利。所以，大军动不得，唯有派高手潜入豫州，伺机救出唐绍义。"

息荣娘身为清风寨的大当家，对军事也大概知道些，明白阿麦讲的俱是实情，可心中却总有些不甘，又疑心阿麦不肯动用大军是怕损失兵力，因此便也不答话，只斜着眼打量阿麦。

阿麦见状便直言道："此去豫州，我会同去。息大当家也回去考虑下，若是愿意与我一同奔赴豫州，三日后便带着寨中的顶尖高手在城外等我。"

息荣娘一听阿麦肯同去豫州不觉有些意外，心中的猜疑顿时减了大半，想了想应道："那好，我也需回去和寨中兄弟商量一下，就此先告辞了。"

阿麦笑了笑，叫了外面的亲兵进来送息荣娘出去。

待到第三日一早，息荣娘便叫人送了信来，他们已在青州城外等候。阿麦此时不仅已将军中事务俱都安排妥当，更是向徐静与张生、贺言昭几人言明，若是她不能回来，便由张生来统率江北军，贺言昭为辅。

林敏慎见此，不禁玩笑道："你这样跟交代身后事一般，看得我都跟着心慌起来。"

话音未落，张生与贺言昭等人俱都狠狠地横了他一眼，林敏慎只得连忙又说道："当我没说，当我什么也没说。"

徐静淡淡地瞥了林敏慎一眼，对阿麦说道："我既劝不了你打消主意，也不再多说，你只记住自己还是江北军元帅，身系一军安危便是！"

阿麦闻言不觉有些愧疚，避过了徐静的视线，低头冲徐静一揖道："谢先生教诲。"

徐静摇头叹息一声，没再说什么。

阿麦与林敏慎两人弃了军装，换作了普通江湖人士的打扮，打马出了青州城。出城没走多远，便看到了等在路边的息荣娘等人。除了身上还带着伤的魏钧、一直跟着息荣娘的赵四之外，还另有两个阿麦从未见到过的面孔。

息荣娘见阿麦只带了林敏慎一人过来，心中便有些不喜，只冲着阿麦冷淡地叫了一声"元帅"。倒是那魏钧想着唐绍义既然看重阿麦必然就有他的道理，便主动开口将另外几人向阿麦一一介绍了，又恭敬地问阿麦道："元帅，咱们如何行事？"

阿麦笑了笑，说道："行事还要见机而论，不过这元帅二字却是先不能叫了，你们就叫我韩迈吧。"

众人应诺，又简单地商量了一下途中安排，便一同赶往豫州。

第二章

搭救 婚礼 情思

豫州距青州将近两千余里，与泰兴和青州之间的距离相仿，只不过一个居南，一个居北。阿麦这一行人日夜兼程，在二月中旬便赶到了豫州。众人并未急着进城，而是在城外一处农家住了下来，由魏钧先潜入豫州城打探一下形势。

第二日直过了晌午魏钧才从城内出来，向众人解释道："今日本一早就到了城门，偏赶上常钰青带着军队回来，城门一直等到正午才放行。"

阿麦目光闪烁了一下，却问道："城中情况如何？"

魏钧答道："姜成翼早在二月初便带着石将军等人从肃阳返回，并未提唐二当家的事情。初六那天，鞑子将石将军及其部下当众斩首，尸首在城门上挂了三天才放下来，被城中的百姓偷偷运出城葬了。"

阿麦听了，眉宇间便笼上了一层寒霜，沉默了片刻才又哑声问道："可有石将军家眷的消息？"

魏钧答道："听说还都押在大牢之中，说是要送往上京。"

一旁的息荣娘奇道："不是说石将军他们并不在肃阳吗？怎的又会被姜成翼全

都抓了回来呢？"

阿麦略一思量便明白了其中的玄机，冷笑道："当初那些逃出豫州的人马除了一个杜再兴，其余的怕是都是假的，真的石将军一直就被押在豫州城内，根本就没出过豫州城！"

息荣娘愣了一愣，顿时明白那肃阳从头到尾便只是个圈套而已，忍不住骂道："鞑子真是狡猾狠毒！"

魏钧又说道："我那朋友家中是行商的，交际颇广，我已叫他留心去打听唐二当家的下落。他还说在城西有个僻静的小院子可以给咱们住，如果咱们要进城的话，他会想法安排个商队把咱们几个捎带进城内。"

阿麦瞥了林敏慎一眼，见他微垂着眼帘没什么表示，便点头道："能这样最好，不过我们这些人凑在一起太惹人瞩目，不如分作两拨，分别进城。"

魏钧与息荣娘两个对望一眼，说道："也好，那我们几个便跟着商队入城，咱们大伙先都混进城再做打算！"

见魏钧如此灵透，阿麦不禁笑了笑，又与他约定了进城后的联络方式，便带着林敏慎与众人告辞从农家出来，向豫州城而去。林敏慎跟在她身后，见她沉默着只向城门走，终耐不住了，追了几步上去，问道："你打算怎样进城？"

阿麦高坐马上，头也未回，只淡淡答道："从南门进去。"

林敏慎沉默了一会儿，又问道："我是问如何进城门？"

阿麦答道："骑马进去。"

两人又沿着大道向前行了一段，眼看着城门就在眼前，林敏慎策马上前拦在阿麦马前，追问道："你就这么肯定我有法子进城？"

阿麦淡然答道："你们林家与北漠没少做那些眉来眼去的事情，怎会连个豫州城都进不去？"

林敏慎默默看阿麦半晌，叹了口气，伸手从怀中掏了块令牌来扔给阿麦，无奈道："这是能通行上京的牌子，你挂在身上吧，过城门时不用说话，只稍稍亮一亮它便可了。"

阿麦接过令牌，轻笑着翻看了一遍，却未将它挂在身上，只顺手揣入了怀中。

豫州城门处守兵极多，对路人的盘查也比以往严了许多，可即便如此，阿麦与林敏慎仍是轻松地过了城门。待过了城门，刚从大街拐入了小巷，林敏慎便向阿麦伸出手来，说道："还给我吧。"

阿麦嗤笑一声，爽快地将那令牌又丢给了林敏慎。林敏慎不觉有些意外，他只道阿麦会扣下那令牌，没想到就这样便还了他。

阿麦问道："住到哪里？"

林敏慎这才回过神来，无奈地说道："我总算明白你为什么非要糊弄着我和你一同来了，走吧，我给你找地方去住。"

两人在豫州城的大街小巷内穿行，大约走了多半个时辰，才转到一处大宅院的后巷，林敏慎指着巷中的一处不起眼的院门，冲阿麦笑道："就住这儿吧。"

阿麦随意地瞥了那院门一眼，转过头静静地望着对面的宅院出神，看了片刻，忽地轻轻地笑了起来。

一旁的林敏慎见阿麦突然发笑，忍不住低声问道："怎么了？"

阿麦转头看他，目光明亮，道："这个地方我来过，四年前我就来过。"

那还是盛元二年底，她不过是江北军中一个小小什长，被商易之与徐静派往豫州，没想到刚一进城便遇到了常钰青，非但被他识穿了身份，还被他用箭射伤……那时也是前途迷茫生死难料，却不曾感到害怕。只不过短短几年过去，不但她的身份变了，连心境也与以前大不相同了。

阿麦不禁自嘲地笑笑，此刻的她，竟有些怕了。

林敏慎怔了怔，坦然笑道："那边宅子现在住的正是常钰青，有什么事翻个墙头就过去了。不是有句话叫作灯下黑吗？别看我这宅子不大，当初买的时候可没少花钱！"

林敏慎一边说着，一边下了马上前去叩院门。

片刻之后，那院门打开，一个老仆从里面探出头来，看了眼林敏慎与阿麦，瓮声瓮气地问道："干什么？"

林敏慎也不答话，只笑嘻嘻地看向他，那老仆仔细地打量了林敏慎片刻，这才认出他来，惊喜道："少爷！"

林敏慎略点了点头，将两匹马俱都交给那老仆，自己则引着阿麦往院中走。这院子从外面看着虽不起眼，里面却也是几进的布局。林敏慎径直把阿麦带往最里面的院落，边走边低声解释道："这宅子还是前两年闹着和北漠议和时置的，我独身一人前来与常家接头，家父不放心，便叫人在常钰青府边上买下了这么个宅子，以防常家人翻脸我也好有地方藏一藏。"

阿麦不禁想到了盛元三年秋在翠山先遇林敏慎后逢常钰青的事来。那时商易之似乎并不知道林家和常家私下勾结要促使两国议和。现听林敏慎又提到此事，阿麦心中一动，转头似笑非笑地瞥了他一眼，故意试探道："你们两家胆子可真是不小，咱们江北军那时正与鞑子斗得你死我活，你们却暗中如此行事，若是叫人知道了，怕是哪边也饶不了你们的。"

林敏慎将阿麦让进屋内，笑道："我们不过都是替人办事的，常家身后不但有鞑子太后支持，就连陈起也是默许的，而我们林家也不过是遵从长公主的意思罢了。"

阿麦接道："可你别忘了你日后的正经主子却不是那长公主，主上是什么样的人想必你也清楚，你们瞒着他行事，把他辛苦创建的江北军几乎毁于一旦，便是他现在无奈接受，可待日后他大权在握……"阿麦说着轻轻一哂，没再说下去。

林敏慎听了一默，当时与常家的联络虽是得了长公主授意，可商易之的确是被蒙在鼓里的。

阿麦见林敏慎如此神色，心中已是能够肯定商易之最初并不知道长公主暗中操纵议和之事，起码她随卫兴从盛都回江北之时，他还不知道。她笑了笑，说道："我送你一句忠告，就算日后你林家出了皇后，也只求富贵莫问权势。"

林敏慎沉默下来，良久没有说话。

相邻的宅院之中，崔衍与常钰青隔着酒桌相对而坐，也是低着头沉默良久后才突然问道："大哥，你说南蛮子的女人是不是都当面一套背后一套？"

常钰青不知崔衍为何突然问出这话，心头却忽地闪过那人的身影，他愣怔了片刻才看向崔衍，淡淡问："怎么了？"

崔衍犹豫了一下，答道："徐秀儿偷偷跑了。"

常钰青微微皱眉，"就是石达春送你的那个婢女？你还将她留在身边呢？"

崔衍点头，闷声说道："石达春败露之后，舅舅就叫我把她处理了，我没狠下心，本想着悄无声息地把她送到上京去，没想到她竟自己偷偷跑了。"崔衍抬眼看向常钰青，问道，"大哥，她真的也是江北军的细作？"

常钰青一时被崔衍问住，想了想才淡淡说道："是与不是又能怎样？反正已是走了。"

崔衍想想也是如此，忽然觉得自己纠结于这样的儿女之情太过无聊，便转了话题问道："大哥，你刚回来，我却又要随着舅舅出征平叛，咱们怕是又要有些日子不得聚。"

常钰青听闻周志忍竟然也要出征，心中不觉有些诧异，眼下江北局势渐稳，何须周志忍这样的老将出去？常钰青问道："周老将军要去哪里平叛？"

崔衍摇了摇头，"我也不清楚，舅舅只和我漏了个话头，谁知道那陈起又出了什么幺蛾子！"他顿了一顿，抬眼看着常钰青，有些神秘地问道，"大哥，你可知唐绍义被姜成翼抓了？"

常钰青点了点头，他虽一直在外平叛，可石达春叛逃的事情闹得动静那样大，再加上姜成翼突然平饶兵败，前后一联系自然猜到了陈起原本是打算用石达春做饵来诱使江北军上钩的，没想到最后损失了几万大军却只得了一个唐绍义回来。

崔衍又说道："咱们当时只听着陈起叫姜成翼将人带回来，谁知姜成翼回来后却没见着有什么动静，那唐绍义也不知道被押在何处。"

常钰青闻言轻笑道："这唐绍义得来得可不容易，陈起自然要宝贝些，再说他留着这唐绍义必然还有后招，且等着看看吧。"

崔衍对此嗤之以鼻，说道："陈起就是爱玩些虚的绕的，要我说直接把唐绍义斩了祭旗，然后派大军直压青州，咱们以倾国之力攻她一个青州，那麦穗就是再狡猾，又能如何？没听说谁家鸡蛋能硬过石头的呢！"

常钰青闻言一怔，想了想却是失笑，崔衍心思虽然简单，却一句话道破了战争胜利的关键，那本就是决定于战争双方的实力，这不光是双方军事力量的较量，更是双方国力的角力。而陈起、阿麦，哪怕是他自己，却过多地看重兵法计谋在战争中的作用，绞尽脑汁地想着以少胜多、以奇制胜，却忽略了崔衍说的，没想过也许那就是最最合适的法子。

这一点，阿麦在豫州盘桓两天之后，也不禁深有感触。此时的豫州，已与盛元二年的豫州大不相同。

"只看豫州眼下的兵力，若不是被各地的义军牵制着，我们怕是早已失了青州。"阿麦穿了件半新的湖色绸缎长衫，与林敏慎坐在街角一家酒楼的二楼临窗处，用筷子漫不经心地拨弄着骨碟里的花生米，低声说道，"归根结底打仗打的不过是'国力'二字，而此时我们与他们相比，还差太多。不止我们，就算有南边支援相助，怕也不是敌手。"

此刻时辰还早，酒楼里客人很少，二楼上更是只有阿麦这桌。林敏慎透过窗口的竹帘扫了一眼街外，口中便忍不住说道："听你这样一说，咱们还打什么打？反正怎样都是打不过的。"

阿麦说道："错！决定战事胜负的几个条件：战场环境、武器装备、军队士气、后勤补给、战场情报等等这些，我们却是还占着大半，更何况除了实力外，还有一项虽然眼看不到手摸不着，却谁也不敢就说它不重要，那就是运气！就如世人所说：失败虽然是实力使然，但胜利却是靠上天所赐。"

林敏慎听了只觉头大，琢磨半天还是摇头叹道："我果然不是领兵的材料。"

阿麦淡淡地笑了笑。

楼梯处传来咚咚的脚步声，林敏慎与阿麦俱都转头看向楼梯口，就见魏钧与戴着帷帽的息荣娘两人被小二领着从楼下上来。魏钧抬眼扫望间看到阿麦，挥了挥手让小二退下，一旁的息荣娘则已径自走到阿麦这桌旁坐下，将帷帽摘下随意地放在桌边，有些冷淡地说道："久等了。"

阿麦轻笑着摇了摇头，"没事。"

跟在息荣娘身后的魏钧也坐了下来，张了嘴稍稍一顿，把到了嘴边的称呼又改了过来，说道："韩少侠，咱们路上遇到鞑子，耽搁了些时候。"

"可遇到了麻烦？"阿麦问道。

魏钧摇了摇头，却未说什么。阿麦见他不欲多说，便也不再提这事，只是问道："你们那里情况如何？"

息荣娘脸色有些不好，魏钧却未说话，只警惕地瞥了一眼楼下。林敏慎见此便笑道："没事，此处是自己人开的。"

魏钧闻言了然地点了点头，语气有些沉重，"城中大牢中并不曾进过唐二当家那样的人，守卫也同以前一般，未见增多，我昨个儿夜里还专门去探过了，没有唐二当家。石将军的家眷倒是都在牢中，不过却未看到有四五岁的幼童，我怕惊动守卫打草惊蛇，所以没敢上前细看。"

林敏慎听了便也说道："我也去过了元帅府、城外军营，都不见人。"

息荣娘心中更是焦急，忍不住急道："这儿也没有那儿也不见，难不成他们还能把唐大哥给变没了？"

林敏慎与魏钧俱都看向阿麦，阿麦却是微微皱眉，抿唇不语。息荣娘见他三人都不说话，干脆气道："反正鞑子公主就要到了，实在找不到唐大哥，咱们干脆就直接去劫了公主算了，逼着陈起自己把唐大哥交出来！反正事先也是这样说好的。"

阿麦闻言苦笑，就算是要劫公主以换唐绍义，也需事前知道关押唐绍义的确切之处才好。再说之前虽预定的是劫持公主，可来豫州之后她才发觉此事说起来容易做起来却是极难，如果能不动公主而直接救走唐绍义才是最好！阿麦说道："鞑子公主不比别人，身边必然会有很多高手护卫，我们没有内应相助，很难近那公主的身。更何况这公主此刻是陈起的心头肉，他必会严密防备，确保公主的安全。"

息荣娘听了瞪目，不信道："不是说陈起并未给鞑子公主建公主府，只在元帅府内成亲吗？那元帅府魏钧也曾探过，守卫虽然比豫州大牢森严了些，却也不是进不去。到时候咱们这些人分头行动，鞑子顾此失彼，定能让咱们有机可乘。"

对于息荣娘这种不看形势只拼着蛮劲的作风，阿麦很是无语，暗道如果这样，即便挟持了公主，咱们自己人也已是被陈起灭了个七七八八，还拿什么来救唐绍义？更何况唐绍义被俘，绝不可能还身体健康活蹦乱跳的，万一换出来的是个身负重伤昏迷不醒的，谁还有体力将他带出豫州城？

息荣娘见阿麦久不应声，只道她是胆怯，很是不屑地瞟了她一眼，出言相激道："怎的？怕了？"

阿麦平静地看着息荣娘，淡然地点了点头，"不错，怕死，而且还怕就是死了，也救不出你的唐大哥。"

此言一出，息荣娘柳眉一拧，顿时就要发火。一旁的魏钧忙伸手按住了她，转头冲阿麦说道："您可有什么别的法子？"

阿麦不语，反而若有所思地看着息荣娘，目光甚是专注。见她如此，林敏慎与魏钧两人不觉心中诧异，息荣娘却是被她看得又羞又怒，啪地一拍桌子，猛地从桌边站了起来，骂道："麦——"

话未出口，坐在息荣娘身侧的林敏慎忽然出手拂向她的穴道，手到半路，遇到了对面魏钧探过来阻拦的手掌，一探一挡，一翻一黏，两人都用上了极上乘的小擒拿手法。林敏慎的招式迅疾飘忽，而魏钧却是沉稳有力，电光石火间两人便已是过了数招。

息荣娘乍逢突变一时惊得呆住了，也忘了再骂阿麦，只傻愣愣地站在那里看着他二人过招。倒是阿麦出声喝止了魏钧与林敏慎，然后抬眼看向息荣娘，淡然问道："息大当家，为了救唐绍义，你可能豁出去性命？"

息荣娘回过神来，眉梢一扬，朗声答道："我既然来了这豫州，就没想过生死之事！"

阿麦默默打量息荣娘片刻，淡淡笑了，说道："那好，我有一法可劫持鞑子公主，换回唐绍义，你可愿意听我的？"

息荣娘与魏钧交换了一个眼色，狐疑地问道："你有什么法子？"

阿麦沉声答道："咱们四个在陈起成亲那天潜入他府中，我与你设法引开鞑子公主身边暗卫的注意，穆白与魏教头伺机劫持鞑子公主。"阿麦说着看向魏钧，"你寨中的赵四等人，则俱都在城外等待，以作接应，一旦我们救了人，则须立即逃走。"

魏钧略一迟疑，向阿麦说道："若只是我和穆白两人，趁乱潜入元帅府行事反而更方便些，可若是带上您和息大当家，怕是……"

魏钧没把话说完，不过意思也显而易见，就阿麦和息荣娘的那个身手，带着是个累赘，一旁的林敏慎也点了点头。

阿麦尚不觉如何，息荣娘却俏脸涨得微红，正又要发狠表决心时，便听阿麦淡淡问魏钧道："若是只你二人，谁人去引鞑子暗卫的注意？"

魏钧想了想，说道："不如我带着赵四他们几个入元帅府，按照您的交代行事，您与息大当家在城外接应。"

魏钧有他的考虑，进元帅府劫持公主那是九死一生的事情，阿麦与息荣娘身份不比寻常，又是这些人中武功最差的两个，不论哪个出事，他们就算救了唐绍义回青州，也无法向众人交代。

阿麦明白魏钧的好意，说道："你们贸然出手只会叫鞑子的防备更加严密，一旦有刺客出现，鞑子保护的重点必然是公主，所以，只有你们，不行。"她轻笑着瞥了息荣娘一眼，接着说道，"而有个女人突然出来闹事，反而会降低鞑子的警戒之心。"

魏钧等人俱还是不太明白，可阿麦却不愿意说得太透，只说道："到时我自会告诉息大当家如何行事，一旦穆白挟持到鞑子公主，咱们便可以安然无恙地出了豫州。"

息荣娘将信将疑地看着阿麦。

阿麦扬眉问道："怎么？怕了？"

息荣娘立刻一抬下巴，傲然道："咱们清风寨出来的，就不知道那个'怕'字如何写！"

阿麦笑了笑，温声道："一个'竖心'，一个'白'而已。"

息荣娘杏眼微瞪，尚未反应过来，一旁的林敏慎已是失声而笑。

二月二十四，北漠宁国长公主千里远嫁豫州，北漠小皇帝为表对陈起的恩宠，特意下了旨意，命婚礼一切遵从民间例。

宁国长公主暂住豫州驿馆，等待征南大元帅陈起的迎娶。

三月初二，这个由北漠钦天监选定的黄道吉日，陈起一身崭新的黑色征袍，将宁国长公主迎娶到元帅府。北漠的婚嫁习俗与南夏差了许多，婚礼是在天色擦黑时才正式开始，所以待宁国长公主的花轿到元帅府时，府中内外已是灯火通明。

阿麦与息荣娘躲在偏僻侧院的茅厕内，脱掉了外面乔装用的北漠军装，露出内里的深色锦衣来。阿麦一边将一把小巧精致的北漠弯刀挂在腰侧，一边低声道："没想到进来得这样容易，也亏得他们是以黑为贵，否则等跑时怕也麻烦。"

她的五官俱已修饰过，眼角眉梢都用林敏慎给的胶水拉得稍高，给她原本就有些冷清的神情平添了几分冷峻。

息荣娘指尖却有点颤，几次都没能将头上束发的发笄插好。阿麦伸了手将她头顶的发冠扶正，轻声安慰道："莫怕，不会有事。"

息荣娘勉强地扯了扯嘴角，低声掩饰道："我是怕弄得太结实了，到时候扯不开。"

阿麦闻言笑了笑，没有说话。

息荣娘抬眼看了看阿麦，见阿麦一脸的淡定，心中终也渐渐地镇定下来。直到此刻，她也不知道阿麦与她说的那些是真还是假，不知那样做是否就真的能引开众人的注意……到了眼下，她除了无条件地相信阿麦之外别无选择。

她二人再从茅厕内出来时，已都是北漠贵公子的打扮。阿麦又低声嘱咐道："且放开了胆，不管见了谁，只管下巴抬高了不理便是。"

息荣娘缓缓地点了点头。

阿麦挺直了脊背，率先迈着不急不缓的步子向前走去。

元帅府的正院里恰是热闹时候，新娘由人扶着跨过了马鞍，缓缓往正堂而来。阿麦瞥见常钰青、常修安等就立在宾客之中，不敢太过凑前，只躲在人后静静地看着。陈起身姿挺拔，面容俊朗，唇角上挂着一抹淡淡的笑意，目光从容地望向袅娜走向他的妻子，北漠的宁国长公主。

震耳欲聋的爆竹声、喧闹的锣鼓声、傧相的礼赞声，每一声都是极近的，听入阿麦的耳中却是有些虚渺，竟还不如那时常回荡在她耳边的那夜的尖叫声、厮杀声清晰，还有那年他曾说过的话，他说："阿麦，你等着我，等着我回来娶你。"

她以为这些都能忘了的，她以为自己早已是不在意，她以为自己已经坚强到无可畏惧……阿麦的眼睛忽有些发热，她不敢眨眼，唯有将眼睛努力睁得更大，等待着眼中的那阵酸涩过去。

那边陈起与新娘在香案前站定，四周渐渐静了下来。一旁傧相朗声叫道："一拜天地！"陈起一撩袍角，正欲拜倒时，就听人群中突然发出来一声女子略显尖利的喝止声，"慢着！"

陈起与那新娘的动作一滞，围观的众宾客也都是一愣，齐齐看向声音传出来的方向，只见一个玄色人影从观礼的人群中冲了出来，边跑边扯落自己头上束发的华冠，任满头青丝倾泻而下，一眼看去竟是个极年轻的女子！

宾客之中大多为北漠军中的将领，见突然有人发难，忙上前阻拦，两人手臂一伸已将那女子挡在香案之前。那女子此刻已是冲到了大厅正中，却仍向陈起处挣扎着，嘶声质问道："陈起，你怎么可以娶别人！你忘了你答应过我爹的吗？你不是说要娶我，照顾我一生一世吗？"

此言一出，众人哗然，皆不禁细细打量那女子的面容，见她虽披头散发，却难掩五官秀美，一双美目之中更是噙着泪，悲愤至极地望着陈起。

众人心中顿时有些了然，要知这八卦之心世人皆有，陈起一个寒门之子，一无出身，二无资历，却突然深获圣宠被任命为征南大元帅，并就此成为一代名将，最终荣娶长公主的事迹，这在北漠都是已被说书人编了评书来讲的，其身世之悲惨、经历之曲折，精彩程度不下于任何一部传奇。可谁也料不到大婚这天竟然会冒出个和长公主夺夫的来！

这一部英雄传奇，眼瞅着就要变成陈世美抛妻了？

陈起沉默不语，目光却有些焦躁地在人群之中穿梭，似在找着什么人。他身旁的宁国长公主姿态倒算镇定，只稍稍挺了挺脊背，由喜娘扶着默默地向后退了一步。

原本立在宾客中观礼的常钰青见此不禁心中一动，也顺着陈起的视线找了下去，只见对面人群中一个瘦削身影一闪而没，竟是熟悉无比。

陈起心腹姜成翼眼见突然闹了这样一出，忙出声喝道："哪里来的疯女人！还不拉下去！"挡着那女子的两个将领便立即扯了她的胳膊向后拖去。这女子不是别人，正是与阿麦同来的息荣娘，她此时并未用上半点武功，只似普通女子般拼命挣扎着，不断地嘶声叫道："陈起！陈起！你今日负我，可对得起天地良心？你四岁便父母皆亡，孤身一人在外乞讨为生；十三岁时得遇我父，是他怜你身世，将你带回家中悉心教养，足足八年！"

姜成翼听了大急，慌乱中瞥了一眼陈起，却见他目光还在直直地落在人群中一处，神情竟是有些恍惚。姜成翼一时顾不上许多，只得厉声喝道："拖下去！拖下去！"

旁边的几个侍卫忙一拥而上去拖息荣娘，可息荣娘却暗中使了巧劲，叫那上前的几个侍卫一时拿她不住，口中继续叫道："足足八年啊，他待你如若亲子，将独女许配与你，没想到你却恩将仇报，杀我父母，屠我村人……"

有侍卫上前去堵息荣娘的嘴，息荣娘声音有些含混，却越发地凄厉起来，"陈起，你良心何在？良心何在？"

众人听得都是目瞪口呆，一时都愣在了原地，陈起确是二十岁之后才突然出现在上京的，不知做了些什么，深得小皇帝信任与看重。众人只知他出身寒门，早年便成孤儿，而他二十岁之前的经历，在世人眼中一直是个谜。现如今听这女子哭喊出来，竟是条条都对上了。

各种目光均落到了陈起身上，陈起的视线已经从人群中收回，微微垂了头，静寂片刻后突然出声说道："放开她。"

姜成翼闻言一愣，不敢置信地看向陈起，只见他面沉如水，目光平淡无波地望过来，缓缓说道："放开她，叫她把话都说清楚了。"

众人将息荣娘松开，息荣娘趔趄了几步才在庭中站定，心中正暗自焦急林敏慎为何还没行动，就听陈起问道："请问这位姑娘姓名？"

息荣娘只记住了阿麦教与她的那几句话，原想着林敏慎趁乱就会挟持了那长公主，未曾想林敏慎那里却一直不见行动，更料不到还会有和陈起对质的情形，眼下被陈起这样一问顿时噎住，又知此话不能随意胡诌，便抬头骂道："陈起，你休要故作姿态，你在我家过了八年，真不知道我姓名？"

陈起闻言轻轻笑了一笑，又问道："姑娘连姓名都不敢说，陈某也不再问，只是你既然说与陈某有故，那么请问陈某今年年岁几何，生辰又是哪日？"

听陈起这样问，别说息荣娘有些慌神，就连人群之中的阿麦也不禁心急如焚，这样任陈起问下去的话，非但息荣娘身份定要败露，林敏慎那里也寻不到机会靠近公主。息荣娘显然也是想到了此处，干脆也不理会陈起的问话，转头对那公主高声叫道："公主娘娘，你贵为金枝玉叶，难道也是眼瞎了吗？竟要嫁他这等不忠不孝无情无义之人！"

息荣娘口中叫喊着，身体猛地发力，冲着那公主直冲了过去，她身后的姜成翼等紧随扑出，顿时和息荣娘斗作一团。阿麦看得大急，只怕荣娘出事，可林敏慎与魏钧却都没有动静，无奈之下只得自己去劫那公主，谁知身形刚刚一动，竟被人从后牢牢地挟持住了。她惊怒回头，赫然发现常钰青就在身后！

常钰青双臂一紧，拖着她退了两步，不露痕迹地躲在人群之后，将唇凑到阿麦耳边低声说道："若是不想身份败露，就老老实实待着别动！"

阿麦岂是轻易就范之人，先假意顺从地随着常钰青后退了两步，肘部却突地发力撞向他的肋侧，趁着常钰青手上劲道一松的瞬间，从他的钳制中脱身出来，跃身冲入人群，大声喝道："有刺客！保护长公主！"

此声一落，原本就有些混乱的人群更加乱套起来，阿麦口中叫着"保护长公主"，却趁乱挤向那长公主，几步蹿到那长公主身旁，手中弯刀猛然一挥逼开身前的喜娘，伸手就抓向那长公主的肩头。阿麦只道那长公主是长在深宫的娇女，这一抓必然得手，谁知指尖只刚刚碰触到微凉的嫁衣，忽觉得手下一空，那肩头竟然像游鱼般滑开了，一双素手从红衣下迅疾探出，径直扣向阿麦的脉门。

阿麦心中一惊，立时撒手躲闪，脚下一连向后退了几大步，转头向着息荣娘厉声喝道："有诈！快走！"

息荣娘已被众侍卫团团围住，打得正是激烈，此刻早已是左支右绌，险象环生。听了阿麦的喝声，她何尝不想快走，可如今哪里还走脱得了！

阿麦手中弯刀连连挥出，想冲过去与息荣娘会合，可却被人缠住走脱不得。正焦急间，却见人影一闪，陈起已是挡在了她的身前。陈起举刀压住她的弯刀，欺身逼近，低声喝道："阿麦，停手，小心伤到！"

阿麦心中冷笑，暗道你费尽心机设下如此圈套不过就是为了除我，这会儿倒是怕我受伤了！她虽这样想着，眼中却是逼出泪光，也是低声道："陈起哥哥，你，你当真要杀我？"

陈起听她声音凄苦嘶哑，又见她眼中泪光点点，眼前忽地闪现她幼时因事哀求自己模样，心中只觉一恸，正欲松手时，眼角余光却瞥见阿麦手中刀光一闪，陈起灵台顿时清明，将阿麦挥过来的弯刀格开，低声道："阿麦，放手，我会护你一世。"

阿麦暗骂陈起无耻，手中招式越发地狠辣起来，口中却依旧是低声问道："你那长公主怎么办？"

陈起与阿麦朝夕相处八年之久，如何猜不透她那点心思，见她如此终于死心，避开阿麦刀锋抽身向后退去，他身后的几个暗卫很快补上前来，将阿麦齐齐困住。阿麦这几年虽苦练武功马术，可也只能勉强算得上个弓马娴熟，自是无法和这些从小习武的暗卫相抗衡，很快便落了下风。

一个暗卫虚晃一招引开阿麦弯刀，另一个急急探手一把扣向她脉门。阿麦手腕一痛，手中弯刀啪的一声落地，下一刻，几把弯刀便同时抵在了她周身各处要害。

到了此时，阿麦心中反而异常地镇定下来，只抬眼默默地看向陈起。陈起站在人后，呆呆地看着她，目光中神情变幻，终于缓缓地摇了摇头。

就在此时，空中突然爆出一声长啸，只见一个黑影从廊檐上俯冲而下，闪电般冲向息荣娘身侧，当当几声将息荣娘四周的侍卫皆都逼退一步，扯了息荣娘跳出战圈，厉声喝道："停手！"

众人正愣怔间，又听见头顶有人朗声叫道："宁国长公主在此，谁敢动手？"众人齐齐望向声音传来的方向，就见一个蒙面人提着个华服少女从对面屋顶上一跃而下，落到庭中站定，用剑逼在少女脖颈前，对着陈起笑吟吟地说道："可别再打了，我这人胆小，手里一抖再伤了你的长公主，倒是我的罪过了。"

这蒙面人不是别人，正是林敏慎，按计划他与魏钧应是趁着息荣娘搅乱婚礼时去劫新娘，亏得林敏慎心细，见这新娘跨马鞍时动作极为利落，分明是有功夫在身的。林敏慎略一思量，立刻便改了主意，带着魏钧直奔元帅府后院而去，果然在新房之中寻见了这真公主。两人合伙击杀了长公主身边的暗卫，挟持了她直奔前院大厅而来。魏钧因是独身一人，所以便比林敏慎快了几步，正好看到息荣娘被困，一时顾不上许多就先冲了下来。

众人惊惧不定，看看陈起身后那个盖头都不曾掀开的新娘，再转头看看这被蒙面人挟持的少女，一时都是糊涂了，怎的连长公主都出来了两个？

陈起随意地扫了眼那面色苍白的华服少女，又看向林敏慎，若无其事地轻笑道："长公主就在我身后，我们礼还未成，你这人怎么跑到后院去抓宫女来了？"

林敏慎听了便笑道："你休要唬我，咱们这两个公主哪个是真哪个是假，你心中自然有数。"

陈起说道："你既不信，我也无法，先不论她的真假，我这里却也有一个你们的人，你看看可是真的？"

说着轻轻一挥手，后面暗卫便用刀胁迫着阿麦走上前来。

林敏慎一看，心中不禁暗暗叫苦，心道好嘛，唐绍义还没换着，江北军的元帅倒被人抓住了。

陈起问林敏慎道:"怎样?可是真的?"

林敏慎一时沉默不语,魏钧已是护着息荣娘退到了他身旁,息荣娘更是忍不住低声问林敏慎道:"怎么办?"

那边阿麦忽然嘿嘿冷笑了两声,说道:"想不到陈大元帅竟然拿我这样一个皮糙肉厚的粗人和那娇滴滴的公主相比!"说着肩膀猛地用力向前一擦,旁边暗卫的弯刀躲闪不及,锋利的刀口顿时将阿麦的肩头划开了一个血口,鲜血顿时涌出,很快便浸湿了肩头衣裳。阿麦面色不改,对着息荣娘笑道,"荣娘,你也划那公主一刀,看看她是不是真的细皮嫩肉!"

众人被阿麦的狠厉惊得愣怔,陈起错愕地看向阿麦,眼底的神色一时复杂难辨。唯有躲在远处的常钰青却是轻轻地弯了唇角,若是比狠连他都自叹弗如,这世上更是无人是她阿麦的敌手。

林敏慎顿时明白了阿麦的意图,一旁的息荣娘更是直接二话不说提刀便划向那华服少女的肩头。

陈起急声叫道:"且慢!"

息荣娘恼恨陈起此人薄情寡义,手下丝毫不停,只听得那少女惊呼一声,双眼一翻竟是晕了过去。息荣娘探身看了看那少女的伤口,故意回头冲阿麦喊道:"这公主果真是细皮嫩肉!"

一旁阿麦哈哈大笑两声,朗声道:"所以说你们莫要计较,就是一刀换一刀,还是咱们占了许多便宜,就算齐齐掉了脑袋,咱们的疤也不比这长公主的大!"

"不错!"林敏慎应道,将已昏迷的华服少女又提了起来,冲着陈起叫道,"放人!不然咱们就接着再划!看看你以后抱着个满身伤疤的媳妇懊悔不懊悔!"

陈起眼中闪过一抹厉色,杀意顿现,面容却是更加沉静下来,说道:"好,我与你换人。"

林敏慎嗤笑一声,道:"我说与你换了吗?我说的是叫你放人!"

息荣娘又用刀比在了那少女身上,转头一本正经地问陈起道:"可是要咱们再划一刀试试?我可是舍得出去你手里的那人的。"那少女原本刚刚悠悠转醒,听了她这话身子一软,嘤咛一声竟又昏了过去。

陈起面上淡淡笑了笑，说道："好，我放人。"说着，负于身后的手却不露痕迹地比了一个手势。阿麦只觉右边小腿上微微一麻，心中不禁一惊，立刻垂了视线去看，却又丝毫看不出什么异样。那几个暗卫推搡着阿麦向前走了几步，然后撤回了弯刀，重新退到陈起身后。

陈起淡淡说道："我已经放人了。"

阿麦快步回到林敏慎他们身旁，接过息荣娘手中弯刀，回头盯着陈起，扬臂一挥，冲着那华服少女的腿上便是一刀，冷声叫道："把唐绍义交出来！"

魏钧与息荣娘不知阿麦是遭了陈起暗算所以才划那少女一刀报复，不禁都皱了皱眉，暗道阿麦身为江北军元帅，好歹也是天下闻名的战将，心胸怎的如此狭窄，对着个毫无还手之力的柔弱女子也这般狠辣。

陈起冷笑道："我交了唐绍义，你们仍不放人怎么办？"

阿麦道："我们若是能安全出去，自然会把你的长公主还你！"

陈起定定地看着阿麦，良久之后才吩咐姜成翼道："成翼，去把唐绍义带出来交给他们！"

姜成翼应声欲走，阿麦却又高声叫道："且慢！"姜成翼停下了步子，和陈起一同望向阿麦，就见阿麦笑了笑，说道，"我只要一个四肢健全身体康泰的唐绍义，他身上有一处伤，我便在你们这长公主身上刺一个窟窿，他若是断了什么脚筋手筋之类的……"阿麦用刀在那少女手臂上轻轻地拍了一拍，不急不缓地说道，"唐绍义断哪处，我便将她的哪处骨头拍碎。"

陈起脸色阴沉漠然不语，姜成翼却是气得目眦欲裂。林敏慎听了哭笑不得，心道这阿麦果然不愧是江北军的元帅，竟然无耻得比魏钧他们还像土匪。

姜成翼瞥了一眼陈起，见他没有吩咐，便强压下了怒火去提唐绍义。也不知这陈起将唐绍义关在了何处，姜成翼去了不过一炷香的工夫，便带着几个人将昏迷不醒的唐绍义架了过来，在陈起身侧站定。陈起向阿麦说道："我们同时放人。"

林敏慎笑着插言道："你府外皆是弓弩手，咱们手里若是没了这长公主，岂不是要被你射成刺猬？"

阿麦答道："我们安全出城后，自会放人。"

陈起又道："长公主身弱，换我来做你们人质如何？"

阿麦冷笑一声，不答反问道："你自己觉得呢？"

陈起浅淡地笑了笑，冲着姜成翼挥了挥手，示意他将唐绍义交给阿麦等人。两个北漠侍卫架着唐绍义上前，魏钧与息荣娘齐齐冲上前来，将唐绍义扶到阿麦身后。息荣娘见唐绍义双目紧闭毫无声息，只焦急地连连唤他道："唐大哥，唐大哥！"

魏钧粗略地检查了一下唐绍义的身体，又伸出两指搭在唐绍义命脉处切了片刻后，向阿麦说道："没有大碍，只是身体虚弱得很。"

阿麦略点了点头，"那好，我们走。"

魏钧闻言背起唐绍义，息荣娘握刀护在他的身侧，林敏慎一手执剑，一手拎起那已经昏迷的长公主，挡在众人之前，阿麦则护住他的背心，几人小心地向外退去。挡在他们面前的人群水纹一般地荡开，让出一条道路来。阿麦肩上的伤口还滴着血，落在地上便成深深浅浅的印记。陈起的视线就一直追随着这些印记，直到它拐出门外，消失不见。

元帅府外火把通明，早已被北漠士兵及弓弩手围得水泄不通，阿麦又用手中的长公主做筹码迫着陈起让出了几匹战马。林敏慎挟持着昏迷的长公主率先跃上马背，魏钧则与唐绍义共乘一匹，几人纷纷上马，在北漠骑兵的"护送"之下缓缓退向东城门。

因被劫持的是宁国长公主，关系到一国之颜面，所以不只陈起及其心腹姜成翼，就连常钰青等北漠战将也俱都齐齐上马，跟在阿麦等人身后向东门而来。豫州东城门已经紧紧关闭，守城士兵举着枪戈不知在门前拦了几层。林敏慎冲着一直跟在后面的陈起叫道："叫他们开城门放行！"

陈起寒声问道："我若是这样放了你们，你们出城之后却不放长公主怎么办？"

林敏慎玩笑道："咱们又不要娶这长公主做媳妇，等咱们安全了自然就会将长公主还给你。"

陈起摇了摇头，却是转过目光看向阿麦，说道："我要你应我一件事，待出城之后便将公主好好地放回，否则，我宁可去上京请罪受死，也不会开这城门。"

阿麦轻笑着扫了众人一眼，笑道："别，我这人说话向来不算数的，你与其叫我应你，还不如找他们试试。"

林敏慎与魏钧几个都乐了，连息荣娘也不禁掩口而笑。姜成翼听得怒不可遏，勒了缰绳就要上前，却被陈起止住了，淡淡说道："我要你以令尊之名起誓。"

　　阿麦脸上笑容刹那间消散殆尽，眼中似沉了寒冰，默默地看了陈起片刻，冷声讥诮道："真难为你，还能记得我的父亲！"

　　城门守兵没有得到陈起的命令，只持着枪戈挡在阿麦等人的马前。阿麦轻轻一哂，对陈起说道："好，我应你。"说完便冲天举起手，盯着陈起，一字一句地清晰说道，"我以我父之名起誓，出城之后必放宁国长公主。"

　　陈起不语，目光闪烁几下后终避开了阿麦的视线，只命人开门放行。沉重的城门被缓缓打开，阿麦等人纵马疾驰而出。城外三十里处，一身北漠军士打扮的赵四与另两个清风寨高手已等候多时，心中早已是焦躁不安，听得大道上传来杂乱急促的马蹄声，忙都迎上前去。

　　魏钧驮着唐绍义行在最前，见到路上的赵四等人，急急勒停了马，将还在昏迷的唐绍义递了过去，叫道："鞑子就跟在后面几里，你们带着唐二当家先走。"

　　赵四看到魏钧救出了唐绍义，心中不禁大喜，接过唐绍义放到自己马前，扬手将一个包袱丢给魏钧，答道："军衣都在这里，你们赶紧换上。"

　　说话间，后面的阿麦等人也已赶到，林敏慎将一直昏迷的长公主往道边一丢，接过息荣娘丢过来的北漠军衣，一边胡乱地套着一边回头笑道："你说咱们这一路换着鞑子驿站的军马回去，陈起追在后面岂不是要气死？"

　　阿麦只顾着低头换装，没有理会林敏慎的玩笑话，倒是息荣娘一边利落地重新将披散的头发束起，一边笑着接口道："还是元帅计谋好，鞑子绝对想不到咱们敢就这样一路直奔豫州而去。"

　　魏钧动作最是迅速，早在众人之前换好装束，从道边提了那长公主便要上马，却被阿麦一声喝住，道："放下她。"

　　众人俱都一怔，魏钧回头看向阿麦，解释道："麦元帅没必要与鞑子讲信义，咱们捎着这公主做人质，一路上也要安全得多。"

　　阿麦神色淡淡，只道："且不论需不需要和鞑子讲信义之事，只带着她反而更不安全，一是会惹鞑子疯狂追击，二是路上也诸多不便，一行军士带着这样一个娇滴滴的女子赶路会惹鞑子驿站生疑。"

魏钧尚有迟疑，一旁息荣娘已是下令道："放下这公主，鞑子不对咱们讲信义可以，但是咱们却不能自个儿不讲信义。"

魏钧这才放下那公主，笑道："麦元帅和大当家说得都对，是我一时糊涂了。"

说完他与息荣娘两人率先打马向东而走。林敏慎与阿麦两人换过了军衣，也从后追去。又飞驰了一会儿，阿麦整个身体突然便失去了平衡，一头栽下马去。稍落后她一个马身的林敏慎急忙伸手将阿麦从半空中抄了起来，放置到了自己马前，急声问道："怎么了？"

阿麦只觉得不仅整个右腿已经毫无知觉，甚至连着右边半侧身子也开始麻木，渐渐失去控制。"陈起之前用暗器伤了我，就在腿上。"她勉强答道。

林敏慎一愣，"暗器有毒？"

只这么片刻的工夫，阿麦周身俱都麻木，口舌竟已发不出声。林敏慎听不到她回答，低头借着月光看过去，只见她眼睛圆睁，意识清醒，唯独四肢软绵无力如同中了麻药一般。

后面追击的陈起等人已在路边发现了宁国长公主，北漠骑兵心中再无顾忌，只放开了速度向前追击，常钰青的照夜白本就神骏异常，不一会儿的工夫便将其余人远远地抛在了后面。再追片刻，前面便已是隐隐能望到林敏慎模糊的背影。

林敏慎的坐骑奔驰良久已是疲困，再多载了一个人速度明显变慢，他狠命地挥动马鞭催马疾驰，可还是被后面的常钰青越追越近。林敏慎低头看一眼发髻散乱的阿麦，心中矛盾异常，几经迟疑后还是将阿麦扯了起来，凑到她耳边说道："示弱求活！"说着单手擎高了阿麦，回身冲着常钰青高声叫道，"阿麦给你！"然后咬着牙用力一掷，竟将阿麦向常钰青马上掷了过去！

事发突然，两人均是没有想到林敏慎会做出如此举动。阿麦脑子一蒙，天旋地转间已是落到了常钰青身前，抬眼，与常钰青难掩错愕的目光对了个正着。

常钰青心中几个念头火花般闪过，回头望一眼来路，道路两旁茂密的林木虽遮掩了视线，可身后骑兵人队的马蹄声却已是清晰可闻。常钰青稍一犹豫，提起阿麦转手向路旁树丛中扔了出去。

可怜阿麦身不能动口不能言，只能眼睁睁地任由自己砸向路边半人多高的荒草窠里。道上常钰青的马蹄声已经远去，紧接着又是一阵杂乱的马蹄声，夹杂着骑手不时发出的吆喝声，也风雷一般地从路上卷了过去。

阿麦仰面躺在草丛之中，瞪着眼睛望着夜空中几颗孤星发呆半晌，突然间想明白了林敏慎为何会弃她而走。她若是此次身死，林敏慎不仅可以借陈起之手除了她这个隐患，还可以让商易之迁怒于唐绍义，当真是一举两得的买卖！

须臾，常钰青复返，一言不发地将阿麦从草窠子里抱了出来，上马向豫州方向驰了几里，在路边密林内寻了棵高大茂盛的树木，带着阿麦跃上树去。

阿麦不知常钰青这是何意，只冷眼看着他的动作。片刻之后，常钰青便将阿麦在树杈上捆好，直起身看阿麦几眼，便跃下了树疾步向路边而去。不多时，阿麦便听到那马蹄声朝着豫州方向而去。现在虽还只是三月初，可树上的枝叶已是长得很是茂密，阿麦无声地躺在树杈之上，望着黑黝黝的头顶，暗道：哈！这下好了，竟然连个星星也没得看了，且熬着吧！

就这样直熬到第二日黄昏时分，常钰青才又回来。阿麦身体依旧麻痹如同木头，只一双眼睛还能转动，无惊无恐，坦坦荡荡地望向常钰青。常钰青面色依旧冷峻，唇抿得极紧，将阿麦从树上解了下来，将她的发髻打散，用披风连头带脸地这么一裹，直接放到马上，然后由几个侍卫簇拥着，大摇大摆地回了豫州城。

回到常钰青府中已是掌灯时分，常钰青将阿麦从马上抱了下来，一路沉默地抱到内院卧房，毫不客气地把她往床上一丢，这才出声问道："毒针在哪里？"他知道宁国长公主身边有个暗卫善射毒针，针上或淬剧毒或淬麻药，见阿麦如此情形，早已猜到了她身上必然是中了那暗卫的毒针。

阿麦一直没有答声，常钰青猛然间记起她现在根本就无法说话，面上不觉有些尴尬，心中却是异常恼怒起来，冷冷地瞥了阿麦一眼，径自转身走了。

阿麦暗暗叫苦不迭，毒针不取，难不成自己就要这样一直僵下去？正琢磨着，常钰青端着盆清水进来，默默地将她肩头的伤口擦洗干净，涂抹上了金创药包扎好，又换了次水将她脸上胶水和颈间的喉结俱都洗了下去，这才看着她说道："毒针不取，你得一直这样僵上三五日。我现在一处处问你，若是问对了地方，你就眨一下眼睛示意，这样可行？"

　　阿麦听了就眨了眨眼睛。常钰青面色缓和了些，从上到下不紧不慢地问了起来，直问到阿麦眼睛酸涩，这才问到了腿上。阿麦忙眨眼，常钰青唇角不由得挑起了些。阿麦不觉有些诧异，待想细看，常钰青已是低下了头去。

　　常钰青将阿麦的裤脚仔细地卷了上去，果然在她的小腿上找到了一个已经有些红肿的针眼。那毒针细如牛毛，又因阿麦之前的激烈活动而向穴道内游走得极深，此刻在外面已全然看不到。常钰青取了把小巧的弯刀从火上烤了烤刀刃，在针眼上切了个小小的十字刀口，然后抬头瞥了阿麦一眼，将唇贴了上去。

　　阿麦的心莫名地一颤，她的腿分明早已麻木得没了知觉，此刻却似能感觉到常钰青唇瓣的温度般。她不敢再看，缓缓地闭上了眼。肋下，陈年的刀疤似又在隐隐作痛，眼前，什长、陆刚、杨墨、王七……一个个面容跑马灯般地闪过，音容笑貌宛若犹生。良久之后，她终把眼睛重新睁开，里面的波澜全无，幽暗漆黑。

　　好半晌，常钰青才将那毒针小心地吮了出来，和着一口血污吐在了水盆之中，抬眼却看到阿麦突然淡漠下来的眼神，一时不禁有些愣怔。两人默默对视片刻，常钰青忽然自嘲地笑了笑，从床上跳了下来，用清水漱过了口，就坐在圆桌旁的凳子上悠然地喝着茶水，等着阿麦恢复。

　　约莫着过了小半个时辰，阿麦身上的麻痹之感才从上到下缓缓退了下去，肩上刀口正阵阵地疼痛，她忍不住伸手轻轻地摸了摸。桌旁的常钰青回过头来，问道："能动了？"

　　阿麦抿了抿干燥的唇瓣，嘶哑着嗓子说道："给我倒杯水，然后，你有什么话就直接问吧。"

　　常钰青讶异地挑了挑眉梢，起身倒了杯茶水，又扶起阿麦喂她喝了，这才重又回到桌边坐下，问道："你父亲是谁？"

　　阿麦平静地看着帐顶，答道："南夏靖国公，韩怀诚。"

　　常钰青沉默良久，才又问道："你和陈起是什么关系？"

　　阿麦扭头看向常钰青，轻轻地笑了笑，轻描淡写地答道："他是我父亲收养的孤儿，我曾经的未婚夫，在我及笄那年，杀了我父母，屠了我村人。"

　　常钰青一时怔住，记忆深处，她也曾这样笑过，那还是他第一次抓住她的时候，也是在这个房间里，她糊弄他说自己是刺客，于是他便戏弄她叫她去刺杀陈起。那时，她便是这样笑着的……

那时，他还只当她是一个靠出卖色相谋生的女细作，甚至嘲弄地奉劝她少用色相，她是怎样答的？她说："将军，您高贵，生在了名门。我这身子虽低贱，可好歹也是爹生娘养的，不容易。不是我不容易，是他们不容易，能不糟践的时候我都尽量不糟践。"

常钰青试图回忆着，心中却突然隐隐绞痛。

阿麦见常钰青半晌不语，却是笑了，明亮的眼睛熠熠生辉，说道："不过你若是想杀我，却用不着和陈起那样拿我父亲做借口，扯什么国仇家恨的幌子，只要说明我就是江北军元帅麦穗就行了！"

常钰青没说话，倏地站起身来走向阿麦，不顾阿麦愕然的神情，将她从床上拉了起来，抱入怀里。阿麦身体下意识地一僵，顿时明白了常钰青的心意，心中一涩，却伸出手去推常钰青，强笑道："你莫要和我用这煽情手段，我是不吃这一套的。"

常钰青抿唇不语，手臂的力气却是极大，不管阿麦怎样用力推他都不肯松开。慢慢地，阿麦撑在他胸前的手终于无力地软了下去，良久之后才低声喃喃道："我从六岁起就知道长大了要嫁他，八年，足足八年，一夜之间，却什么都没了，天塌了也不过如此吧。可我却还得继续站着，直直地站着，因为我是韩怀诚的女儿，我是韩怀诚的女儿……"

常钰青本把阿麦搂得极紧，听了这话反而渐渐松了力道。阿麦暗道一声不好，明显是戏演过头了。果然，常钰青松了她，将她从怀里扯出来细细打量片刻，讥诮道："你这样识时务的人，天若是真的塌了，你定是那个最先趴下的人！"

阿麦见被常钰青识穿，索性也不再装，自嘲道："我若不识时务，岂能活到现在！"

常钰青眼底闪过一丝复杂之色，退后两步坐回到桌边，静默片刻突然问道："你还……念着他？"

阿麦惊讶地挑眉，反问道："我为什么不念着他？他杀我父母，毁我家园，我怎能不念着他？"

常钰青不说话，只静静地看着阿麦。

阿麦和他对视半晌，忽地咧开嘴嘲弄地笑了笑，坦荡荡地说道："我知道你想问什么，我活到现在，已经喜欢过两个男人，第一个以国仇家恨为借口杀了我的父母，第二个以家国大义为名给了我一刀。从那时起，我就告诉自己，再不能念着任何人。"

常钰青直挺挺地坐着，心中一时说不出是悲是喜，他自然明白这第二个说的就是自己，只觉得胸口憋闷，喘不过气来，呆坐片刻，猛地起身疾步向外走去。阿麦看着常钰青的背影消失在门外，这才闭了眼仰倒在床上，轻轻地吐了一口长气出来，刹那间，只觉得心神俱疲，竟似再无力气与他周旋下去。

早春三月，晚风习习，游廊里的灯笼被风吹得左右摇摆，晃得烛火也跟着时明时暗。常钰青靠着游廊柱子独自坐了好一会儿，才觉得胸口那股子憋闷消散了些。有个亲卫从院外快步进来，走到常钰青身边低声禀道："刚才元帅府过来人打听您的伤势。"

常钰青闻言扬了扬眉，问道："都说什么了？"

亲卫细细答道："只说是大元帅听闻您昨夜里与刺客交手时伤到了，本想亲自过来探病的，只是宁国长公主那里受了惊吓，大元帅一时离不开，所以便遣了身边的人过来问一声将军伤势如何。我照您吩咐的，答他说将军只是挨了那刺客一掌，昨夜里气血有些翻滚，今早就没事了，还出城去大营里溜了一圈。"

常钰青听得唇角微挑，露出一抹讽刺的笑意，他昨夜曾是追上了林敏慎的，两人还交上了手，后面追到的姜成翼等人看得分明，定然会把消息传给陈起，陈起却现在才叫人过来探视，分明是听说了他今天带了女人回城。

"可有打听我今天往回带人的事情？"常钰青问道。

亲卫小心地瞥了常钰青一眼，答道："提了两句，我说是将军在路上救的农家女子，看着顺眼就带回来了，他没再问，只说将军身边早该有个贴身伺候的人了……"

常钰青冷笑出声，他早料到陈起就算确定阿麦在他府中，也是不敢过来要人的。这样的过往，陈起想藏还怕藏不住，怎么会自己过来揭疤呢？

那亲卫见常钰青再无吩咐，悄悄地退了下去。常钰青又独自坐了半晌，直到夜深了这才转身回房，可等到了房门外却又迟疑了，只在门前默默地站了片刻，转身去了书房。

阿麦在门内听得清楚，心中不禁也有些惘然，常钰青无疑是喜欢她的，但是就算再喜欢又能怎样？可跨得过南夏北漠之间的国仇、挡得住战场上千军万马血淋淋的厮杀？他是北漠杀将常钰青，而她已是江北军的元帅麦穗……他们两人，早已走得太远太远。

阿麦笑着摇了摇头，自己这个时候竟然会想这些有的没的着实可笑，有这个工夫不如去想一想怎样才能避过外面的守卫逃出去，常钰青府邸的西侧便是林敏慎买的宅子，只要能逃过去，出豫州便也有了希望。哪怕现在想不到可行的办法，睡一觉养足体力也是好的。

阿麦倒头就睡，常钰青却是几乎一夜未眠，第二天一大早就又去了军营，足足忙了整日，天黑了才回来。连军衣还没来得及换下，常修安却寻了来，见面劈头就问道："老七，你要纳妾？"

听常修安这样问，常钰青不由得皱了皱眉头，有些不悦地问道："您这是哪儿听来的话？"

常修安答道："今日里去元帅府的时候听人提的，还有问我你什么时候请酒的，我哪里知道你要纳什么妾，搞得我一头雾水，还被人取笑了几句。"

常钰青微微眯了眼，眼中杀气忽隐忽现，待常修安说完，脸上却是笑了，说道："我没打算纳妾。"

常修安听了老怀宽慰，不禁伸手拍了拍他肩膀，笑道："这样就好，你还没娶妻呢，弄个妾室回去太不像样，更别说还是个南夏女子，大嫂那里又要着急。"

常钰青轻轻地挑了挑唇角，似笑非笑地看了常修安一眼，说道："三叔，我是想要娶她为妻。"

常修安脸上的笑容一滞，顿时愣在了那里。常钰青却是爽朗地笑了起来，他从昨夜起就矛盾该如何处置阿麦，一面是家国大义，一面却是儿女私情，直把他煎熬得辗转难眠，杀，舍不得，放，却又放不得。现如今听常修安说的在元帅府的见闻，想定又是陈起的设计，心中不齿的同时，却又是豁然开朗。陈起敢如此行事，无非是笃定了他无法娶阿麦，而阿麦也绝不会与他委身作妾，既然如此，他就偏要做一次给陈起看一看，隔了国仇又怎样？娶了回来一样做媳妇！

既定了主意，常钰青也不与叔父多说，冲着常修安笑了笑，趁他还在愣怔的工夫转身出了书房。待常修安醒过神来，常钰青已是走远，只急得常修安在后面大叫："老七，老七，你可别做傻事！"

再说阿麦这里，一日休息之后，身上的麻痹之症已是全去，只是一时拿不准常钰青是何心思，不管是杀是放，总得有个说法，但心中又有些嘀咕，那日常钰青就那样明目张胆地把她带回了城，陈起那里为何无所反应？

阿麦心里疑惑着，束好头发做好了出逃的准备，谁知好容易熬到夜深，突然听闻院子里有侍卫低声叫了声"将军"，她吓得忙散开了头发，躺回到床上装睡。

片刻之后，门外就响起了敲门声。那敲门声响了几下后便停了下来，门外静默了片刻，就听见常钰青略有些懒散的声音响了起来，"阿麦，过来开门，我知道你没睡。"

阿麦慢腾腾地从床上起身，小心地看了看自己身上的穿着并无破绽，这才走到门口开了门。常钰青倚在门外的廊柱上，抬眼看向阿麦，默默打量了片刻后忽地笑了，问道："你又想着跑呢？"

阿麦心中一突，话语却是极冷淡，"你在院子里安排了这么多人手，我就是想跑又能怎样？"

常钰青笑了笑不予理会，只是定定地看着她。阿麦被他瞧得心烦意乱，又见他一直不肯说话，干脆转身就向屋里走去，却被常钰青一把从后面拉住了。

"阿麦，"常钰青叫道，顿了顿才又继续说道，"你嫁给我吧。"

阿麦身体一僵，迟了片刻才回过身来，一脸愕然地看向常钰青，"你喝醉酒了？"

她这样的反应让常钰青心中不悦，不禁松开了手，却是正色说道："阿麦，你嫁给我吧。"

阿麦看了常钰青片刻，突然讥诮地笑了笑，问道："你要娶我？怎么个娶法？"

"明媒正娶。"常钰青答道。

"哦——"阿麦长长地"哦"了一声，又问道，"那你明媒正娶的是韩怀诚的女儿，还是江北军的元帅？还是不知哪个北漠世家凭空冒出来的女儿、侄女？"

常钰青如何不知阿麦的意思，闻言抿了抿嘴角，沉默片刻后一字一句地答道：

"我要娶的只是那个叫阿麦的女子，不论她是姓韩还是姓麦，不论她是世家千金还是流浪孤女，我都不在乎。"

阿麦轻轻地笑了笑，问道："你家族若是知道这阿麦的身份，岂能容你娶她？"

"是我娶妻，不是家族娶妻，家中不同意，我在外开府单过便是。"常钰青淡淡答道。

阿麦心中虽是感动，却未失了理智，张嘴正欲说话，却忽被常钰青用手挡住了。常钰青用手指轻轻压着她的唇瓣，郑重说道："你父母之仇，我定会帮你报了。"

阿麦伸手拉开了常钰青的手掌，默默注视了他片刻，突然嗤笑道："我若只图杀了陈起，何必要费尽心机走到今天这步？"

常钰青叹了口气，低声道："阿麦，你再怎样也是个女子。"

"不错，我是女子，那又怎样？"阿麦扬眉，反问道，"就因我是个女子，所以我就可以抛家弃国地跟着你，然后只依仗着你的情爱过一辈子？常钰青，你未免太小瞧我了！"

听她这样说，常钰青心中怒气不由得也上来了，他已是步步退让，可她非但不领情却这样步步紧逼，到底要他如何做她才会满意？常钰青沉了脸，冷声问道："那你要如何？"

阿麦问道："常钰青，我若让你独身一人随我回江北军，你可愿意？"

常钰青抿了唇沉默不言，好半晌才压下了怒火，问阿麦道："你不后悔？"

阿麦表情却有些愣怔，怔怔地看了地上斑驳的树影片刻，突然抬头问常钰青道："你可还记得那年我在陈起府后巷中问你的那句话？"

常钰青微微一怔，阿麦不等他回答已经径自接了下去，"我问你是哪国人，你告诉我说你是北漠人，当时，我还问你我是哪国人——你还记不记得？"

常钰青点了点头，阿麦的确问过他这样的问题，他那时还疑惑，怎么还会有人不知道自己是哪国人，而且那时的她，看起来迷茫而又脆弱，和现在的她仿若两人。

阿麦轻声却又坚定地说道："我现在终于可以肯定地告诉自己，我是南夏人，南夏人！"

常钰青默默地看了阿麦半晌，一腔热血终于渐渐冰冷了下来，伸出手摸了摸阿麦散落在肩头的头发，轻声唤道："阿麦，阿麦……我真希望你能再狡猾些，哪怕是骗骗我也好……"

阿麦表情一滞，突然间上前一步贴近了常钰青，扯着他衣领将他拉低下来，抬起脸把唇贴到了他的唇上。常钰青身子一震，不敢置信地看着阿麦，阿麦轻轻地合上了眼，低声呢喃道："只求下一世，你不再是常钰青，我也不是麦穗。"

常钰青心中一痛，伸出双臂将阿麦牢牢嵌入怀里，用力地吻了下去。阿麦拼尽全力地搂住他的脖颈，用着从未有过的热情迎合着他。常钰青却似仍觉得不够一般，手掌从阿麦背后滑了上去，按住她的后脑贴向自己。

他正吻得忘情，忽觉得背后一阵疾风袭来，常钰青心中一惊，欲松开阿麦转身迎敌，可阿麦的手臂却收得更紧，只这一个耽搁间，常钰青背后几处大穴已是被人连连点中，顿时丝毫动弹不得。

阿麦这才松开了手，对着常钰青低声嗤笑道："谁说我没想着再骗你？"

常钰青额头青筋暴起，齿关紧咬，眼中的怒火似能喷薄而出。

林敏慎从廊檐上轻飘飘地翻落下来，将常钰青挟持到屋里，回头对阿麦低声说道："快些关门，院外还有不少侍卫巡逻。"

阿麦在后面跟了进去，小心地关上了门，一边束着头发，一边问林敏慎道："怎么出去？"

林敏慎刚把常钰青放倒在床上，闻言不禁回身看了一眼阿麦，见她面色自然镇定，仿佛刚才和常钰青热吻的是旁人一般。林敏慎脸上神色不觉有些古怪，嘿嘿干笑了笑，答道："那些侍卫巡完这一遍还得有一盏茶的工夫，咱们先等一等，等他们巡过去了再从后院出去。"

阿麦点了点头，走到床边打量常钰青。常钰青已不像刚才那般愤怒，一双瞳仁幽暗深远，透不出一丝光亮，只静静地看着阿麦。阿麦眼神闪烁了下，侧脸避过了常钰青的视线，从他的身侧解了令牌下来。

林敏慎在门后侧耳倾听着屋外的动静，过了片刻，突然转头低声对阿麦说道："过去了，我们快走。"

阿麦又看了常钰青一眼，突然蹲下身凑到他耳边低声说道："我那句话却不是骗你。"

常钰青身体微微僵了一僵，阿麦已是毫不留恋，起身而去。

第三章

脱身 隔阂 重逢

外面夜色正浓，林敏慎带着阿麦只拣着晦暗僻静的小路上行走，每遇到了墙壁阻拦也不用攀爬，只伸手拎了阿麦直接轻悄悄地跃过就是。不一会儿的工夫，他两人已是从常钰青府西侧的围墙上跳到了林敏慎的宅内。

两人刚刚落地，魏钧便从围墙的暗影下闪身过来，低声问道："可遇到了麻烦？"

林敏慎微微摇了摇头，却又小心地瞥了阿麦一眼。阿麦见魏钧也在这里不觉有些意外，却没说什么，只一边随着林敏慎快步走着，一边吩咐道："快些准备，明天一早必须出城。"常钰青只是被林敏慎临时制住，一旦其被封的穴道解开，常钰青必然报复，到时若再想出城必定会更加困难。

一连转过了两个院子才到了一处极偏僻的房子，"后院已经备好了马匹，到时候仍是冒充鞑子人马出城，这次是向南走，由泰兴登船，走水路。"林敏慎一边说着，掀起门帘率先进了屋子。阿麦紧随其后迈了进去，一抬眼却愣了。桌案旁，身形明显瘦削了许多的唐绍义默默站立着，挺拔如松。

"大哥，你怎么也来了？"阿麦惊道。

唐绍义没有回答，在仔细打量了阿麦脸庞片刻之后又看向她的脖颈，目光蓦地一震，旋又一暗，人更似被定住一般，站在那里一动不动地看向阿麦。

林敏慎顺着唐绍义的视线看了过去，只见阿麦的脖子光洁平滑，在昏暗的烛光中隐隐泛出玉般的光泽，那个用胶水粘的假喉结竟早已不知去向。林敏慎心中顿时一凛，暗道坏了，刚才只顾着躲避常钰青府中侍卫，竟然忘记阿麦的那些易容了。

"唐将军！"林敏慎出声唤道，只想着如何错开唐绍义的注意力，"你身体可还受得了，如果可以，咱们明天一早便想法子出城。"

"穆白！"阿麦突然叫道，"你和魏教头出去看一下外面的情况。"

林敏慎与魏钧俱是一愣，魏钧更是有些摸不着头脑，刚才在外面天黑漆漆的，到了屋里他又是最后一个进门的，一直站在后面，压根儿就没有和阿麦打过照面，自然也并未察觉到阿麦的异常之处，现听阿麦突然要将自己与穆白支到外面去，心中不禁有些奇怪，抬眼询问似的看向唐绍义。

唐绍义的目光从阿麦那儿收了回来，低垂了眼帘，却是沉默不语。

魏钧与林敏慎对视一眼，皆都无声地退了出去，房门开合间，外面的风顺着帘子缝钻了进来，惹得烛台上的火苗一连几个忽闪才渐渐地稳了下来。屋子里一片静寂，阿麦吞了口唾沫，这才开口道："大哥……"

"麦元帅！"唐绍义突然打断了阿麦，停了一停，在一旁的椅子上坐下，沉声说道，"豫州城现在进来很是容易，但是对出城的人却盘查得很严，即便是北漠士兵出城也要检验手令核实身份，穆白所言的法子怕是会行不通。"

一声"麦元帅"叫出声来，阿麦心中顿时明了唐绍义已是不肯再将自己当作他的兄弟阿麦，再听后面说的话，心中更是明白他此刻根本不想听自己的解释。她扯着嘴角强笑了笑，暂时放弃了解释，不去理会内心的杂乱，只努力把注意力都放到唐绍义的话语上来。

豫州城进来容易出去难，陈起到底是何用意？若是要抓自己，直接到常钰青府中去搜不就得了，何必如此费劲地盘查出城人员？难道只是不想与常钰青起正面冲突？可常家势力分明不如以前，而陈起却是风头正劲，何必如此向常家示弱？

阿麦紧皱眉头，心中忽有亮光闪过，可这亮光却又极快地消逝了。她明白，一味苦想并无益处，干脆转而问唐绍义："你是什么时候醒过来的？息大当家他们在哪里？"

"昨日一早便醒了，息大当家带着赵四他们引着鞑子追兵往青州去了，我与魏钧、穆白向北绕了一段，转回豫州的。"唐绍义答得极为简略，并未提及他醒来时身体已是极为虚弱，是魏钧将内力灌入他的体内才能勉力骑马，息荣娘更是因为他要回来寻找阿麦和他大吵了一架。

阿麦不禁笑着点了点头，说道："我本是想来豫州救……救唐将军的，结果自己反而被困，又害得唐将军回头来救我，我们这些日子可真是没少围着豫州打转……"阿麦话说到一半倏地停住了，面色猛然间大变，低呼道，"坏了！我们中了陈起的计了！"

唐绍义眉头一拧，问道："怎么回事？"

阿麦强行让自己冷静下来，手指习惯性地轻轻敲击着桌面，神色凝重地问唐绍义道："你想一想，陈起抓了你却不杀，故意引我来救；待你得救，我身陷豫州，陈起明明知道我就在常钰青府中却也不着急去抓，而只是去严密盘查出城人员，进城却是不管，他这是何意？"

唐绍义想了一想，眼中凌厉之色顿盛，答道："他这是想要把你我二人都困在豫州。"

阿麦苦笑点头，"不错，你我俱都困在豫州，江北军便真的成了群龙无首，若是再有人散布谣言说你我皆被鞑子所获，军心必乱！"

唐绍义显然也是想到了此处，不由得面沉如水，说道："咱们必须尽快回到青州，可陈起既出此计，必然不会让咱们轻易出了豫州，穆白的令牌怕是难起作用。"

阿麦略点了点头，稍一思量，将怀中那块代表常钰青身份的令牌掏出来放到了桌上，沉声道："我有个法子倒是可以冒险试上一试。"

那是一块玄铁令牌，缀了猩红的穗子，偌大的一个"常"字甚是瞩目。唐绍义的目光似被灼了一下，飞快地移开了。阿麦仿若不知，走到门口叫了林敏慎进来，凑在他耳旁不知低声说了些什么，然后就听见林敏慎有些迟疑地问道："这样行吗？"

阿麦笑笑，"你去试一试再说！"

林敏慎将信将疑地去了，魏钧也从外面进来，却是走到唐绍义身旁低声问道：

"二当家，你身体可还受得住，用不用我……"

唐绍义抬手止住了魏钧的话，那边的阿麦却已听到，不禁回头看了一眼唐绍义，见他面色焦黄暗淡，知他被俘多日必是受尽了折磨，此刻即便是坐在这里也是强撑而已。阿麦心中忽地一涩，别过头去不敢再看。

这一次，林敏慎直去了小半个时辰才回来，手里拎了老大一个包袱，"这玩意儿竟然是放在他书房的，害得我好一顿找。"林敏慎将那披风做的包袱丢在桌上，魏钧上前打开一看，竟是一整套极为亮澄澄的精钢铠甲。

阿麦只扫了一眼那铠甲，问道："他那马怎样？可得手了？"

林敏慎嘿嘿地笑了两声，神色甚为得意，"也不看看是谁出手，牵到后院了。"

阿麦点了点头。

林敏慎瞥一眼唐绍义与魏钧，问阿麦道："东西都齐全了，那谁来扮常钰青？"

唐绍义与魏钧此刻才明白阿麦的打算，竟是要假扮作常钰青的模样出城！凭常钰青在北漠军中的名头与威信，城门守兵自是不敢盘问他的，只是他们四人之中，唐绍义眉眼浓烈，与常钰青相差甚远，即便戴上头盔，也能被人一眼看了出来。而魏钧身材粗壮，甚至连脸都不用看，只远远地一看身形就得露馅。剩下的阿麦与林敏慎二人倒都是面容俊美身材瘦削之人，可林敏慎却又是个中等个子，身高比阿麦还要差上一些，更别说与常钰青相比。

"我来。"阿麦淡淡说道，"我把双肩垫平，你想法在我脸上也做些手脚，等明天天亮城门放行的时候纵马出去就行，没人敢拦。"

事到如今，也只能这样处理。阿麦随了林敏慎进了里屋乔装，等再出来时已是换上了常钰青衣装，猛一看倒是有些像，只是身形似小了一号般。

唐绍义有些担心，"不行还是我来扮吧。"

阿麦笑道："没事，有披风遮着，又是坐在马上，应该可以糊弄一时，再说常钰青那匹坐骑极有性子，生人很难驾驭。陵水大战时，我曾骑过一阵，估计还能糊弄糊弄它。"

果然如阿麦所料，那照夜白根本就不容他人骑乘，就连阿麦它都是闻看了半天，才不甘不愿地叫她骑了上去。阿麦一行人装扮好了在后门处直等到天色放亮，街上有了早起的商贩，这才开了后门偷偷出来。

街道上人还极少，城门处却已是有了百姓在排队等待出城。城门守兵正在盘查着一个推车的中年汉子，连那车底都细细查过了，城门小校这才挥了挥手放行。

空寂的街道那头突然传来一阵急促的马蹄声，城门小校抬头望过去，只见几个骑士纵马飞驰而来，当头一匹战马通体雪白剽悍神骏，马上的骑士黑衣亮甲，身后的披风随风翻飞着，衬得这一人一马气势非凡。

"快让开，快让开！"城门小校忙挥着鞭子驱赶城门处的百姓。常钰青虽不大从南门出入，可这小校却一眼认出了他那匹大名鼎鼎的战马照夜白，忙驱散百姓将通道让出来，这才小心迎了上去。

"常钰青"直驰到城门近前才勒缓了照夜白，他身后一名亲卫从后面越出，将常钰青的玄铁令牌在那小校面前一亮，喝道："将军奉军令出城，速速放行！"

"常钰青"就在身前，那小校哪里敢真的去检验这令牌的真假，再说这种军中高级将领才有的玄铁令牌极难仿制，只扫一眼就已是看出这是真的玄铁令牌。小校正欲向"常钰青"说几句奉承的话，"常钰青"冷峻的面容上却是显出一些不耐来，只冷冷地瞥了那小校一眼，拍马径直向城外驰去。

他这一走，身后的几名亲卫也齐齐拍马追了出去，只那手中持着玄铁令牌的亲卫特意落了一步，口气严厉地吩咐小校道："传大元帅口令，出城盘查绝不可松懈，更要小心南蛮子扮作我军兵士混出城去！不论何人，只要没有大元帅手令，皆不可放行！"

城门小校连连应诺，那亲卫这才打马走了。待灰尘散尽，小校却觉得那亲卫的话有点不对味，大元帅的口令怎会叫常将军的亲卫来传？再说，常将军出城也只见自己令牌，并无大元帅的手令。

小校苦恼地挠了挠脑袋，有些糊涂了。

出了豫州向南三十里便有驿站，阿麦等人在驿站里换过马匹，把照夜白留在了驿站中，并交代驿卒好生照看，豫州自会有人前来讨要。阿麦更是写了封信塞在了马鞍之下，待几人从驿站出来，魏钧不禁好奇地问林敏慎道："麦帅写的什么？"

阿麦刚才写信时并未避讳人，林敏慎眼又尖，已是看清了那信上只写了十六个字："蒙君搭救，还君骏马，滴水之恩，涌泉相报。"现听魏钧发问，林敏慎嘿嘿笑了两声，却是答道："麦帅故意用反间计，离间鞑子陈起和常钰青的，好叫他们将帅不和！"

魏钧听了大为佩服，直赞麦帅果然是智勇双全之人。

一行人一路向南疾行，不几日便到了泰兴，又换下北漠军士装束来扮作行商，从泰兴南登船，沿着宛江顺流而下。他们雇的船虽不大，却占了轻巧的便宜，加之江边上起的又是西风，船帆一扬，不需人力便能行得飞快。

唐绍义这次中计被俘，北漠人虽未曾用酷刑，却已熬得他身体极为虚弱，刚刚醒转又急于回豫州救阿麦，一直没有得到机会休养，所以体力极差，连从豫州奔驰泰兴，一路上都是靠着魏钧给他灌注内力才强撑了下来。自从上船之后，唐绍义便歇在船舱之中调养，直缓了两日依旧是面色蜡黄如纸。

阿麦虽在船舱之中贴身伺候，但两人的话语却极少，阿麦几次想要向唐绍义解释她易装之事，可都被唐绍义错开了话题。几次下来，阿麦已然明白唐绍义的心意，索性也不再提此事，只偶尔与他说说行军作战之事，其余时间便是各自据着一侧窗子默默坐着，观看江边风景打发时间。

此时已是阳春三月，江岸两侧草长莺飞，风景秀丽，待船行到江流平缓处，还能不时地看到江南岸有大片大片的油菜花开。这样的景色，总是能惹人心醉，让人不知不觉地忘却身处乱世。

"我以前有个愿望就是去江南看油菜花开呢。"阿麦突然低声叹道，"我娘亲说江南有个地方，每到了这个时节便会好看得跟画一般，菜花黄，梨花白，杏花红……"

唐绍义坐的是船舱北侧，闻言瞥了一眼阿麦这边的窗外，说道："这才有多大，你还没见过真正的花田，那才是真正的漫山遍野呢。"

"是吗？"阿麦听了甚为神往，转过头去竟对着江岸那一片片的金黄看出了神。

唐绍义却未再搭话，只默默地看着阿麦，见她虽又贴上了假喉结，可下颌的曲线仍是比男子柔和圆润许多，再加上细腻光滑的肌肤，英气却秀美的五官，这样的阿麦，他怎会就一直真的相信她是个男子呢？他自嘲地笑了笑，是他眼神太过不好，还是太过相信阿麦？

待到午间，阿麦照顾着唐绍义吃了饭，拿着碗碟出来洗时，林敏慎已在船后舱等候，见阿麦来了说道："船晚上便能到平江，我从那里下船即可，然后叫人去宜城接应你们。"

阿麦说道："好，速去速回，看看皇上那里形势如何，如有可能请他命阜平水师佯击泰兴，以减轻青州压力。"

商易之虽已在去年底称帝，可江南却未平定，齐景第二子齐泯还在岭南起兵勤王，商易之留下江雄镇守盛都，派了商维带大军南下平叛。岭南一带，双方兵马正打得热闹。

林敏慎点了点头，意味不明地看了看阿麦，犹豫了会儿，还是问道："你那日为何不杀了常钰青？北漠若是没了这一员悍将，他日交战时我军定能少死不少兵士。你不肯杀他，是不是真的与他有私？"

阿麦闻言扬了扬眉毛，斜睨着林敏慎问道："你问我为何不杀，我倒是想要问你又为何不动手呢？"

林敏慎干笑了笑，答道："有你在场，我如何敢胡乱做主？"

阿麦嗤笑一声，说道："哈！合着只许你林家处处留情，就不许我也给自己留条后路了？"

林敏慎被问得无言以对，阿麦却仍讥道："说起来你我也没什么区别，不过是为了人情留一线，日后好相见罢了。"

船当夜在江南岸的平江停靠了一下，林敏慎下了船，船只补充了些食物物资之后并未在平江过夜，连夜向下游而去。三月十二，船到宜城，码头上早已有人在候着，迎了阿麦等人下来，禀道："车马都已备好，昨天也派了人赶往青州，通知他们接应大人。"

阿麦点了点头，唐绍义身体已恢复了七八，几人干脆弃车不用，骑马直接赶往青州。未到青州，便遇到了带着骑兵前来接应的张生。张生见到阿麦与唐绍义都安然无恙，不由得大大松了口气，说道："元帅总算是回来了，这些日子一直有流言传元帅与唐将军俱被陈起所获，连冀州那边也来人询问消息，徐先生费了很多工夫才将这些流言压了下去！"

阿麦听后笑道："这样的流言能传到青州，鞑子大军是不是也不远了？"

"鞑子周志忍亲带了骑兵五万、步兵十五万，来得极快，于三月初七便到了武安，兵分三路将青州南、西、北三侧道路俱都堵死，只留下青州东，咱们这次得绕行飞龙陉才能进青州。"张生边行边向阿麦报告青州当下的形势，"斥候打探到鞑子这次军中带了许多辎重，不乏攻城利器，看样子是铁了心要攻破青州。"

阿麦冷笑道："好一个围师必阙，只怕周志忍的打算却没那么简单！徐先生那里如何看？"

张生答道："徐先生说只凭青州现在的人马是守不住的，但是若从冀州大营调配兵力救援，又怕被周志忍困在青州城内成了死棋。"

阿麦点了点头。周志忍此来对青、冀两州志在必得，好以此打开通向江南的另一条道路，然后趁着商易之大军主力在岭南平乱、岭北兵力空虚之机南下江南。不然一旦等商易之平定了岭南之乱，缓了气力回身北顾，北漠再要南下便是难了许多！

如此一来，周志忍目标便不仅是占据一个青州而已，只有将江北军全部剿灭，青、冀两州俱都到手，周志忍才能了却后顾之忧渡江南下。

唐绍义显然也是想到了此处，思忖片刻问张生道："甸子梁上骑兵如何？"

张生答道："这两个月一直在苦练，那些新兵勉力上马一战倒是行，可若与经验丰富的鞑子精骑比，还差了许多。"

唐绍义与阿麦均有些失望，可又都知这是实情，南夏人本就不善马战，唐绍义在乌兰山时带的那队骑兵是靠着经常进入西胡草原寻找游牧部落以战代练，这才练就出一支可与北漠精骑相对抗的骑兵来，而甸子梁上却没了这个便利，短短几个月哪里可能铸造一支奇兵。

阿麦瞥了一眼唐绍义，又问张生道："息大当家他们可到了青州？"

张生答道："前天到的，不过却未停留，只向徐先生说了豫州之行的经过，便回了清风寨。"

阿麦听了便看向唐绍义，迟疑了一下才问道："唐将军，你是与我去青州，还是先回清风寨？"

唐绍义面色平静，答道："我先同你去青州。"当下便吩咐魏钧回清风寨报平安，说自己先去青州一趟，然后再回寨子。

魏钧应命拍马而走，张生却又突然想起一事来，说道："前两日有个年轻女子带着个四五岁的孩子找到了青州，只说要找元帅，却死活不肯讲自己是谁，徐先生只得将她暂时留在了城守府中。"

阿麦与唐绍义俱是一怔，不约而同地想起一人来，齐声叫道——

"徐秀儿！"

"徐姑娘！"

两人不禁对望一眼，阿麦脸上更是难掩高兴之色，问道："大哥，你说是不是秀儿带了小刘铭来？我在豫州时曾叫魏钧去大牢里探过，石将军家眷都在，却独不见秀儿和小刘铭，许是石将军事前已有察觉，将秀儿与小刘铭暗中送了出来。"

唐绍义眼底露出欣慰之色，却又怕万一弄错了，自己与阿麦白高兴一场，于是便道："等到青州见一见人再说吧。"

一行人赶到青州已是深夜，徐静率众从府内迎了出来，问了几句路上的情形，等众人散去，这才私下里对阿麦说道："有人一直在等着你。"

阿麦"嗯"了一声，与唐绍义前后进了屋内，果见一个形容憔悴的女子，牵着个四五岁的男孩正站在屋中等候，竟真的是与他二人一同逃出汉堡的徐秀儿。

此次重逢，已是相隔近四年，徐秀儿身量已是长成，人却是极瘦，面容更是苍白憔悴，站在那里细细地打量了唐绍义与阿麦许久，这才拉着那孩子走上前来，轻声唤道："元帅，唐将军。"说着竟扑通一声在两人面前跪下了。

阿麦与唐绍义俱是大惊，阿麦更是忙伸了手去扶徐秀儿，急声叫道："秀儿，你这是做什么？起来好好说话！"

徐秀儿却是坚定地摇了摇头，"元帅，请您让我把话说完。"她将一直藏在她身后的那个孩子拉到身前，说道，"这是刘铭，秀儿奉石将军之命将他送到青州，秀儿幸不辱命，将他亲手交与元帅。"

徐秀儿说到后面声音中已带上了哽咽之声，眼圈中更是含满了泪水，强忍着才没有哭泣出声。阿麦看她容颜憔悴，知是一路上必吃了不少苦，忙扶起了她，温言安慰道："往后一切都好了，有唐大哥和我，绝不会叫你再受委屈。"

唐绍义却蹲在地上拉着那孩子细看，饶是他心性再刚强也不禁眼圈微红。他带这孩子出汉堡时，这孩子不过才八九个月大，刘夫人将他交到自己怀中，冲着他连连磕头，直把青石砖的地板上都沾上了血迹，只求他将刘竞将军的这点血脉保存下来，而他这些年来只顾征战，却差点辜负了刘夫人的所托。

这孩子长得虎头虎脑，甚是可爱，瞪着眼睛看看唐绍义，又看看一旁的阿麦，突然指着阿麦问唐绍义道："他是麦元帅，你是不是就是唐将军？"

唐绍义抿着唇用力点了点头，哑声说道："我就是，你知道我？"

小刘铭用着孩童特有的稚嫩声音说道："秀儿姑姑说过，如果她在路上睡过去了，怎么叫都不醒，就叫我一个人往西走，遇见穿着黑色衣服的兵就赶紧藏起来，遇见穿青色衣服的兵就可以出来了，然后说我要找麦元帅和唐将军。"

唐绍义听了心中一酸，用力地抱了抱小刘铭，这才站起身来对徐秀儿抱拳说道："徐姑娘，多谢你将小公子送到青州，大恩大德唐绍义没齿难忘。"说着，一撩袍角便冲徐秀儿跪了下去。

徐秀儿被惊得一跳，忙抢上前去扶唐绍义，叫道："唐将军，您快起来！您折杀我了！"

唐绍义却坚持着磕了三个响头才站起身来，又把小刘铭从地上抱了起来。阿麦看得动容，又看看低头抹泪的徐秀儿，忍不住劝道："你看看我们四个，这是何必呢，好容易大难重逢，都应该高兴才是！"

一直在旁沉默的徐静也已明白了徐秀儿和阿麦与唐绍义的关系，笑道："的确是该高兴的大喜事。"

时辰已很晚了，小刘铭已趴在唐绍义肩上打起了瞌睡，徐秀儿见状便将他从唐绍义身上抱了下来，轻声说道："我带他下去睡吧。"

徐秀儿带了小刘铭回去睡觉，屋中便只剩下了阿麦、唐绍义与徐静三人。徐静也不废话，只将一幅江北地图在桌上展开，指点道："周志忍来势汹汹，现在分兵在这三处，看情形是过不几日便要围困青州。"

阿麦看着地图上的那几处标记沉默不语，周志忍特意留一面出来，显然不只围师必阙那么简单。正如徐静所担忧的：一旦从冀州调兵救援，极可能被周志忍困在青州城内而成为死棋，而冀州空虚却会给周志忍可乘之机，若有支奇兵从冀州北部的燕次山翻过，那么冀州大营危矣。可若不调兵，那就只能眼睁睁地看着青州失陷。

这就是绝对力量的优势，就像一个小孩子与一个身强力壮的大人打架，即便你算到了这个大人下一拳会打向哪里，可是他的速度与力度，会叫你既躲闪不及也无法硬挨。阿麦不禁皱了眉，现在的江北军就像一个在快速成长的孩子，同时，陈起也意识到了这一点，所以，他不打算再留给江北军成长的时间。

唐绍义瞥一眼阿麦，问徐静道："新军那里情况如何？"

"张士强那里新又造了一批火铳和火炮出来，我已去专门看过了，果然威力惊人。"徐静说起这个来脸上有掩不住的兴奋之色，"我叫他们运了几尊火炮到青州来，又叫黑面带了三千人进山。"

阿麦听了就缓缓地点了点头，思量片刻说道："再抽调一万人进山，正式组建火炮营和火铳营。"

"可军械造办处那里一时造不出这么多的火铳和火炮出来装备这些人。"徐静说道。

阿麦沉声道："等不及了，先叫大伙轮换着学着用。"

唐绍义一直沉默不语，他在甸子梁上时倒是见识过这火铳和火炮的威力，也知道这两样对骑兵是极好的克制武器，只是这毕竟是新军，谁也不知道等拉到了战场的时候是个什么情形，胜负还很难定。再加之青冀两州现在兵力本就十分紧张，若再分了一万精锐进山，那么兵力更是要捉襟见肘。

"青州如何守？"唐绍义突然问道。

"死守！"徐静答道。

阿麦也认同地点了点头，"不错，青州只能死守，至少要守到半年以上，牵制住周志忍的大部分兵力，周志忍一日攻不下青州，他便不敢进飞龙陉！"

唐绍义想了想，抬头看向阿麦，沉声道："我来守青州吧。"

虽未多说一句话，可阿麦怎会看不懂唐绍义的心意。守青州，那就代表着要用极为有限的兵力来抵御周志忍正面战场的围攻，这定然会是十分艰巨的任务。阿麦笑了笑，却说道："唐将军不能守青州，有个地方比青州更需要你！"

"不错！"徐静也捋着胡须笑了笑，与阿麦互望一眼，接着说道，"守青州，只需找个老成持重的人来即可，唐将军则另有去处。"

唐绍义见徐静与阿麦两人都是一般说法，心中一动，问道："你们叫我再去带骑兵？"

阿麦与徐静不约而同点了点头，两人不禁相视一笑。

阿麦直接在地图上指了燕次山说道："盛元二年，周志忍就是从这燕次山西侧翻过的，后来才有了夜渡子牙河，急攻临潼。我怕这次他会故技重演……"阿麦手指向右侧轻轻一划，继续说道，"从东边翻燕次山而过，然后奇袭冀州。"

唐绍义也是沙场宿将，只这一句，心中顿时透亮，接道："不错，这倒真是可做一支奇兵直插我军腹地，冀州一乱，青州必然不保。可燕次山东高西缓，他若是想从东侧翻过，却是派不得骑兵，只能依靠步兵，而冀州北部地势开阔，我们只要有支精骑在此，鞑子纵是翻过了燕次山，也进不得我冀州半步！"

阿麦与徐静想的正是如此，只要后方稳定，青州这里才能坚守，也才能够给新军留出成长的时间。

"不过，"唐绍义略停了停，又接着说道，"若是将骑兵只放在冀北却是有些浪费了。"

阿麦知唐绍义甚擅长骑兵作战，听他这样说当下便问道："唐将军还有什么想法？"

唐绍义思忖片刻，沉声说道："甸子梁上骑兵总数已经逾万，保护冀北根本用不了这许多，不如叫张生带着新建的六个骑兵营并两个旧营去冀北，一是阻敌，二是练兵。剩下的两千骑兵精锐则由我带往周志忍身后！"

阿麦没想到唐绍义会有如此冒险的想法，一时不觉有些愣怔。要知道江北现在除了青、冀两州之外已全部在北漠的控制之下，只两千骑兵深入敌后必然十分凶险，不说北漠骑兵的围追堵截，只说这两千骑兵的供养便是一个极大的问题。江北不同于西胡草原，这里现在虽是被北漠占领着，百姓却依旧是南夏的百姓。江北军骑兵在西胡草原可以靠劫掠游牧部落补充物资，可是，在江北这片自己的土地上，对自己的同胞如何下得去手？

见阿麦良久不言，唐绍义便已猜到了些阿麦的忧虑，说道："长途突袭的骑兵贵精不贵多，只这两千已足够，再多了行动反而不便。"

阿麦只抬眼看着唐绍义问道："你物资补给如何处理？太行山不同于乌兰山，只一条飞龙陉才可通过，只要周志忍堵死了，你便只能被挡在太行山外。"

唐绍义笑了笑，答道："物资补给方面，可以从鞑子手里来抢！"

阿麦却仍是迟迟不肯点头，倒是一旁的徐静突然笑道："我看此法倒是可行，"他伸手细细捋着胡须，小眼睛中精光闪烁，"除了可抢鞑子的，也可以要南边的皇上支援些。"

唐绍义怔了一怔，反应了一下才明白这个"皇上"说的已是商易之，面色不禁沉了沉，垂了眼帘沉默不语。江南的事情他早有所耳闻，知道商维大军和云西联军早已攻破了盛都，商易之也在太极殿称了帝。虽然阿麦早就说过，南边不论谁做皇帝都和他们江北军没有关系，可唐绍义心中却一直有着心结，若不是云西平叛牵制了朝中的大部分兵力，让朝中无力北渡抗击北漠，江北又怎会那么快便陷落？现在倒好，云西叛军摇身一变却成了联军了，原来，江山百姓不过是他们掌中的玩物。

阿麦瞧出唐绍义面色不好，知他必然是对商易之政变的事情还心存不满，见状便岔开话题道："补给方面倒是还可以再商议，只是这两千骑兵的目标是哪些呢？唐将军心里可有算计？"

唐绍义答道："鞑子的粮道！"

阿麦听了击掌道："好！只要鞑子粮道不顺，周志忍大军必受影响。"

徐静也缓缓点头。三人又就着地图商议了半天，眼见着东方已经透亮，这才把各项事宜安排大概地定了下来。唐绍义脸上疲惫之色难掩，一旁的阿麦更是用手掩嘴打了个哈欠，徐静见了不禁笑道："你们两个一路上本就辛苦，现又熬了整夜，快去歇息吧。"

阿麦身体精神都已疲乏至极，听了徐静这样说便也不客气，只叫了亲兵进来送唐绍义和徐静回去休息，谁知徐静却故意落后了一步，私下里与阿麦低声说道："青州如何守，你还要早做打算。"

阿麦听了微微一怔，抬眼不解地看向徐静。

徐静解释道："咱们虽说了青州要死守，但看周志忍来势汹汹的样子，青州多半是要守不住的，就算是能耗到秋后，城内损伤也会极大。再说周志忍若是久攻青州不下，一旦城破，｜有八九要拿青州民众泄愤的，到时候难保不会出现汉堡城那样的情形。"

阿麦听了脸上神色变幻，许久没有作声。

徐静默默扫了她一眼，低声说道："若是现在就把百姓撤出青州也未尝不可，只是那样必然会引得军心动荡，到时候青州怕是更难守到秋后，可若不撤……"

"先生！"阿麦突然急声打断了徐静的话，"你先容我考虑考虑。"

徐静轻轻笑了笑，转身负着手不急不忙地踱了出去。

阿麦又愣愣地站了片刻，这才叫亲兵打了水进来洗漱休息。她原本早已困乏难耐，谁知洗了把脸后却是全无了睡意，和衣在床上躺了片刻，干脆又起身，只带了个亲卫便缓步出了城守府。

时辰尚早，天不过才蒙蒙亮，街道上已有了步履匆匆的行人。小贩挑着货担子在街边停下，将捂得严实的锅灶从担子的一头解了下来，锅盖一开一合间便有香味伴着腾腾热气冒了出来。一旁的店铺里，伙计出来撤下了门板，透过门口看进去，店里的小学徒正拿着大团的抹布费力地擦拭着店中的柜台，留了小胡子的掌柜站在柜台后，将手中的算盘打得噼啪作响。

这条街道，阿麦以前晨跑时经常经过，却从未像今天看得这样细过。这样的街道，是不是有一天也要化作汉堡城里那样的断壁残垣？这些人的鲜血，是否也会将自己脚下的青石板路染成红色？

阿麦一时惘然，不知不觉脚步慢了下来，那街边小贩见是两个穿着军衣的人，忙热络地凑了过来，脸上堆着笑问道："两位军爷要点浆水？"

阿麦回过神来，点了点头，"来两碗吧。"

小贩手脚麻利地盛了两碗热腾腾的豆浆出来，一碗递给了阿麦，一碗递向阿麦身后的亲卫。亲卫接过了却只是端着，并不肯喝。阿麦小口地啜了一口豆浆，淡淡说道："喝了吧，我这一碗就够了。"

亲卫这才忙几口灌了下去，从怀中摸出银钱来给那小贩，谁知小贩却是不肯收，只一个劲儿地在身前的围裙上蹭着有些皲裂的手掌，推辞道："军爷，这钱俺不能要，要是没有你们，这青州城早就被鞑子占了，大伙命早就没了，俺们都念着你们的好呢，不能做那没良心的事。"

阿麦听了，端着粗瓷碗的手就轻轻地颤了一颤，她默默地将碗中的豆浆一口口地喝净，这才将碗递还小贩，说道："谢谢小哥的浆水了。"

那小贩被阿麦谢得有些不好意思，憨憨地笑了笑，便又要给阿麦再盛一碗。阿麦笑着摇了摇头，叫亲卫把钱付给小贩，自己则径自转身快步向前走去。亲卫忙将几个大钱塞到了小贩手里，转身去追阿麦。刚追到阿麦身后，却听阿麦突然问他道："你说咱们打仗到底是为了什么？"

亲卫被问得一愣，下意识地答道："驱除鞑子，光复河山啊。"

阿麦停下了步子，转回身看着这亲卫，"可这河山若是没了百姓，光复了又有何用？"

亲卫被问得愣住了，一时想不明白为何光复了河山就会没了百姓。阿麦不由得扯了扯嘴角，她自己尚想不明白到底是守江山重要还是守百姓重要，又如何能叫别人来作答！

待转了一大圈回到城守府门口，却见唐绍义急匆匆地从府中出来。阿麦看他面带焦急之色，不由得迎了上去，问道："大哥，怎么了？出什么事了？"

有士兵奉命牵了坐骑过来，唐绍义上前用手拽住缰绳，转头答阿麦道："徐姑娘不见了。"

阿麦奇道："好好的，怎会不见了？"

"说是出去给小公子买早点，却一直不见回来。"原来今天早上唐绍义过去看小刘铭的时候，小刘铭正哭闹着要找姑姑，唐绍义见左右找不到徐秀儿，便询问院中的侍卫，只听一个侍卫说一大早徐秀儿就出府给小刘铭买早点去了，因不熟悉府中的路径，还特意叫他送了出去。他本要去替徐秀儿买，可徐秀儿却十分客气，说什么也不肯，也不要他跟着，只向他要了腰牌，说回府的时候好用。

唐绍义一边说着，抬脚踩了马镫翻身上马便欲走。阿麦也听出了其中的蹊跷，从一旁亲卫手中牵了一匹马过来，与唐绍义说道："大哥，我同你一起去吧。"

自从豫州而返之后，唐绍义与阿麦已是疏离了许多，现听阿麦这样说，唐绍义不禁回头瞥了她一眼，点了点头，一抖缰绳率先驰了出去。阿麦急忙上马，在后面追了过去。

因现在周志忍大军逼近青州，青州城门进出搜查很严，只怕有鞑子奸细混入。阿麦与唐绍义一连跑了三个城门，这才听东城门守兵说是有个年轻女子用城守府的腰牌出了城。两人忙又策马沿着官道追了出去，可直追出十余里却也没能看到徐秀儿的身影。徐秀儿不过一个身体柔弱的女子，脚程再快也不可能走得再远了，既找不见她，可见是有心藏了起来。

唐绍义最终勒停了马，默默地望着官道尽头的太行山脉半晌，突然轻声说道："她这又是为了什么……"

阿麦微垂了眼帘，过了片刻才说道："她自是有她自己的理由，只是——"

"只是却不肯和我说罢了。"唐绍义兀自接了下半句，回头看着阿麦，笑了笑，拨转马头向城内驰去。

回到城守府，徐静听到徐秀儿骗了侍卫腰牌溜走的事情也很是惊讶，说道："她在府中的这几日也极老实，除了追问过你们两人什么时候回来之外，从没打听过别的事情，不像是鞑子的细作啊。"

阿麦摇头不语，她也猜不透徐秀儿为何会这样不告而别，若是她不想待在军中，自可以讲清楚了，不论是唐绍义还是自己非但不会拦她，还会派人妥善安置她，何必要自己独身一人在乱世之中飘零？

徐静显然不大关心徐秀儿的去处，只随意地问了几句后，便又与阿麦谈论起青州之事来，问道："你可是想好了青州要如何守？"

阿麦低头沉默许久才抬起头来答道："从冀州调一个骑兵营来守青州，同时将青州百姓迁往太行山东。"

徐静面露讶异，片刻说道："就算再调一个骑兵营来，青州不过才有两万余人，以两万对抗周志忍的二十万大军，即便有险可拒依旧是极为凶险的，更何况你若将青州百姓俱都迁走，军心必动！阿麦，你可是考虑仔细了？"

阿麦看向徐静，"先生，你说的我都明白，只是……"她不禁顿了顿，微微抿唇，平静说道，"守城便是为了护百姓，若是不能护住了这些百姓，这城又是为了什么而守？"

徐静静默了许久，才说道："那军心如何定？"

阿麦笑了笑，"我来与大伙讲清楚便是。"

翌日一早，阿麦便在校场之上宣布了要将青州百姓俱都撤往太行山东的决定。校场中齐聚了青州留守的两万将士，四周围了许多提前听到消息赶过来的百姓。

阿麦一身戎装立于校场高台之上，声音高昂而响亮，"鞑子倾巢而出，周志忍二十万大军离青州不过百里，有人说青州百姓不能撤，撤了军心就会不稳，撤了就没法再守这青州城！可我要说，青州百姓必须撤走，因为我们守的不是这青州城！我们守的是自己的父母兄弟、妻子儿女，守的是这青州城里十几万的百姓父老！"说到这里，阿麦停了片刻，声音不觉有些暗哑，"我是从汉堡死人堆里爬出来的，见过汉堡城破时的惨状，听过汉堡百姓濒死时发出的尖叫，有男有女，有老有少……他们的血把整个汉堡城的地面都染红了，一脚踩下去，会黏掉了鞋……"

校场上的将士们听得群情激奋、眼睛血红，四周的百姓中却是发出低低的啜泣声。徐静站在校场下，静静地看着高台之上的阿麦，眼前的身影却恍惚与另一个人缓缓重合。她也许没有那个人的文采，可她的话却更加直白，更能叫这些士兵与百姓听得明白，她用着最最易懂的话告诉将士，他们守的虽是江山，可护的却是百姓！

"……我不知道这青州城能不能守得住，我也不知道它到底能守多久，我只知道，我们在这里多守一天，我们将鞑子赶出江北的胜算就会更多一分！我们多守一天，我们的亲人就能多平安一天！我们是军人，就是要保家卫国；我们是军人，就是要马革裹尸！"

三月十六，青州城内百姓以里坊为单位按序撤出青州，由飞龙陉迁往太行山以东。虽然布告上说的是所有百姓，可出城的却大多是老弱妇孺，很多青壮选择了留在城内。

"青州不只是江北军的青州，撤走的百姓也不只有江北军的父母妻儿，他们……"城内最最德高望重的老者如是说，他回身指着身后的青州男儿，"都是七尺的汉子，就算上不了阵杀不了敌，身上总还有把力气，可以为元帅扛些沙石修补城墙，可以为军中将士喂马扛刀！"

阿麦默默看了那些手中或拿菜刀或执木棍的百姓半晌，冲着他们敛衽而拜，"麦穗谢过大伙！"

青州城守府后的巷子里，江北军步兵统领贺言昭小心翼翼地将已身怀六甲的妻子薛氏扶上了马车，薛氏顾不得让旁边的丫鬟婆子笑话，只用力抓着他的手不肯松开，眼泪汪汪地看着丈夫，唇瓣轻颤着，几次张合都不曾说出话来。贺言昭本就是个不善言辞的男子，虽知道和妻子这一别极可能便是永别，却也只是闷声说道："自己小心身子！"

薛氏含着泪点了点头，贺言昭使劲将手从妻子手中抽了回来，退后几步吩咐车夫："走吧。"马车轱辘缓缓转动，贺言昭站在原地沉默地看着那车载着妻子渐渐远去，直到再也望不见妻子柔美的面容，这才毅然转身大踏步地向城守府中走去。

议事厅内，阿麦一字一句地说道："青州城必须坚守到年底！少一天都不行！谁要是觉得不能，现在就站出来，我不强求他。"

厅内一片静寂，她抬眼缓缓地环视了一圈诸将，轻轻点头道："那好，既然没有人提出异议，那么军令就这样定了。若是到时青州提前破了……"阿麦语调一转，透出一股狠厉来，"诸位可别怪我心狠手辣！"

守军诸将大多都是青州本地人，父母家人这次也都同着百姓齐齐迁往了冀州，要死要活不过是阿麦的一句话而已。扣留亲属为人质是自古以来一直很实用的法子，阿麦不屑为之，但是在此刻她也只能这样做。誓言忠诚虽然可信，可却大多敌不过利益的诱惑与亲情的牵绊。

贺言昭率先向阿麦跪拜下去，"末将愿与元帅立下军令状，城在人在，城破人亡！"

诸将俱都单膝跪了下去，齐声喝道："城在人在，城破人亡！"

阿麦静静地看了众人片刻，上前托着贺言昭的双臂将其扶了起来，郑重说道："我不要城破人亡，我只要城在人也在，等着我领大军回来！"

南夏初平元年三月，青州十一万居民由飞龙陉撤往冀州界内，青州城内只剩下两万江北军将士及三万余名自愿留下来守城的青壮民众。同月，江北军副元帅薛武带一营骑兵援助青州。薛武带兵进青州后的第二日，北漠周志忍二十万大军便到了青州城外。

周志忍从斥候处得了细报，不觉稍有些讶异，问道："同来的还有些骑兵？有多少？"

斥候毕恭毕敬地答道："看样子得数千的兵力。"

周志忍缓缓地点了点头，转回身看帐中标了青冀两州地形的挂图。旁边的崔衍见此便冲着那斥候挥了下手示意他出去，又见周志忍一直没什么动静，忍不住出声问道："舅舅，您说麦穗调骑兵来青州做什么？"

周志忍闻言回身看了崔衍一眼，反问道："你说呢？"

崔衍想了想，答道："我看是想作为机动力量，伺机偷袭我军，叫我军攻城时有所忌惮。"

周志忍难得听到自己外甥能说出这样的话来，不由得赞许地点了点头，说道："不错，不过麦穗派骑兵过来还有另外一个用意，便是要告诉咱们，只要青州一日不下，咱们便不能入飞龙隘，不然她青州的骑兵可以迅速出击，袭扰我军后路。"

崔衍笑道："可她这点骑兵才有多少，放在咱们五万铁骑面前还不够塞牙缝的！再说她也定想不到咱们不用走飞龙隘也能进冀州！待傅悦带军从燕次山翻过，大军突然出现在冀州界内，那麦穗脸上神色必然十分精彩。"

周志忍却摇头道："麦穗身为江北军主帅，此前几战从没败绩，怎么会想不到冀北防线的重要，你把她想得太过简单了。她既然不肯派大军援救青州，就说明了她在冀州另有打算。"

"那怎么办？"崔衍当下问道，"如若这样，傅悦手中那支军队便算不得奇兵了，岂不是白白辛苦？"

周志忍听了便横了一眼崔衍，心道这"将才"不是"酱菜"，若没那个天分，多少日子也是泡不好的！可这毕竟是自己的亲外甥，也只得耐下心来讲解道："战场上形势变幻莫测，就是绝世名将也没有从一开头便算到结尾的，有才能的也不过是走一步算几步而已。那麦穗若是能想到傅悦会从北面奇袭，冀州兵力必然要调过去防御，这样冀州西、南便都会空虚下来，反而会给我们留下乘虚而入之机。"

崔衍听了好一顿琢磨，脑中这才渐渐透亮起来，可心中却仍有个疑问不明，便问道："那青州怎么办？咱们若是攻不下青州，如何东进？"

周志忍听了火大，恨不得上前拍崔衍脑袋两巴掌，可转念一想就是拍了也拍不明白，只能强忍住了，耐着性子说道："大元帅给了咱们二十万兵马，已是江北能够调动的上限，你当他给咱们这许多兵马就是用来攻一个青州的？"

当初北漠三十万大军分三路攻入江北，攻城略地虽没伤了多少人马，可和江北军打的那几仗却耗损极大，林林总总加起来足有十余万之多。后来虽又从北漠国内补充了不少兵马过来，可占领的江北各城总要有兵戍守，所以陈起给的这二十万却已是能调动的上限。

崔衍不由得挠了挠脑袋，一时想不明白现在除了攻青州还能做什么。周志忍见他这个模样，叹了口气接着说道："青州城内兵力并不多，咱们自可以分出些兵来围攻，再留些骑兵在青州城外游击，叫他不敢轻易出城，剩下的人马大可带入飞龙陉，就青州城内那些骑兵有何可惧？一旦拿下冀州，青州不攻而破！"

崔衍这才明白过来，"舅舅的意思是说咱们要分兵，不用等到把青州攻下就直接入飞龙陉？可青州兵马要是在后截断了咱们后路怎么办？"

周志忍老奸巨猾地笑了笑，"青州自然还是要打的，起码要打得它再没反击之力了才可以！再说，咱们怎么也得等等傅悦那里不是？"

第四章

战事 权宜 重逢

南夏初平元年四月，北漠名将周志忍率军攻青州，就此，江北青冀会战正式拉开帷幕。

五月，北漠傅悦领兵五万从燕次山东侧翻山而过，攻向冀州。江北军副元帅莫海带军三万将傅悦阻在冀北容城。江北军骑兵统领张生率骑兵三千绕至傅悦身后突袭，不料傅悦却早有防备，张生骑兵部所获不大，只得暂时退兵以待战机，同时傅悦迫于张生骑兵威胁，也不敢再轻举妄动，冀北的战局一时僵持下来。

同月，唐绍义带着一支骑兵出现在周志忍身后的雍、襄之地，对其粮道多次袭扰，让周志忍很是头疼，多次派兵对其进行追剿，可唐绍义速度极快，常常在北漠骑兵合围之前便已逃脱。待到了六月间，这支精锐骑兵更是突然北进至新野，北渡子牙河之后竟然翻燕次山西侧而过，进入到了北漠境内袭扰！

六月，子牙河支流被周志忍截断，青州护城河水干。青州之战更加惨烈，因城墙上装了江北军最新的火炮，在守城战最初的时候的确是震慑了北漠大军，但因准度的问题，对敌的杀伤力却不是很理想，而且守城战开始没有多久，火炮弹丸便已耗尽。

六月中，薛武与贺言昭趁夜主动出击，冲杀北漠军阵，烧毁投石车、冲车、云梯数辆。不几日，城中粮仓突然起火，粮草被烧大半。

七月，周志忍留五万大军继续围困青州，其余人马自己亲自率领攻入飞龙陉。飞龙陉内几处关口均被北漠大军一一攻破，周志忍大军一步步进逼冀州。而此时，江北军新军尚在太行山中训练，冀州大营只有不足两万兵马。

这是泰兴之战后，江北军与周志忍的第二次对阵，经过虽然大不相同，可结果却是如此相近，江北军再一次面对生死危机。

"必须将军队从冀州带出来，否则一旦被困在冀州，我们手中再无可用的活棋！"议事厅内，徐静冷静说道。

肖毅却是不太同意徐静的意见，他在冀州苦心经营多年，就这样放弃如何能舍得，听了再也顾不上先看阿麦的眼色，当下便反对道："冀州不能弃！青州已是难保，再弃了冀州，你叫我江北军几万人马何处安身？"

他这话一出，在场的其余将领也不禁低声议论起来，唯有阿麦仍是一脸冷峻地看着两军形势图不语。北漠大军处处紧逼，投入到青冀两州的兵力足有二十万有余，可见陈起是铁了心要不顾一切地先除了江北军再图后计。

肖毅小心地看了看侍立在阿麦身后的林敏慎，突然问："麦帅，盛都那边……可有消息？"

阿麦抬头瞥了肖毅一眼，她自是明白肖毅的意思。

陈起现在全力进攻青冀，身后防线必然空虚，若是能趁机攻他身后，必可有事半功倍的效果。阿麦早就想到了此处，也已叫林敏慎前去盛都求援，可林敏慎带回来的消息却是江南大军陷于岭南拔脚不出，而阜平水军无力独自渡江作战。这些话都不是能当着诸将说的，阿麦只淡淡答道："阜平水军已在备战，待岭南之乱平定，江南军便可挥师北上，渡江作战。"

肖毅不觉咂了咂嘴，面露失望之色。一旁徐静瞧得仔细，心中顿生一计。待军议结束，众将离去，徐静便与阿麦低声说了几句，阿麦听得眼前一亮，忙叫亲兵去将肖毅再请回来。

肖毅人还未出元帅府，见阿麦派亲兵来请心中虽是有些诧异，面上却不露声色，也不私下向那亲兵打听是何事，只爽快地跟着回到议事厅，进门便问阿麦道："麦帅叫我回来何事？"

阿麦招呼着肖毅坐下，又叫亲兵给肖毅上了茶，这才笑道："请肖副帅回来的确是有要事相商。"

屋中侍立的亲卫都悄无声息地退了下去，只徐静坐在一旁含笑不语。肖毅喝了一大口茶水，爽直地说道："麦帅有事就吩咐，什么商量不商量的。"

阿麦轻轻地笑了笑，"事关冀州之事，当然得和肖副帅商量一下。"

肖毅听了放下茶杯来，看着阿麦坦言道："麦帅，属下觉得冀州不能弃守。"

"不错！"阿麦点头道，"冀州不能弃，可若是将全部兵力都放在冀州却也正中周志忍下怀。所以我有个法子，既可不弃冀州，又不用将兵力困在冀州。"

肖毅问道："麦帅有何高计？"

阿麦答道："不算高计，我给肖副帅留下五千兵守冀州，其余的由我带走。"

肖毅心中直骂这阿麦太过可恶，只给五千兵怎可能守得住冀州！他浓眉微微一皱，向阿麦直言道："麦帅，只给我五千兵，这冀州城我守不住！"

阿麦轻描淡写地说道："守不住降了便是。"

肖毅听了心中一凛，立时从椅中站起身来，冲着阿麦变色怒道："我老肖虽不才，却也不是那等贪生怕死不忠不义之人，麦帅若不信我大可夺了我兵权，犯不着用此话来羞辱我！"

一旁的徐静忙起身劝道："肖副帅误会了，麦帅自是知道肖副帅忠义，你且先听麦帅把话讲完了。"

阿麦笑了笑，不急不忙地说："肖副帅先坐下，听我把话说完了再发作不迟。"

肖毅强忍着怒火重又在椅上坐下，便听阿麦又继续说道："肖副帅觉得豫州石达春石将军可是贪生怕死之人？"

肖毅一怔，答道："石将军潜藏鞑子军中，一身是胆，自然不是贪生怕死之人。"

阿麦又问道："那他可算不忠不义之人？"

肖毅一噎，现在天下尽知石达春是为了给南夏做内应才假意投了北漠，盛都商易之早就给了石达春"忠烈"的谥号，自然也算不得不忠不义之人。肖毅沉默片刻，闷声道："可有石将军在前，鞑子定然不会再信咱们，冀州投降岂不是羊入虎口？"

阿麦笑着与徐静对视一眼，对肖毅说道："周志忍大军来了，肖副帅只一个'拖'

字，就与他挑明了说，自己一家老小都在冀州，怕咱们江北军回头报复，所以他一日灭不了江北军，你便一日不敢举城降他。"

肖毅面上再难掩惊愕之色，"怎可这样——"

"当然可以这样，身处乱世择强者而傍乃是人之常情，周志忍自然明白。再说——"徐静接道，小眼睛冲着肖毅眨了眨，露出一丝狡黠的光芒，笑道，"肖副帅登高望远这事又不是第一次做了，定然可以将那周志忍再糊弄些日子。"

肖毅听了老脸不禁一红，徐静说他登高望远，不过是暗指他曾经骑墙头看形势。肖毅一时还有些迟疑，阿麦脸上却敛了笑容，说道："肖副帅，若我江北军真要灭在周志忍手里，你便真带着冀州降了吧。"

此言一出，肖毅大为意外，一时只怔怔地看着阿麦。

阿麦正色道："我不是在和肖副帅讲场面话，江北军若是护不了冀州的百姓，也无须百姓跟着咱们陪葬。玉石俱焚固是高洁，可怎及得上忍辱偷生的坚韧，能屈能伸方显大丈夫英雄本色。"

肖毅看了阿麦片刻，缓缓站起身来，冲阿麦抱拳道："肖某替冀州百姓谢过麦帅！"

七月中，阿麦命肖毅留守冀州，自己领江北军主力转入太行山中。

八月初，周志忍大军到冀州外围，还不等他围城，江北军副元帅、冀州守将肖毅便私下里给周志忍送了封密信过去。信中称自己一直以来因不是麦穗嫡系而在江北军中多受排挤，现如今又被麦穗留下守城，他自知冀州不能与北漠大军相抗，又言冀州是他生养之地，城中百姓皆是乡亲父老，实不忍心看他们受战火荼毒，所以有心向北漠投诚，可又怕日后遭到江北军报复……

洋洋洒洒几大张，直把崔衍绕得头晕，放下了信问周志忍道："舅舅，这肖毅到底是降还是不降？"

周志忍轻轻一哂，"降不降就看咱们与江北军谁胜谁负了。这肖毅是有名的老奸巨猾，一贯的见风使舵。最初他是在南夏靖国公韩怀诚手下，后来又跟了商维，南夏朝廷几次变天，唯独他安守冀州不受波及。此人，哼，其言可信却又不可尽信！不过，若麦穗真没在那城内，这冀州打不打还真不重要。"

周志忍这话说了没两天，他大营中却来了一个神秘客。那人一身黑衣头戴风帽捂得极为严实，到了周志忍中军大帐这才掀开了风帽，露出一张十分憨厚的脸来，竟是冀州守将肖毅。肖毅冲着周志忍行了个礼，直言道："肖某来周将军帐中，就是要向将军一表诚意。"

周志忍似笑非笑看他一眼，道："肖将军好大胆，竟敢孤身闯我这大营。"

话音未落，旁侧崔衍已是唰的一声拔刀出鞘，叫道："大将军，咱们把他绑了直接押到冀州城前，倒看冀州城门开是不开！"

周志忍斜睨肖毅，沉默不语。

肖毅来之前自然对周志忍做足了功课，一眼就认出崔衍身份，却是笑了，道："久闻小崔将军少年才俊，耿直可亲，今日一见，果然是名不虚传。"

崔衍不想他竟然还夸赞自己，一时有些反应不及，只得谦虚道："哪里，哪里。"

人家分明是有意戏弄，他这里竟然当真。周志忍被自己外甥蠢得差点背过气去，不由得冷声一声，呵斥崔衍道："蠢货，一边站着去！"

崔衍有些糊涂，不知道自己又哪里蠢了，想问却又不敢，十分委屈地往一边站去了。

肖毅见此笑了一笑，与周志忍说道："小崔将军说的不为错，周将军自然可以把肖某押到冀州叩门，城门必开。可然后呢？周将军是将冀州上下屠杀殆尽以保后方无患，还是留下重兵镇守冀州？"

冀州不比汉堡小城，若真要屠尽必惊动四国，遗臭万年。可若是留下重兵镇守，必会影响对江北军的围剿，据探子回报，南夏岭南平叛已近尾声，一旦商易之腾出空来，必然回身反扑。周志忍不语，眉宇阴沉。

肖毅又问："冀州有大小城池一十三座，将军可是要一一拿下，分兵驻守？那将军此来青冀所为何事？"

周志忍自是知晓他言下之意，略想了想，却是笑了，"听闻那麦穗待肖将军极为信任看重，更是授将军江北军副元帅一职，她不过前脚刚走，你便来我营中投诚，是否有些……"

"周将军此言差矣。"肖毅面露坦直，丝毫不见尴尬羞愧之色，又道，"大丈夫立世，自当学那良禽，择木而栖。不瞒将军，之前麦帅来冀州，我便是这样说，现在将军来，肖某仍是这句话。"

一句话堵得周志忍竟无话可说，厚颜无耻做到肖毅这种地步，也是一种本事。

待肖毅走后周志忍沉默良久，终下令命大军暂停攻城，主力转而追着江北军军部进入太行山区。

消息传到阿麦处已是中秋，江北军中军刚转移到十字岭下。周志忍果真如她所料没攻冀州，这是一喜，可他却又兵分几路紧追着江北军进了太行山，这便又是一忧了。喜忧交杂之下，阿麦心情很是复杂。徐静倒是极想得开，笑道："莫海正在容城与傅悦对峙，周志忍军生生弃了到嘴的肥肉，非要跟在屁股后面追着咱们跑，看来是事前就得了陈起的嘱咐了，定要先把咱们主力打败了再说。"

阿麦缓缓点头，若她是陈起也会如此，那年就是因为轻易放江北军入了乌兰山，这才生了后面这许多麻烦出来，陈起这次绝不会再给她喘息之机。

徐静见阿麦面容沉重，忍不住劝道："咱们现在境况虽难，可也不是不能翻身，周志忍为了追咱们已是几次分兵，他这样一个老将竟然犯了如此的兵家大忌，可见陈起定然追得很急。这说明什么？"

阿麦看一眼徐静，略一思量后答道："岭南战事已近尾声，陈起等不及了，如今大伙争的都是时间，一旦南边那位平定岭南回过身来，陈起就再无机会南下了。"

徐静小眼睛眯了眯，习惯性地去捋下巴上那总也不见长的几根胡须，笑道："既是你能想通这些，便没什么好忧虑的了，咱们只要能拖住周志忍便是大功。"

阿麦沉默片刻，却轻声说道："我却不愿拖着等着南边来救，靠人终究不如靠己。"

徐静不觉有些意外，愣怔了片刻却是笑了，点着阿麦说道："阿麦啊阿麦，你每每都能叫我刮目相看啊。"

阿麦也跟着轻轻地笑了笑，并未接话。

亲卫备好了饭菜，请阿麦与徐静过去吃饭。他两人刚在桌旁坐下，林敏慎从外面急匆匆进来，凑到阿麦耳边低语了几句。阿麦听得面上微微变色，转头问林敏慎道："他没看错？"

林敏慎答道："小五去村里买东西，和那女子正好走了个对面，虽然身形上变了许多，可面容变化却是不大。我也亲自去试探过了，她虽说自己就是这十字岭人，丈夫外出做工去了，听她口音却不是当地的口音。"

徐静在一旁听得奇怪，不禁问道："这是遇到谁了？"

阿麦答道："小五在村子边上遇到个女子，长得极像徐秀儿。"她一边说着，一边从桌边站起，顾不上和徐静细说，只吩咐林敏慎道："你带我去看看。"

林敏慎当下便带了阿麦去寻那个长得极像徐秀儿的女子。

江北军虽是驻扎在十字岭下，可因怕惊扰当地百姓，大军驻地离村庄还有段距离，阿麦走了好一阵子路才进了村子，跟着林敏慎来到村后一处十分简陋的土坯房外。

房门紧闭，亲卫小五与两个江北军士兵正在院子中守着，四周还有一些胆大的村民探头探脑地往这边扒望着。阿麦上前，轻拍了屋门说道："我是江北军元帅麦穗，请大嫂开一下门。"

屋内一直静寂无声，阿麦停了片刻，抿了抿唇，低声叫道："秀儿，开门，我是阿麦。"

又过了许久，屋门才吱呀一声被人从内打开了，徐秀儿红着眼圈站在门内，冲着阿麦轻声叫道："麦大哥。"

阿麦却是一时愣住，愕然地看着徐秀儿说不出话来。此刻她才明白小五所说的身形大变是何意，只见徐秀儿腹部高高隆起，显然是怀了七八个月身孕的模样。二人在门口一时僵着，半晌，徐秀儿才下意识地用衣袖遮了遮肚子，让开门口，低声说道："进来坐吧。"

阿麦木愣愣地跟着徐秀儿进屋，直到在长凳上坐下了才回过些神来，对忙着收拾屋子的徐秀儿说道："你别忙活了，坐下歇会儿。"

徐秀儿情绪已是平定下来，将桌上缝了一半的婴儿衣服收了起来，又倒了碗水放到阿麦手边，十分歉意地说道："家里没茶，麦大哥将就些吧。"

阿麦低头喝了口水，口中只觉发涩，竟不知能和徐秀儿说些什么，她这样大的肚子，显然是在到青州之前就有了身孕的，而她一身未婚打扮，可见并不曾正式地嫁了人。阿麦掩饰般地连连喝水，一碗水很快便见了底。徐秀儿默默地将陶碗接了过去，又从水壶中倒了一碗出来，端到阿麦面前。

阿麦环视了一圈屋内，低声说道："你……这是何苦？"

徐秀儿嘴角轻轻地抿了抿，笑容很是浅淡，在一旁坐下，低着头说道："这样过日子也挺好的。"她停了停，又问道，"小公子那里可好？"

"好。"阿麦点头答道,"我叫人把他送到江南去了,跟在我身边难免有危险。"

徐秀儿缓缓地点了点头,神情中不觉透露出一分向往来,"江南好,那边还太平。"

阿麦听了便柔声说道:"别自己苦自己了,跟着我走吧,等这边形势稳定些,我便叫人送你去找小公子,你和他在一起,唐大哥那里也放心些。"

徐秀儿垂头不语,过了好半晌才抬起头来看向阿麦,细声说道:"麦大哥,你的好意我心领了,可我还是想一个人在这里过日子。"

徐秀儿面容温柔,神色却是十分坚毅,已和汉堡城里那个只知哭泣的小姑娘判若两人。阿麦怔怔地看了她片刻,心道各人有各人的活法,徐秀儿既然选择如此,那就由她吧。

思及此,她便点了点头,说道:"也好,就依着你吧,我留两个人给你,有事也好有个照应。"

见徐秀儿又要拒绝,阿麦站起身来直截了当地说:"就这样定了,你别再推辞。如今世道乱,你一个弱女子,又马上要生产,我放你一个人在这里如何放心!再说以后若是被唐大哥知道,我也少不了挨他埋怨。我留人在这里给你,等你生完孩子一切安定之后,你若还想独自生活,我自会把人撤走。"

徐秀儿见阿麦态度强硬,只得点了点头,站起身来谢她道:"多谢麦大哥照应。"

阿麦看着她动作已显笨拙,心中一时复杂莫名,再说不出什么来,只冲着徐秀儿摆了摆手,转身出了屋子。林敏慎与小五等亲卫还等在院中,阿麦吩咐小五带着个老实得力的人留下一同照顾徐秀儿,自己则转身快步出了院子。林敏慎瞧出她情绪有些不对,忙在后面跟了上去。

回到军中,徐静还在帐中等着阿麦吃饭。亲卫出去把饭菜重新热过,阿麦趁着空当就向徐静简单地说了几句徐秀儿的情况。徐静和徐秀儿并不熟识,只知道她是和唐绍义与阿麦一同从汉堡逃出的,后来留在了石达春府中照顾汉堡城守遗孤。听到徐秀儿竟然有了身孕,他一时也甚是惊愕,不禁问道:"孩子父亲是谁?"

阿麦默了默,说道:"我没问,不过看她十分喜爱那孩子,应是她心属之人的血脉。"

徐静虽然足智多谋,可却不懂女子的这些心思,听了奇道:"你如何得知?"

阿麦眼前便闪过那缝了一半的小衣衫来，虽都是普通的细棉布，可做工却是十分精致，是下了功夫的，若不是喜爱这孩子又怎么有心思做这些？

徐静仍在等着阿麦的回答，阿麦却不愿与他讲这些，只叹息着摇了摇头。

有通信兵进来禀报消息，说新军统领黑面已按军令领新军暗中向东北方向的陵和县运动。一旁亲卫动作迅速地在桌上铺上了地图，徐静在地图上找到了陵和，用手指点了点说道："在这里，此处已出了太行山，地势颇为开阔，十分适合大兵团作战，离得容城又近，张生骑兵很快便可到达此处。"

阿麦点头，她费尽心机谋划不过就是要周志忍在陵和与江北军展开决战。贺言昭等坚守青州已是分去了周志忍部分兵力，莫海又将傅悦堵在容城之北，周志忍手中兵力也就剩下十余万，只要谋划好了，江北军未必没有扭转战局的机会。

徐静想得比阿麦还要远一些，手指沿着太行山滑下，"只要贺言昭能够守住青州，一旦我们陵和战胜，立刻南下救援青州，内外夹攻吃掉周志忍留在飞龙陉外的几万人马，然后迅速兵出西北，经武安夺新野直指靖阳，攻下靖阳，便可将陈起困在关内！"

阿麦听了怔了片刻，却是望着徐静笑了，说道："先生，你一下子给我画了好大一张面饼，可我这里麦子种还没下地呢！"

徐静也不由得笑了，轻轻顺了顺胡子，道："放心，快着呢。就算你不急，总会有人替你急的！"

阿麦又问那通信兵军械造办处的消息，通信兵答道："张大人已将军械造办处迁往清风寨后的深山之中，说有清风寨的人照应着，一切都好，请元帅放心。"

清风寨是太行山中的地头蛇，只要有他们照应着，张士强那里自然会安然无事。阿麦听了便放下心来。谁知没过两日，张士强竟和息荣娘一同来了。

自从豫州一别，阿麦已是半年未见息荣娘。阿麦只当经过豫州一行，两人好歹也算做过一回战友，这息荣娘对自己的态度多少能有些改善，没想到这次再见面，息荣娘一张俏脸依旧是冷冰冰的，不见半分笑意。转头再看张士强，竟也是沉着一张脸。

阿麦压下心中的诧异，笑着和息荣娘打招呼，"息大当家怎么也过来了？"

息荣娘礼节性地冲着阿麦抱了抱拳，很是冷淡地说道："唐大哥以前有交代，叫咱们寨子里的兵马都听元帅的节制，现在鞑子进山了，我特来问问元帅有什么吩咐。"

阿麦只看息荣娘脸上这副神情，便知她这话说得很不情愿，干脆也不与她计较，笑了笑说道："息大当家的好意麦某领了，若有需要，少不得还要向息大当家张嘴。不过此时，还请息大当家对张士强他们多加照应，千万莫要叫军械造办处落入了鞑子手中。"

息荣娘绷着脸点了点头，没说什么。阿麦又与她简单说了说唐绍义最近传回来的战报，便叫亲卫送她去休息，待帐中只剩下了张士强一人，阿麦这才回过身问张士强道："你怎的突然回来了？军械造办处那里如何处理？"

张士强见阿麦神色冷峻，心中便先虚了，赶紧说道："那里有郑岚看着，我没什么事，就想着还是过来跟在元帅身边吧，元帅有什么事吩咐我也方便一些。"

有张士强在身边，阿麦不用再特意对他掩饰性别，的确是比用别的亲卫要方便许多，阿麦便点了点头，"既然回来了就留下吧，不过，"阿麦语气一转，又问道，"你与息荣娘是怎么回事？可是起争执了？"

张士强听了面色就有些难看，沉默了下却是说道："我男子汉大丈夫，不和她一个女人一般见识！"

阿麦不觉失笑，"既不和她一般见识，你刚才还老用眼翻人家干吗？那种行径难不成就叫男子汉大丈夫了？"

张士强窘得脸色通红，结结巴巴地说不出话来。阿麦笑了笑，赶他下去休息，自己则漫步出了大帐，走着走着，不知不觉间竟走到了徐秀儿的住处。小五与另外一个士兵已经换成了百姓装束，另在徐秀儿院中搭了间茅草屋暂住，见阿麦来了禀报道："徐姑娘什么事都不容我们插手，我们住在这儿反而是叫她给我们做吃做喝。"

阿麦了然地点头。是她一时忽略了，徐秀儿一个年轻女子，又是怀了身孕的，她却派两个大男人过去照顾，自然是很不方便。屋里的徐秀儿听见院中动静便开了房门，将阿麦让入屋内坐下，又替她倒了水，这才在一旁坐下了，取过一旁簸箩里的小衣衫慢慢缝着，一边劝说阿麦道："麦大哥，我知道你是为我好，可我一个人住着挺好。这村里虽穷困些，人却都淳朴，从没人欺负过我，麦大哥不用叫他们守着。"

阿麦低头喝了口水道："鞑子周志忍已是从冀州追了来，崔衍更是已经带军进了太行山，你身边没有得力的人照应，我怎么能放心？"

徐秀儿拿针的手轻轻一抖，细白的指尖上便冒了一粒血珠出来，她下意识地把手指放入口中吮着，过了片刻才轻声问道："要在这里打仗吗？"

　　阿麦摇了摇头，她不愿与徐秀儿说太多军中的事情，岔过话题询问起徐秀儿的日常生活来。徐秀儿见此便也不再问，只细声慢语地答着阿麦的话。两人说了一会儿，外面天色渐晚，阿麦辞了徐秀儿出来，见林敏慎不知何时找来了，正在院外的树荫下等着。

　　见阿麦出来，林敏慎起身走了过来，低声说道："南边有消息过来了。"

　　阿麦眉梢一挑，"他怎么说？"

　　林敏慎答道："没说别的，只叫你再坚持一阵子。"

　　阿麦听了便轻轻地撇了撇嘴角，迈步向村外走去，林敏慎忙在后面跟了上去，解释道："他有他的难处，江南虽都初定了，可岭南齐泯那边却是有些吃力……"

　　"我想自己转转。"阿麦突然说道。

　　林敏慎话只说到一半，一时有些愣怔。阿麦便笑了笑，抬眼看了看西边落日处堆的彩霞，轻笑道："天气太热，我想自个儿去河里洗个澡去，难道你还要跟着我？"

　　一句话堵得林敏慎哑口无言，只得摆手道："你自个儿去，自个儿去！"说着便独自回了营里。阿麦一个人慢慢转悠到河边，找了处隐蔽的地方，却没脱衣下水，只在水边的青石板默默坐着。如今已是八月多，一早一晚的天气早已凉爽，河边尤甚，风带着些水汽从河面上吹过来，这才将阿麦心中的烦闷稍稍吹散了些。

　　现如今江北军在青冀苦苦支撑，她与徐静更是带着这点人马在太行山里东躲西藏，不知什么时候就会被周志忍一锅端了，而商易之却带着大军在岭南和自家堂弟斗得你死我活，全然不顾江北局势。阿麦突然间有些理解了唐绍义的想法，外敌当前却只顾内斗，于国于民，这就是叛逆！

　　阿麦嘲弄地笑了笑，正欲起身而走，却突听身后传来一男一女低低的争执声，伴着脚步声渐近，竟是冲着这水边来了。

　　"他就是妖孽，就是妖孽！男人长成了那个样子就是妖孽！"竟是息荣娘的声音！

　　"你这女人再满口胡说，可别怪我不客气！"后面那男声一出，阿麦更是不禁皱了眉，将身体往大青石后缩了缩，听息荣娘的声音就在青石另一边又清又脆地响起，"你不客气又能怎么样？你打得过我吗？再说我怎么胡说了？你那麦元帅如果不是长成这个样子，唐大哥怎会受其迷惑？"

张士强被息荣娘一顿抢白，几次张嘴都被噎了回来，好容易等到息荣娘噼里啪啦说完了，自己却把刚才要反驳的话都气忘了，只能指着息荣娘，"你！你！你！"

息荣娘的声音更加挑衅，"我怎么了？我说错了吗？有本事你说我哪儿说错了？"

老实人张士强噎了一噎，干脆赌气般地叫道："元帅就是比你长得好，唐将军就是喜欢她不喜欢你！你妒忌也没用！"

话音刚落，阿麦便听到那边传来张士强的闷哼声，紧接着一个人影在阿麦头顶飞过，扑通一声直落进河中。片刻之后，张士强的脑袋从水面上钻了出来，冲着岸上怒道："我不和你个女人一般见——"

张士强的话戛然而止。

阿麦站起身来，随意地拍了拍身上的灰尘，淡淡地问张士强："你就是这样做男子汉大丈夫的？"

张士强只傻愣愣地站在水中看着阿麦，一时连话都不知道说了。阿麦扯了扯嘴角，转过身对着青石后说道："怎么？有胆量骂就没胆量认了？"

那边一阵静默，然后就见息荣娘从青石后绕了过来，兀自强硬着，扬着下巴向阿麦叫板，"我就说了，怎么样？"

阿麦也不恼，用手扶了石壁，居高临下看向息荣娘，轻佻地笑着问道："你也觉得我长得好看？"月色之下，只见她修眉俊目，双眸含笑，被河面上的粼粼波光一衬，其中仿若有光华流转，息荣娘只觉心神一晃，竟是答不出话来。

阿麦轻轻地嗤笑一声，绕过息荣娘往河岸上走去，走了几步后却又转回身来，笑着问息荣娘道："你寨子里可有功夫好的妇人？"

息荣娘还有些怔怔的，下意识答道："有。"

阿麦柔声问道："能不能借两人给我用一阵子？"

息荣娘点点头，阿麦便弯了弯唇角，道了声谢，这才转身走了。息荣娘又愣怔地站了一会儿，这才突然回过神来，不明白自己为何就这样答应了阿麦，一时间又羞又窘，心中更是恼怒异常。转眼看到张士强刚一身是水地从河中爬上来，一腔怒火便又都冲着他去了，上前抬脚就要把张士强往水中踢。

张士强连连躲闪着，气得大叫："你这女人！怎的蛮不讲理！"

幸得息荣娘虽刁蛮些，却是个守信之人，既答应了阿麦借人，第二日临走前便留下了两个极为干练的妇人给阿麦。阿麦也没多说，直接领了人去徐秀儿处，好好交代了一番，又把亲卫小五也留下了，这才回到军中处理军务。

如此一来便隐隐有些流言传了出来，偏生徐秀儿与徐静还是同姓，军中一些高级将领又曾听说过徐静乃是阿麦叔丈的传言，有人便猜想徐秀儿本就是阿麦发妻，更给补充出阿麦不认她的理由来，那就是现今局势不稳，阿麦怕妻室遭北漠人报复，这才一直藏着掖着的。

对于暗底下的议论，当事人阿麦并不知晓，就连一向耳目聪灵的徐静也没听到过什么。再说他二人也没这闲心注意这些，崔衍带的北漠先锋部队一反以往冲动莽撞的风格，改走谨慎老练毒辣的路线了。阿麦曾安排了几个营对其进行伏击骚扰，不是被崔衍避过就是被他击退，更有甚者还反被崔衍"包了饺子"。

战报传来，就连阿麦与徐静也不觉有些意外。

"看来他身旁是有高人指点了。"徐静缓缓说道，又习惯性地去捋胡子。

阿麦问道："可探听到是什么人？"

徐静摇头，阿麦不禁皱了皱眉头，想崔衍身边到底是来了什么高人，显然对江北军的战术打法很是熟悉的样子。阿麦眼前突然晃过一个人的身影，可却又紧接着摇摇头否定了自己的猜测，他好歹也是一军主将，怎会自降身份来给崔衍做个谋士！

徐静又说道："你发现没有，崔衍先锋部队虽然进了山区，却和山外的周志忍大军遥遥呼应，几乎是在并驾齐驱。看似是我们在牵着他的鼻子走，可崔衍部却实为周志忍放入山中的一条诱饵，幸得我们没有一口吃掉崔衍部的打算，否则一旦被崔衍缠住，周志忍大军很快便能扑入。"

阿麦点了点头，"不错，正是这样，所以我们也无须太过理会崔衍，只要将他在山中拖上一拖，待黑面在陵和准备好决战即可。"

徐静说道："虽是如此，我们也不能大意，总得做出时刻想要吞饵的样子来，这才能引得周志忍跟着我们走。"

阿麦抬眼瞧向徐静，"先生有什么打算？"

徐静低头看了地图片刻，用食指敲着一处道："就是这里——打草坡！"

| 第五章 |

伏击 交手 助力

　　打草坡，地处太行山脉东侧，是南太行到北太行的必经之道。坡上草木茂盛，是个极好的伏击地，唯一的缺点就是它太适合打伏击了，任谁走到这里都会先警惕几分。

　　阿麦与徐静比大军提前两天到了打草坡，将四处都仔细察看了一番后，徐静便望着坡脚下那个只有十几户人家的小村子有些出神。此时正当饭时，村子里有几户人家正在烧火造饭，房顶的烟囱上有袅袅的炊烟升起，顺着风刮过来，其中还隐约有着孩童奔跑欢笑的声音。阿麦顺着徐静的视线看了看，说道："提前将村子里的人撤走吧，叫士兵假扮了村民在此，以免被鞑子探马看出马脚来。"

　　徐静听了回过神来，却是缓缓地摇了摇头，"怕是没那么好糊弄过去，你看……"徐静用手指了坡下的村子，"这村中有男有女、有老有少，你如何叫士兵假扮？而且从前几次伏击战来看，崔衍身边定有高人，过这打草坡之前定会派出探马细查，寻常的障眼法定然糊弄不过他！"

　　阿麦理解徐静的顾虑，军中士兵大都是青壮男子，若要细看自然能看出与普通山民的区别来。可若不提前撤走村民，江北军在此伏击必会引得村民的恐慌，他们也会自行躲避到深山中去，所以提前安排村民撤走，然后再叫士兵住进村中假扮反而是最好的选择。

阿麦看向徐静，问道："先生有什么想法？"

徐静沉吟片刻，说道："我们去村里看一看再说，最好能劝得村民留在村中不动。"

阿麦听了大为惊讶，战场上刀剑无眼，尤其是一方溃败之后，溃兵还指不定往哪个方向逃窜，村民留在村中难免会有性命之忧，这怎能劝得众人留下？

徐静却是眯着小眼睛笑了起来，说道："若是别人不见得能劝得了村民，可有一个人定是能的。"

"谁？"阿麦不禁问道。

"你！"徐静沉声说道，见阿麦脸上露出愕然之色，很是得意地笑了一笑，解释道，"你或许还不知自己在江北百姓中的声望，你为抗击鞑子东出泰兴，几经死战，屡获奇胜，杀得鞑子闻风丧胆。同时又治军严整，对百姓爱民如子，约束军中将士与百姓秋毫不犯。鞑子大军压境之时，又是你力排众议，冒着军心不稳的危险也要撤青州百姓出城，护得十几万百姓性命……"

"先生！"阿麦突然打断徐静的话，问道，"这些都是您找人宣扬的吧？"

徐静听了横了阿麦一眼，气道："废话！这些事情自己人不说，难不成你还要等着鞑子替你造个好名声？"

阿麦见徐静动气，只得解释道："先生误会了，我只是觉得这些言语有些夸大，未免言过其实，您又不是不清楚我是个什么样的人。"

徐静却是一脸严肃，正色道："不管你心中是如何想的，只要你是这样做的便足够了。"

阿麦却是默了一默，苦笑道："先生将我架到了这样高的台子上，就怕他日我再想下来时，却是难了。"

徐静没作声，只眯着小眼睛奸诈地笑了起来。

阿麦与徐静下了山坡进了村子，寻了村中的老族长出来说话，老族长得知眼前这位俊秀的年轻后生便是江北军麦帅时大为激动，立时便要给阿麦跪下磕头。阿麦忙伸手扶住了老人，温和道："老伯快些起来，折杀晚辈了。"

老族长哆哆嗦嗦地直起身来，待听完了阿麦等人的来意，垂头沉默了许久，突然扑通一声又给阿麦跪下了。他跪得突然，阿麦一时没有防备，待回过神来去扶他，老族长却说什么也不肯起来了，只坚持说道："麦帅，您容小老儿说句话！"

阿麦见此情形不禁心中一凉，知这老族长定是不会同意了。可贪生怕死乃是人的本性，久经训练的士兵到了战场上都还有逃跑的，又怎能来苛求这些普通的山中百姓？

念及此，她便放低声音，柔声道："有什么话您老人家起来说，纵是不同意也没关系，我叫军士将你们先好生送走就是了。"

老族长却是摇了摇头，说道："咱们都知道，麦帅打仗都是为了护着咱们江北的百姓不受鞑子杀戮，做人不能没良心，这道理咱们都明白。这村中共有十七家一百一十三口，都愿为麦帅肝脑涂地，小老儿只有一个恳求……"老族长年岁已高，话说到后面气力便有些不足，声音隐隐带上一丝颤抖，"求麦帅，允咱们每户送个孩子出去，也算是给家里留个后。"说完，老族长跪伏倒地，长跪不起。

阿麦眼睛有些酸胀，弯腰双手托了老族长起来，一字一句地说道："老伯，这个要求我应你！我还有句话留给老伯，只要有我一个江北军将士在，就不会叫鞑子的刀落在百姓的身上！"

同一时刻，向南越过数座大山，崔衍的先锋部队正在太行山的山道上逶迤而行。队伍前端，崔衍和一个穿了亲兵服色的青年男子并辔而行，说道："大哥，你一定要走？"

这青年男子不是别人，正是本应在豫州的常钰青，闻言答道："这麦穗分明是要引着你与周将军往北走，其中必有玄虚，我想了想，许是南方要生变故。我得先去豫州，见过陈起之后再南下泰兴。"

崔衍一听到陈起的名字便有些不忿，"大哥，那陈起分明是故意打压你，才会在这个时候让你赋闲，你何必再回豫州！"

常钰青轻轻地勾了勾唇角，笑道："国事是国事，私怨是私怨，不可混为一谈，再说这次本就是我的不是。"

这次阿麦从豫州逃脱，正是假借了他的身份，事后陈起虽未深究，可却把他请了去，十分少见地坦言道："麦穗和我是幼年旧识，我原想着你若能叫她做回女子阿麦，这也算是一桩美事，我情愿把她当作亲妹子一般看待，可她却从你那里逃脱了，她便不再是阿麦，而是江北军元帅麦穗，我盼你能记住这点。"

常钰青当时诧异地看了陈起片刻，却是轻笑着问陈起道："她说她父母养了你八年，那个时候，你可也是把她当作亲妹子一般地看待？"

　　陈起听了脸色立时变得十分难看，好半天才平复下心境，淡淡地说道："常钰青，人没到那个境地的时候，看着别人的选择总是会觉得不屑。对于我和她之间的纠葛，我不想与你多说，我只等着，看你到了要在家国与她之间抉择的时候，你可会比我做得好。"

　　常钰青嘴角微挑，轻轻地笑了，答道："你不用等着看，我现在便可告诉你我的选择，在她之前我会选家国，在她之后我的选择还会是家国。可是，我可以当着她的面，问心无愧地告诉她我的选择，你呢？陈起，你能吗？"

　　陈起的脸色一下子变得铁青，看着常钰青说不出话来。常钰青看着陈起讥诮地笑了笑，转身离去。没过两日，他便向军中告了病假，单枪匹马出了豫州向东而来，待到肃阳便听到了周志忍带军攻打青州的消息，想了想干脆私下里来寻了崔衍。

　　"大哥，"崔衍唤了常钰青一声，将常钰青的思绪拽了回来，"等我和舅舅合兵后，我请他帮着向皇上递个折子，说说大哥在军中的事情，省得皇上总叫陈起那人蒙蔽了。"

　　周志忍的态度常钰青早就知道，断是不肯为了他去得罪陈起的，不过这样的话却不能和崔衍直说，常钰青便笑着摇了摇头，只说道："你别和周将军提我来你这儿的事情，若让有心人知道我私自来寻你，反而不知还要捏些什么罪名出来。"

　　崔衍想了想也觉得常钰青说得有理，可心中毕竟不甘，便垂了眼沉默不语。常钰青见状笑道："等过了前面的打草坡，我便得走了，你若这个样子，叫我如何能安心离去？"

　　崔衍闻言抬头冲着常钰青咧了咧嘴角，朗声道："我知道了，大哥。"前面不断地有斥候送回来前面的情况，崔衍又问常钰青道，"麦穗不会在打草坡设伏吧？谁都知道过那个地方要小心啊。"

　　常钰青望向前方的崇山峻岭，目光有些悠远，过了片刻后才缓缓吐道："麦穗此人，最忌用常人常理度她。"

　　大军又行了两日方到打草坡前，崔衍特意叫了斥候仔细打探路况，过了一会儿，几骑斥候接连赶回，均是回报说前面未见异常，更有心思缜密的禀报道："梯田上仍有山民在劳作，坡下村庄外能看到有些女子在溪边浣衣，道边场院里晾晒着些苞米，看守的老头看见我们便吓得往村子里去了，估摸着是要报信逃窜。"

常钰青听了轻轻地点了点头，一旁崔衍笑道："大哥，我就说是你太过小心了，那麦穗几次叫人伏击咱们都没占得好去，哪会还在这么个地方设伏！"

常钰青沉声说道："还是小心些的好。"

崔衍点头，转头吩咐副将仔细安排行军警备。待大军进入打草坡，果然未见什么异常之处，高处梯田上耕作的山民还立在原地眺望了一会儿，待看清了是北漠的旗帜，这才都慌乱地丢下了手中的农具四散奔逃。崔衍远远望见了大笑道："大哥，你看那些南蛮子，果真没种得很。"

此话刚说了没一会儿，梯田上的杂草突然被大片地翻了起来，一排排江北军士兵手执弓弩跪直起身来，坡下的北漠军队尚来不及反应，锋利的箭矢如雨般射下来。

崔衍和常钰青已随着骑兵部队快出了坡底，见此忙喝："架盾！"

北漠军迎着坡面的一侧很迅速地架起盾牌抵挡箭雨，军中弓箭手在盾牌的掩护之下引弓向坡上仰射。前面已经过去的骑兵部队很快齐集掉转过身来，准备返转回来向着山坡上发起冲锋，却被常钰青喝住了，只命骑兵继续前行，为后面的大队扫清道路，同时叫崔衍命令大军迅速通过坡底，切莫和江北军纠缠。

崔衍对常钰青极为信服，忙按照他所交代的传令下去，北漠大队一边向山坡上射箭还击，一边向前迅速行军。等大军刚都出了坡底，前面的骑兵队伍却又突然遭伏，众人因刚离了危险之地，心神难免有些松懈，这回突生变故难免有些措手不及，北漠军很是乱了一阵。幸得崔衍身边有常钰青提点压阵，一个个简明有效的军令传了出去，北漠军便稳住了阵脚。

激战之中，常钰青抽身北望，果然见半山腰处有江北军的帅旗迎风招展，帅旗下，几员将领簇拥着一人立马远望，还不时地冲着山下指点一二。当中那人应是阿麦吧，常钰青轻轻地扯了扯嘴角，手中长枪一挑，将一名从侧面冲过来的江北军战士挑翻在地。

江北军似乎并不想与北漠军死战，很快便带着人马退回到山林之中，崔衍想追，却被常钰青止住了。崔衍头脑稍一冷静立刻便明白了过来，前几次伏击均不见阿麦帅旗，为何偏偏这次就在半山腰中竖起了帅旗来，这不是明摆着要激自己上当吗！

那帅旗下是不是阿麦本尊还难说呢！想通了这点，崔衍只命大军迅速前行，然后择了开阔处扎营整顿，并不受江北军所诱追进山林中。

战后整点人马，折损的虽不算多，可连日来的高昂士气却是大受打击。

常钰青默默坐了片刻，整好行装便要离去，临走前嘱咐崔衍道："若麦穗一直引你向北，你不如就先占了险要地势固守，等周将军的另两路人马从北边围过来，这样前后夹击胜算更大一些。"

崔衍一一点头应了，见常钰青执意要走，就想要派亲兵护送，却被常钰青笑着拒绝了，"这世上能拦住我的人怕是还没生出来，你叫人跟着我，反而是个拖累。"崔衍想想实情确是如此，便也不再啰唆，只叫人取了银两干粮来，然后亲自送了常钰青出营。

再说江北军这边，山腰上立在帅旗之下的还真是阿麦本人。她当时在高处瞧得清楚，崔衍身边那名亲兵服色的男子甚是骁勇善战，一杆长枪挑了不知多少江北军战士，激战之中竟还能抽出空来向己处看过来。明知他看不清自己，可阿麦心中却仍是一凛，一种莫名的熟悉感油然而生，脑中立时冒出了一个人的名字——常钰青！

待崔衍并未中计追击江北军，而是引了北漠军从容而走，阿麦心中更加肯定了自己的猜测，崔衍身边的那人定是常钰青无疑了，不过却是想不明白常钰青为何会穿着亲兵服色隐藏在崔衍军中。

徐静听了也是极为惊讶，问道："你说常钰青在崔衍军中？"

阿麦神色凝重，"不错，十有八九是他。先生，咱们不能一直向北走了，须得再往南绕一绕，免得被常钰青识破了意图。"

徐静认同地点了点头，低下头去又去细看地图，琢磨着这再向南绕该如何个绕法。就在这种围追堵截中，江北军与北漠几路大军在山中捉起了迷藏，东绕一绕，西转一转，时不时地在北漠两路大军之间偷偷穿过，回头再往南走一走。

待到九月下旬，阿麦终于不露痕迹地将周志忍几路大军俱都引向了太行山东北的陵和方向。一直在敌占区袭扰的唐绍义也悄悄潜回，准备与张生骑军合兵，给周志忍以致命一击。

见唐绍义平安归来，阿麦心中很是高兴，不过唐绍义对她仍是淡淡的，只与她谈论了些军务上的事情，除此之外再无一句多言。阿麦很清楚唐绍义心中对她欺瞒身份的事情怀有芥蒂，当时在豫州时他若是肯听她解释，她或许会将身世经历一一据实相告，可现如今见他这般模样，她心口里只觉得似是堵了些东西，反倒觉得没什么好说的了。

如此一来，两人之间较之前反而显得更疏远了些。

又过两日，息荣娘也从南太行追了来，见到唐绍义自是惊喜万分，同时又带来了一个叫唐绍义震惊无比的消息：徐秀儿生了。

唐绍义自在青州与徐秀儿见过一面之后便再没见过她，现在突然听息荣娘说徐秀儿生了，一时不觉有些愣怔，过了片刻才有些不信地重复道："徐秀儿生了？"

息荣娘不知唐绍义的震惊，笑着点头道："嗯，生了个大胖小子，母子平安。说起来那姑娘也真是不简单，江嫂回来和我说当时鞑子崔衍领了大军正过十字岭，村子里的人都躲到后山去了，麦帅留下的那个侍卫也套了车，叫江嫂和李嫂搀着徐秀儿上车，想要躲到个安全的地方去。可才走到一半，徐秀儿肚子就疼起来了。江嫂一看这是要提早生了，吓得也不敢再走了，只得叫那侍卫将车赶到路边的沟里，找个隐蔽地方藏了，和李嫂给徐秀儿接生。鞑子大军很快就从后面过来了，眼瞅着就要到了江嫂他们那儿，江嫂只想着这回可完了，鞑子听见有人声必然会下来看的，可没想着徐秀儿听说鞑子来了，愣是咬紧了牙关一声没吭！鞑子大军在江嫂他们头顶过了足足多半个时辰，徐秀儿嘴唇都咬烂了，身上汗湿得跟刚从水里捞出来的一般，可却是一声也没叫过，直把江嫂他们都看惊了。"

一旁坐着的唐绍义已是听得呆了，徐秀儿分明还是个未嫁的姑娘，怎会突然就生了孩子？

息荣娘不知唐绍义的心思，只当他也是吃惊于徐秀儿的硬气，抬眼看了一眼唐绍义，想了想，又故意问道："唐大哥，徐秀儿可真的是麦帅的妻室？我听人说她就是徐先生的侄女，麦帅怕她有危险才一直隐瞒她的身份的，可是真事？如若真是这样，徐秀儿这样的女子倒也算能配得上麦帅了。"

唐绍义却是未答，他心神还处在徐秀儿生子的震惊之中，甚至都未将息荣娘后面的话听入耳中。他虽是个未婚男子，可却也知道女子要十月怀胎才能生子的，如此算来，徐秀儿绝不可能是在离开青州之后嫁人生子的，那孩子只能是在豫州或者是在豫州来青州的路上有的，再联想到徐秀儿在青州不告而别的举动……唐绍义猛地站起身来，大步向外走了去。

息荣娘一时愣住，待反应过来忙跟着追了出来，却远远看见唐绍义竟是直奔阿麦的中军大帐而去。息荣娘不知唐绍义为何突然如此反应，迟疑片刻后还是跟了上去，却在大帐外被亲卫官张士强截住了。

张士强说道："元帅与唐将军正在议事，不容他人打扰。"

息荣娘俏脸一沉，虽是不信，可却终究不敢硬闯，便只冷哼了一声转身离去了。待她身影远去，张士强脸上才露出些得意的笑容，回头看一眼阿麦的大帐，又往远处走了几步，站在其余亲卫旁边一同守起大帐来。

大帐中，阿麦替唐绍义倒了杯茶端到案边，轻声道："我也不知道那孩子的父亲是谁，我见秀儿不愿提此事，便也没问。"

唐绍义的情绪已经冷静下来，可语气中却透出隐隐的杀气，"他日找出这人来，定要剐了他与徐姑娘泄恨。"

阿麦想了想，低声说道："我却觉得秀儿是愿意给那人生孩子的。"

唐绍义微微皱了眉头，不解地看向阿麦。

阿麦徐徐解释道："若是不想生，早就想法打了胎了，可她却宁可与我们不辞而别，自己独身一人藏到荒僻之处生这孩子，足见她是想要这孩子的。只是这孩子父亲的身份不能向我们说，又或者是这孩子的父亲本就和我们是敌对的，所以才迫得她做出如此选择来。"

唐绍义本就心思敏捷，闻此心中一动，不禁问道："你是说这孩子的父亲是北漠人？"

阿麦缓缓地点了点头，说道："从豫州回来后，我曾叫人搭救石将军的家眷，问过秀儿的事情，石府的人说秀儿很早便被石将军送出府了，去了哪里却是不知。后来我在山中遇到秀儿，便将前后事情都想了个遍，猜她在豫州时可能是潜入某个北漠将领的府中做细作了。"

唐绍义听了沉默良久，忽地抬头问阿麦道："就像你与常钰青？"

阿麦微微一怔之后，便紧紧地抿起了唇。

唐绍义也已察觉到自己的失言，避开了阿麦的视线，讷讷道："是我……失言了。"说了便有些慌乱地从椅上站起身来，借口要去巡营向帐外走去。

阿麦却突然唤住了他:"大哥!"

唐绍义脚下一顿,停在了帐门处,却没回身,沉默了片刻,只是问道:"什么事?"

阿麦迟疑了一下,正欲开口时却听得张士强从帐外禀道:"元帅,张将军与白将军俱都到了。"

阿麦便把已到了嘴边的话收了回去,唐绍义也转回身来,走到帐中坐下。阿麦看了唐绍义一眼,冲着外面喊道:"都叫进来吧。"

张士强打起帐帘,张生与黑面一同从外面进来,跟阿麦与唐绍义一一见礼完毕后,黑面老实不客气地拣了把椅子坐下了,张生却是向后退了一步坐到了唐绍义的下手。

阿麦又叫人去请徐静过来,然后问黑面:"可都安排妥当了?"

黑面点头道:"老莫那儿已经诈败引着傅悦往南来了,新军的火铳营和火炮营都已到位,只等着周志忍到了。"

阿麦满意地点了点头。

不一会儿,徐静也来了,见将要参加陵和会战的几员江北军将领俱都齐聚,不由得捋着小胡子笑了一笑,玩笑道:"诸君名留青史的时刻就要到了。"

阿麦想的却要更多一些,沉吟道:"只怕周志忍太过老奸巨猾,不肯和我们在这里决战。"

阿麦担忧的不是全无道理,她江北军虽已是将周志忍几路大军吸引至此,可周志忍不同于崔衍的莽撞鲁直,也不像常钰青那般血性好战,他若是看穿阿麦有意要与他在陵和决战,怕是有可能避而不战。万全之策就是想个法子叫志忍不得不战!

阿麦忧虑了没两天,法子还没想出来,便不用想了。

九月底,南夏阜平水军突然全营出动,攻向泰兴。紧接着,理应还在岭南平乱的十数万南夏大军却突然出现在宛江南岸,以迅雷不及掩耳之势渡江北上,一路围困泰兴,另一路却径直绕过泰兴,进逼豫州。

消息传到江北军,阿麦与徐静等人震惊之后俱是大喜。陈起将大部分兵力俱都投到了青、冀两州的战场上,征南大营行辕正是空虚时候,如此一来,周志忍再也没时间和江北军耗下去了,只能选择尽快与之决战。

果不其然,周志忍几路大军迅速合拢,欲将江北军圈在陵和。阿麦没再给他时间,不待周志忍大军合围便与之开战,陵和会战终于拉开大幕。

第六章

会战 反攻 逆转

这是一场注定会被载入史册的战争，不仅仅因为它是江北军最后辉煌的战果，更是因为在这场战争中，江北军的火炮营与火铳营第一次出现在了世人面前。对于还只见过突火枪的北漠军来说，江北军手中的那些新式火器成了他们终生的梦魇。

十月二十二，江北军新军统领黑面带火炮营与火铳营主动向北漠大军方向行进，骑兵统领张生领骑兵在后与之会合，元帅阿麦亲自率江北军主力步兵营在后。

十月二十三，两军相接，江北军新军一万人列阵，唐绍义带两千骑兵精锐分列侧翼以作掩护。周志忍大军十万余人在对面列阵足有十余里宽。

江北军左翼最先受到北漠骑兵冲击，江北军野战火炮开火，伴随着震耳欲聋的轰隆声，一个个炮弹在密集的兵阵中炸开，北漠军还从未见过威力如此巨大的火器，阵中顿时一片惊慌大乱。可北漠铁骑毕竟是训练有素，经过最初的慌乱之后很快便又重新集整，向江北军冲了过来。

江北军火铳营迅速向阵前靠拢，按照日常训练那般分成三列，第一列采用单膝跪姿，第二列完全站立，第三列移动一下，从第二列士兵的间隙伸出了火铳。指挥官挥着令旗一声令下，万铳齐放。

北漠骑兵身后的步兵阵还在受着江北军火炮的蹂躏，前冲试图毁掉火炮的北漠骑兵被这一阵密集的火铳齐射打蒙了，冲在前面的北漠军纷纷落马。

突火枪不是没见过，却没见过能打出如此威力的"突火枪"。

齐射过后，江北军火铳营立刻撤向军阵两翼，一直藏于阵后的张生骑兵向北漠大军发起了冲击，北漠骑兵先后经历过炮火、突火枪的打击，又被江北军骑兵冲击，早已是伤亡惨重狼狈不堪，不及收拢，便又遇到了在青州之战大败常钰青的鸳鸯阵……

北漠骑兵尚且如此，步兵更是苦不堪言。

盛元五年的青州之战时，常钰青曾吃过江北军弩车阵的亏，这次周志忍也特意想了应对之策的，可没想到弩车却没见着，江北军又用上了神器一般的火炮和火铳。周志忍输得很惨，也很冤。战后总结一句：科学技术果然害死人啊！

陵和会战之后，江北军迅速回扑，迎向刚从太行山转出来的北漠其余几路人马。这些北漠军是周志忍出兵冀州后分兵至山中的，对阿麦围追堵截了近两个月，已是被阿麦拖得精疲力竭，战斗力大大降低，被江北军这么迎头一击，很快便溃散而逃。

江北军却没就此停下，十月底，唐绍义领骑兵翻燕次山而过，绕向青州之后。同时，阿麦带江北军主力迅速北上，与莫海部合兵击溃傅悦五万大军，紧接着不及休整便又带兵西进。

同时，青州城内骑兵突围而出，拼死打开东侧飞龙陉，在北漠军的猛攻之下坚守陉口三日，等得江北军主力穿飞龙陉而过。青州内守军也就势杀出，与江北军主力里应外合，将北漠围城大军击退。

北漠主将姜成翼见大势已去，等不得周志忍残军从太行山内逃出便独自带军撤向西北武安，半路却遭唐绍义袭营，损失惨重。

至此，青冀会战以江北军力扭乾坤转败为胜而告终。大将军周志忍、宣威将军傅悦均战死沙场，先锋将军崔衍重伤，被部下背着翻过了燕次山，直接送往北漠境内。

战后，江北军放弃休整，迅速出兵西北，经武安直接攻往北部重镇新野。在火炮相助之下，新野城墙很快被江北军攻破，北漠新野守将带军弃城北逃。阿麦驻军新野，剑尖直指靖阳关口。

与此同时，江雄带领北渡的南夏大军战果喜人。北漠杀将常钰青虽领兵把江雄大军堵了豫南，可苦于手中兵力不足，一时却也不能将南夏大军怎样。江雄便趁机兵出几路，将泰兴东北的几个城镇都攻了下来，据城以抗常钰青骑兵。这路南夏军占了一个"奇"字，乘陈起兵出青冀、腹地空虚之际，出其不意地给了陈起几刀，竟是得了不少的便宜。

不过半年之间，整个江北的战局已发生翻天覆地的变化，阿麦与江雄一北一南、一东一西遥相呼应，竟对陈起大军形成了两面夹击之势。陈起屡遭重创，急忙将兵力回收至江中平原，欲借平原的地形发挥骑兵的优势，扼住江雄与阿麦的进攻势头。

南夏初平三年初，江北军元帅麦穗宣誓效忠南夏皇帝齐涣，江北军改旗易帜，并入南夏军。世人皆知阿麦是因不满盛元四年时朝中与北漠的议和，这才带着江北军举旗反出泰兴，一路东行落户青、冀，现如今南夏朝中换的皇帝正是江北军曾经的元帅商易之，所以江北军的易帜便成了顺理成章的事情，倒未引起太多的震惊。

三月里，朝中对江北军诸将的封赏到了新野，皇上对众人的战功多加褒奖，赏赐极厚，尤其是对唐绍义，不但复了他的官职，更是直接封侯，可不料唐绍义竟是连圣旨都不接。

阿麦安抚下了钦差，转身立即去寻唐绍义，还未开口，唐绍义已是冷淡说道："我以前便说过只与你一同抗击鞑子，齐涣给的官我是不会做的。你若愿意，我便继续留在军中直至将陈起赶出靖阳；你若怕因我得罪了齐涣，我带着清风寨的人马走了便是。"

唐绍义话已至此，阿麦再无什么好说，只自嘲道："阿麦虽只想着升官发财封侯拜相封妻荫子，却也不至于做那过河拆桥的小人，留与不留大哥自便就是。"说完再无他话，转身走了出去。

唐绍义听出阿麦话中的讽刺之意，心情一时杂乱无比，他分明是爱极了她，为了她可以连性命也不要，可为何却总是说出这些让她不高兴的话、做出叫她为难的事？唐绍义有些颓然地坐倒在椅子上，心中突然懊恼起来，只觉得自己堂堂一个丈夫，心胸竟然也会如此狭窄！阿麦不过是向自己隐瞒了女子身份，如此乱世，隐瞒身份不是极正常的事情吗？自己又凭什么恼她，就因为自己喜欢她？可这又与她有何干系？

再说阿麦，在唐绍义面前时虽是一副风轻云淡毫不在意的神情，可只刚一离了唐绍义处脸上的笑意便没了，脚下迈着大步子往自己住处走着，心中一口气却是越憋越盛，待到进屋时脸色已是十分阴沉。

徐静正等在她屋中，见她如此一副神色进来便猜到与唐绍义的谈话必是不顺，遂笑问道："与唐绍义谈崩了？"

"那头犟驴！"阿麦愤愤道，"他竟然要与齐渶玩耿直的！真是要气死我了！"

阿麦一气之下竟然叫出了当今南夏皇帝的名讳，她如此反应叫徐静有些吃惊。自从兵进青州之后，阿麦的心机越来越深，已是喜怒不形于色，很少像今天这样暴怒过。徐静怔了怔，笑着劝阿麦道："他就是那样的脾气，你又不是第一天知道。"

阿麦却是气道："我是知道他的脾气，也受得住他这脾气，问题是齐渶可容得下他如此？我也是不明白了，齐渶对他好歹也算有过知遇之恩，他现如今为何非要拧着那个死理不放？若不是怕人说我过河拆桥，我还真想把他赶回清风寨，正好娶了那息荣娘，做他的山大王去吧！"

徐静听了却是敛了脸上的笑，正色道："阿麦，唐绍义自有他的信念，虽然我并不认同，却是极为钦佩这种坚持，因为你我这样的人永远也无法像他那样。"

阿麦沉默半晌，低声叹道："我何尝不知，只是他这样行事，怕是早晚要吃亏。"

徐静捋捋胡须，说道："阿麦，叫唐绍义走了吧。"

阿麦闻言一怔，抬头看向徐静。徐静直视着她，郑重说道："他不肯归顺齐渶，齐渶怎能留他在军中？与其等着以后齐渶动手，不如由你将唐绍义先赶出军中的好，一是免得齐渶与你心生嫌隙，二是也能保住唐绍义一条命在。"

阿麦半晌没有言语，徐静便叹了口气，又说道："若你无法开口，我去说便是，大不了叫人骂咱们一声过河拆桥。"

"不！"阿麦突然叫道，停了一停才继续说道，"先生，你叫我先考虑一下吧。"

徐静隐隐地摇了摇头，不由得叹了口气出来。

或许是唐绍义也十分清楚阿麦心中的两难抉择，没等阿麦这里做出决定，他便突然带着清风寨的几千人马出了新野，甚至连阿麦的面都未见着，只留了一封书信给阿麦。阿麦瞧完书信，竟是气得乐了，干哈哈了两声，叫道："好一个唐绍义，我怎没发现你竟是如此善解人意！"

徐静十分诧异，奇道："怎么回事？"

阿麦没把书信递给徐静，只用双手将信纸揉得碎烂，冷声说道："他说临潼位置关键，有了临潼再夺靖阳，鞑子援兵便不敢随意南下援救关内，陈起便成了瓮中之鳖。"

徐静听着却是缓缓点头，临潼在新野之北，位于子牙河北岸，当年陈起南下之时，周志忍东路大军就是从燕次山末端翻过之后，急攻临潼，抢渡子牙河，就此攻得新野。因此临潼若是在手，江北军也可以如法炮制，从临潼取道燕次山便可直达北漠腹地，截断北漠援兵的后路。

"想不到他看得倒是极准。"徐静说道。

阿麦张了张嘴，却没能说出反驳的话来，唐绍义信上除了这些还说了另外的话，只是那两句话她却没法告诉徐静。

他说："你要上的战场，我替你去上；你要攻的城池，我替你去夺。"

阿麦最初分明是极气愤的，可不知为何胸口却突然有些憋闷，像是一块石头被压在了心口，恨不能大哭几声发泄一番才好。

"怎么了？"徐静见阿麦半晌不说话，不禁问道。

阿麦回过神来，勉强笑了一笑，岔开话问道："先生，你说咱们怎么夺靖阳？"

夺下靖阳，就等于将南夏的北大门关死，陈起手中十余万大军便成了瓮中之鳖。俗话讲得好：瓮罐里养王八，越养越小！南夏军甚至不需如何动作，这北漠军自会越来越少。

"欲夺靖阳，必先拿下其南的小站，截断靖阳与豫州之间的联系！"徐静指点着地图缓声说道。

小站？这个地方阿麦倒是还记得，此地在野狼沟之北几十里，盛元二年野狼沟之役时，陈起便是从小站拔营，然后落入青豫联军的伏击之中。阿麦轻轻点头，与徐静细细商议起来。

四月初，张生先率骑兵部队偷袭靖阳南部小镇小站，将靖阳与豫州交通割断。同月，江北军大军兵出新野，攻向靖阳。与此同时，为配合江北军作战，江雄弃泰兴于不顾，主力攻打茂城、凉州，将北漠西侧退路堵死。

因青冀之战北漠耗损兵力过大，陈起手中兵力捉襟见肘，只能派骑兵沿路袭扰江北军，拖慢其行军速度，同时，在北漠国内征调兵马，南下靖阳救援。

五月，北漠常钰青竟带了一支奇兵突然出现在江北军身后，欲重新夺回北部重镇新野。留守新野的江北军副帅莫海以火炮守城，常钰青猛攻三日不得，果断绕新野而过，扑向临潼，誓要打通通往北漠国内的交通线。

临潼驻兵只有三千，还都是唐绍义带领的清风寨中的"匪兵"，将要面对的却是北漠最精锐的两万精兵。临潼危险！

唐绍义虽是有些赌气地带兵出走临潼，可到了此刻也知这气再也不能赌了，一面组织人马守城，一面派飞骑向江北军告急求援。

临潼告急的文书传到阿麦手中时，江北军主力正在攻打靖阳。靖阳是江北的北大门，历来就为边关重镇，城高池深，江北军虽随军携带了火炮，可大都为便于携带的野战炮，口径较小，威力便也小了许多，一时并未能攻开靖阳南门。

徐静看了军报，不禁愕然，惊道："常钰青怎的突然到了临潼？"

阿麦面沉如水，答道："看情形应是预料到咱们的行动，提前潜了过去。"

阿麦稍一思量，吩咐帐中亲卫："传令命张生带兵撤出小站，速速救援临潼！"

"慢着！"徐静突然喝住了领命而去的亲卫，转头看向阿麦，沉声道，"张生不能去！失了小站，我军便会有腹背受敌之险，所以，靖阳一日未下，小站便一日不能失！"

阿麦眼神凌厉，看着徐静沉默不语。徐静挥了挥手示意帐中的将领、亲卫都退下去，这才又劝阿麦道："我知道你与那唐绍义情分非比寻常，可此时万不能因私情而坏了大事，你焉知常钰青攻临潼不是陈起的调虎离山之计？咱们江北军辛苦这许多年，成败全在此一举，你怎能意气用事！"

阿麦冷声道："靖阳今日攻不下，我撤了兵改日再攻也行，可临潼不救，唐绍义与那三千清风寨兵士只能是死！"

徐静听了语气也重了起来，喝道："阿麦！战场上形势瞬息万变，你当攻不攻靖阳是儿戏？唐绍义死了便又如何？江北军中他不是死的第一人，也不是最后一个！难不成他的命就比别人的重？"

阿麦高声道："可他却是为了我才去守临潼！"

徐静怒道："可江北军却不是为了你才来的这靖阳！你因私情而误国事，你置天下百姓于何地！你可愧对这些同你出生入死的将士？你可愧对你的父亲！"

这声厉喝雷一般炸在阿麦头顶，劈得阿麦身形都隐隐晃了晃。阿麦缓缓地闭上了眼睛：一方是江北军万千将士江北百姓，一方是始终对自己不离不弃的唐绍义；家国大义，个人私情。攻靖阳弃临潼，这世上可还能找到一个像他那样对自己的人？弃靖阳救临潼，又如何向那些战死在靖阳城下的将士交代？

徐静叹息一声，缓声劝道："临潼丢了，还有新野守在那里，北漠大军进来得并不容易。可拿不下靖阳，一旦北漠国内援军赶到，待陈起缓过这口气来，再要除他却是难了！再说，唐绍义是员宿将，清风寨那些人虽不是正规的江北军，可个个是悍匪出身，比起军中兵士来还要骁勇几分。常钰青势头虽猛，可手中兵力必然有限后力不足，唐绍义未必不能撑得住半月十天的。"

阿麦用力抿了抿唇，这才艰难说道："叫莫海先从新野出兵援救临潼，大军全力攻打靖阳，待拿下靖阳以后再火速援救临潼。"

徐静听了便松了口气出来，又见阿麦面色惨淡，想张口再劝几句，可没等开口，就听阿麦淡淡说道："先生，我觉得很累，想自己歇一会儿。"

徐静默默看了看阿麦，叹息一声，转身出了大帐。他本想着等阿麦情绪平静一下再劝她一劝，谁知待到夜里，却得知阿麦要亲率精锐趁夜攻城。徐静忙赶了过去，见她已是一身铠甲披挂整齐，正与诸将交代各自的任务。

阿麦听见动静，抬眼瞥了一眼徐静，复又回过头与黑面交代道："将火炮都调到城东，吸引鞑子注意，其他的攻城器械偷偷运到城西。"

徐静上前问阿麦道："你要趁夜攻城？"

阿麦面容冷峻，点了点头，"不错，早一日攻下靖阳，也好早一日挥军援救临潼。"说完便静静地看着徐静，等着他的反应。徐静却是笑了笑，说道："火炮都放在南城门处，就对准了南城门打……"笑得贼兮兮的，低声说道，"连着打上几个晚上，靖阳就能进去了！"

阿麦眼前一亮，已是明白了徐静话里的意思。这几日江北军一直在猛攻南城门，今日夜里阿麦就是想偷袭西城门，所以才把火炮调往东面，好吸引城中北漠守军兵力，不过此招却是有些显眼，怕会惹守军起疑。

此时听得徐静如此一说，阿麦不由得弯起了唇角，这还是自从她收到临潼的告急信后，脸上露出的第一个笑容。阿麦冲着徐静郑重一揖，谢道："多谢先生教我！"

五月十九日夜，江北军开始了对靖阳城的夜袭，全军集中力量猛攻南门。靖阳城中守将不是别人，正是那年曾跪在关前劝谏北漠小皇帝南下亲征的老将萧慎，听闻江北军突然夜袭，二话不说就带着兵上了城墙。等打到后半夜，西城门却突然告急：江北军突然偷袭西城门。

要说还是老将靠得住，江北军突然玩这一手，可萧慎却未慌乱，有条不紊地调兵过去增援西城门。双方激战到天亮，靖阳西城门依旧固若金汤，江北军只能无功而返。萧慎缓过劲来再细看，才发觉南城门的喊杀声虽是震天响，却是虚张声势的多，江北军真实目标却是西门。

第二日夜里，江北军又是夜袭，火炮依旧猛打一个点，不过这次萧慎老将军长了个心眼，虽然带兵守在了南门，西门那里也没敢放松。不料打到后半夜，却是东城门告了急。萧慎气得跺了个脚，赶紧派兵去支援东门。

双方打到天亮，东城门虽也未被江北军攻破，萧老将军却伸手抹了把额头冷汗，暗暗骂着麦穗这人果然极不地道。

第三日夜里，江北军是外甥打灯笼——照旧（照舅），南城门处又开始放炮攻城，萧慎一时拿不定主意了，今夜里这是该往东跑还是往西跑？结果等到了三更，竟是东城门又告了急。

就这样一连偷袭了几夜，萧慎便隐约摸到了些江北军攻城的规律。于是等到五月二十四这天夜里，萧慎便暗中将兵力重点布防西城门，自己也亲自带兵守在了西门。果然，天一黑，南城门那边又响起喊杀声，萧慎听了便嘿嘿冷笑，只等着江北军往西门来自投罗网。

结果，西门这边一直没有动静，南门处的火炮声、喊杀声却是震天响，萧慎心中正有些纳闷，南门处传来告急，江北军正在全力进攻南门！萧慎愣了一愣，很快便反应了过来，连忙带兵救援南门。可惜，为时已晚。

初平三年五月二十四日夜，江北军攻破靖阳城南门。

二十六日，靖阳光复，北漠守将萧慎战死，守军死伤一万余人，其余从北门而出，逃往北漠境内。

阿麦命林敏慎将萧慎的遗体好生装殓，给北漠人送到关外。林敏慎应了，却说道："要说这老萧胆也忒小了些，难为他还能活到这把岁数，他若是能胆大点，趁夜出来攻击我们，没准儿还能扭转战局呢。"

阿麦说道："人老了，胆子总是会变小。"她沉默片刻，又吩咐张士强道，"叫人立即传令张生，放弃小站，日夜奔驰，先行援救临潼，我后面援军马上就到！"

张士强应声而去，林敏慎却抬头瞥了一眼阿麦，眼底闪过一抹复杂神色。

阿麦并未注意这些，只是在合计现在救援临潼是否还赶得上！常钰青是五月十五日围的临潼，她在五月十九日就收到了临潼告急军报，现在是五月二十六日，待张生接到军令驰援临潼，估计六月初便能到达，如此算来其间有半月时间，唐绍义用三千"匪兵"可能抵得住常钰青两万大军的猛攻？阿麦心中很是没底。

第七章

惊讯 大义 对话

五月二十七日，阿麦命徐静与贺言昭驻守靖阳，自己亲自领兵两万回援临潼。因主力新军为步兵，所以行军速度比张生的骑兵慢了许多，直走到六月中还离了临潼有几百里，临潼战报却是到了：张生骑兵六月初四到达临潼，被常钰青派兵阻在城南十里铺，待冲破常钰青防线赶到临潼城下，临潼城已破，唐绍义力战而死。张生率军攻入城内，常钰青弃了临潼，带军退回到北漠境内。

阿麦看着战报，只觉得眼前的字猛地忽远忽近忽大忽小起来，她忙闭了眼，用手扶住了身下马鞍，缓了片刻才将手中战报递向身侧的林敏慎，吃力地说道："你给我念一遍。"

林敏慎不明所以地接过军报，用眼扫了过去，脸色忽地变了，抬头看向阿麦，迟疑道："元帅……"

"念！"阿麦眼神狠厉，声音里竟带出一丝少有的尖锐来，"我叫你给我念一遍！"

林敏慎无奈，只得低声将战报念了一遍。

后边的张士强听了，心中一凛，又是焦虑又是担忧地看向阿麦，却见阿麦半晌没有动静，良久后才缓慢而又坚定地吐出几个字来，"我不信。"

"我不信"三字过后，四周沉寂下来，空气凝重。

片刻，阿麦突然如梦醒一般，抬手狠狠地抽了坐骑一鞭，一人一马便箭一般向前冲了出去。

是的，她不信，她不信那个曾握着她的手说"都要活下来"的唐绍义会就这样死了。

张士强惊呼一声，见阿麦已拍马走远，顾不上许多，忙带着亲卫队在后面紧追了上去。林敏慎也怕阿麦情绪失控之下出了意外，简单交代了军中副将几句，自己也紧随着追向临潼。

因北漠与江北军连年征战，驿站早就没了，四百里官道显得无比的漫长。阿麦策马跑了足足一个日夜，身下的坐骑已然跑废，这才进入临潼。府衙内还是一片惨白，正堂上白幡高挂，已是充作了灵堂。张生带着部将从灵堂内迎了出来，眼底下有淡淡的青灰之色，面容沉静地看向阿麦，行礼道："元帅。"

阿麦没有理会他，绕过他径直进了灵堂。冲门的香案上灵牌虽在，却不见唐绍义的棺木。阿麦扫了一眼香案，头也不回地问张生道："唐绍义人呢？"

张生独自跛着一条腿从外面进来，解释道："天气炎热，尸身放不住……"

阿麦却猛地转身，眼底一片寒色，目光凌厉地看向张生。张生话语不由得停了下，略作停顿才继续说道："只能先将唐将军葬了。"他垂下了眼帘，避过阿麦的视线，从怀里掏出一个暗色荷包来递给阿麦，说道，"末将赶上见了唐将军最后一面，他叫末将把这个给元帅。"

那荷包十分干瘪，做得也不算精致，已是有些破旧。阿麦缓缓伸手接了过来，待放到眼前才看清那暗色是已经干了的血迹。阿麦的手不受控制地抖了起来，她抿着唇费了好大工夫才将那荷包打开，只从里面倒出一对耳坠来，银丝的绞花，缀了绿色的玉石，一下子将她压在记忆深处的东西俱都翻了出来：乡村、集市、母亲、还有泰兴、西市、唐绍义……

阿麦用力将手掌攥了起来，耳坠上锐利的钩尖刺入她的掌心，很疼，可是她却依旧觉得不够，不够她强自压下眼中的湿意。

父亲说过，不能哭，哭一点用处也没有。

阿麦终缓缓地抬起头来，神色平静地问道："唐将军的墓在哪里？带我去看看。"

张生眼中的诧异、惊愕一闪而过，待回过神来，阿麦已率先向灵堂外走去。外面台阶下，军中将领俱都等在那里，见阿麦出来齐齐唤道："元帅。"

阿麦视线缓缓扫过那一道道或悲愤或闪烁的目光，心中已是有些了然，略点了点头，边走边侧头问张生道："清风寨可还幸存了人马下来？"

张生答道："有二百多人。"

阿麦沉默了一下，吩咐道："安葬战死的清风寨义士，将幸存的好生安置。"

张生跟在阿麦身侧，说道："清风寨的息荣娘昨日已是到了，这会儿正在安置那些受伤的人。"

阿麦绷紧了唇角，没再说什么。

清风寨战死的人都被埋在了城南，除了有名有姓的几个头领独自立了碑，其余的人只是有座小小的坟头而已。这也是他们运气好，是自己人赢了这场仗，若是敌人赢了，就连这小小的坟头也得不到。

唐绍义的墓立在当中，碑石最为高大，阿麦站在碑前默默看了片刻，突然轻声说道："你们都回去吧，我自己在这儿待一会儿。"

众人互相观望了一下，却是没人动身。

阿麦又冷声说道："都走，若是怕我被人杀了，那就守在外面，别让我看见就成。"

张生与林敏慎对视一眼，带着众人悄悄地退了下去，张士强却仍有些迟疑，张生便拽了他一把，冲他轻轻地摇了摇头。

待到身后的人都退净，阿麦这才伸出手来轻轻地摸了摸墓碑，扶着碑石缓缓地坐倒在坟前，没有哭泣，没有悔恨，却是轻笑着问了一句："大哥，你现在可该怨我了吧？"说完，便缓缓地垂下了头，用手臂抱了膝，安静地倚坐在墓碑旁，再说不出一句话来。

她以为他可以撑得住的，她以为她可以赶得及的。结果，他撑到了月底，她的援兵却没到。小站到临潼，骑兵不过是五六日的路程，张生却足足用了十日……天气明明是极热的，可阿麦却只觉得身上有些冷，无论怎么团紧了身体，冷风还是从四面八方扑了过来，寒意透彻心扉。

　　也不知过了多久，四周光线渐暗，阿麦被一阵急促的马蹄声惊醒过来，抬头看过去，一身白衣的息荣娘从马上滚落下来，几步冲上前来，拉起阿麦，扬臂就甩了一个响亮的耳光，怒骂道："滚！用不着你在这里猫哭耗子！"

　　紧跟在后面追过来的张士强急忙上前拽住了息荣娘，他因不放心阿麦，所以一直在墓地外等着，息荣娘闯进来的时候，他没能拦住，只能跟在后面追了进来。

　　息荣娘一边挣扎着，一边冲着阿麦骂道："若不是你，唐大哥也不会死在这里！你故意拖延不救，你良心都叫狗吃了！"

　　"息荣娘！你闭嘴！"张士强怒道，抱住了息荣娘就往后拖，息荣娘挣脱不过，索性转身去厮打起张士强来。可无论她怎样扭打，张士强就是抱紧了不肯松手，到了后来息荣娘也没了力气，脱力地瘫在张士强怀里放声大哭起来。

　　阿麦对息荣娘的叫骂充耳不闻，立在碑前待了片刻，突然伸手轻轻擦了擦嘴角的血迹，拍了拍唐绍义的墓碑，随后一言不发地向外走去。张士强看了大急，苦于被息荣娘拖着，忙出声叫道："什长！"

　　阿麦身形顿了顿，淡淡说道："你留下照顾她吧，我没事。"说完便加快了脚下步伐，迅速离开了墓地。

　　回到临潼府衙，张生等人都在大堂内候着，见阿麦回来，林敏慎上前劝道："你先去躺一会儿吧。"

　　阿麦勾了勾唇角，居然笑了笑，"现在战局这样紧张，我哪里躺得下去，还是先说说军务吧。"

　　诸将相互看了看，便拣了营中要紧的事务报了上来，阿麦处理完毕已是深夜时分。待诸将散去，阿麦缓步出了大堂，竟丝毫不显疲态，见张士强正等在台阶下，借着烛火可以看到脸侧有几道明显的抓痕，她竟然笑道："这个息荣娘，还真是泼辣！"

她这样轻松的反应，却叫陪在一旁的张生与林敏慎都暗吃一惊，两人对望一眼，不约而同地垂下了视线。张生恭声说道："元帅，我送您回房休息。"

阿麦点了点头，由张生陪着去了客房。待张生与林敏慎两人都走了，张士强给阿麦打了洗脸水进来，想了想劝道："元帅，您别和息荣娘计较，我在清风寨和她待过一阵子，她就是那个暴脾气，心里没什么坏心眼，等过了这几天，她自然就能想通了。"

阿麦捧水的动作停了下，抬眼看向张士强，沉声道："她说得没错，如果不是故意拖延不救，唐大哥死不了。"

张士强心里一惊，端着水盆的手便抖了抖。

阿麦用毛巾擦了脸，说道："从小站到临潼，不过五六日的路程，张生却用了近十天，然后又被常钰青挡在十里铺一整日，直等到临潼城破才攻了过来，如果不是故意拖延，何至于此？"

张士强听了又惊又怒，不解道："张生可是唐将军一手带出来的，他怎能这样忘恩负义？"

阿麦冷冷地笑了笑，将手巾丢到水盆里，却没答张士强的问话，走到床边坐了，沉默了片刻又突然低声说道："息荣娘没打错我，我也是个忘恩负义的，若我不是要打下靖阳再回救临潼，唐大哥也死不了。所以，我和张生相比，不过是半斤对八两。"

江北军援军在临潼暂时休整了几日便又转身赶往靖阳，阿麦命张生将大半骑兵留在临潼，以增强莫海部队的机动能力，只余三千骑兵由张生带了同她一起赶往靖阳。

回到靖阳，徐静看清随同阿麦前来的人员之后，眼中忧虑之色一闪而过。贺言昭向阿麦详述了这些日子陈起的动作，张生自小站撤走之后，北漠便重新占据了小站，豫州北漠军大营也在慢慢北移，看情形陈起是想要强行冲关了。

阿麦明了地点了点头道："这样看来，鞑子国内的援兵也快要来了，是想着把陈起部接应出关吧。穆白，你亲自去给莫海送信，命他往临潼增兵，时刻密切注意燕次山北的情形，鞑子援军一旦过了溧水便迅速出兵北进，从后截断他们后路。"

她说完又转头看向张生，吩咐道，"兵贵出奇，你亲领了两千骑兵偷袭小站，陈起大军到之前必须重新拿回小站！"

此话一出，厅中一时有些静寂，诸将不禁都看向了张生。之前张生手中足有一万多骑兵，才勉强守住小站，可如今阿麦却叫他只用两千骑兵就要拿回小站，这简直就是不可能的事情。

张生垂下了眼帘，沉默片刻后，平静地应道："遵命。"

阿麦又补充道："咱们手中兵力有限，还要守靖阳，实在拿不出再多的兵力。你别只知道强攻，要动动脑子，提前向江雄将军打个招呼，请他派兵相助。你先将小站驻兵引了出来，再叫江雄乘虚而入。"

阿麦顿了顿，转而询问部将靖阳城墙的修复事项。徐静站在旁边一直无话，待到军议结束，厅中只剩下了阿麦与他两个，这才严肃地问阿麦道："你将骑兵都留给了莫海？"

阿麦视线还在墙上的挂图上，随意地答道："这不是还带回来三千吗？"

徐静说道："你命张生只带两千去夺小站，这不是明摆着要他去送死吗？"

阿麦听了这话回过头来，似笑非笑地瞥了徐静一眼，反问道："唐绍义手中只有三千匪兵，不是也照常守了临潼吗？照先生这说法，那他就是明摆着在等死了？"

徐静噎了一下，叹息道："阿麦，我知道你因为唐绍义的死心有不平，可……"

"可怎样？"阿麦转回了身，静静地看着徐静，问道，"先生想说什么？"

徐静想了一想，答道："张生救援不及是有蹊跷，可现在不是追究这些的时候，毕竟唐绍义已是死了。"

阿麦便笑了一笑，说道："是啊，毕竟唐绍义已是死了，所以我便也不再追究此事。这与我命张生去夺小站有什么关系？小站是江中平原的瓶颈所在，其南野狼沟更是阻拦鞑子大军的有利地点，难道先生觉得小站不该去夺？"

徐静答道："小站是该夺，可……"

阿麦截断他的话，"可不该派张生去？可他是我的骑兵统领，我不派他去还要派谁去？兵力不足？不是说了要求江雄的援兵吗？北边鞑子援军很快便到，难道靖阳现在还能分兵给他？"

徐静第一次被阿麦堵得无话可讲，瞪着小眼睛看着阿麦好半天，突然没头没脑地问阿麦道："阿麦，待光复了江北，你有何打算？"

阿麦愣了一愣，笑了，说道："先生这话问得奇怪。"

徐静却是目光灼灼地看着阿麦，说道："你若还没想好，老夫可以给你出个主意，你守靖阳，叫陈起与那江雄去打，甚至可以暗中给陈起通个消息，暗示他只要帮你灭了江雄，你便可放他大军出关。待江雄兵败，陈起实力也大减，你便可依约放陈起出关，而后不动声色地剪除军中齐涣的势力，张生已是提前战死，所以他不用再考虑；青州还有个薛武，那是齐涣还在做商易之时留下的人，寻个机会夺了他的兵权便是，却不能杀，以示对贺言昭的宠信；冀州肖毅本就是个墙头草，却是要想法除了才能放心。如此一来，江北军内都是你与唐绍义提拔而起的亲信，便成了铁板一块，江北之地也尽在你掌握之中。你以江北为根基，俯攻江南，甚至还可以借陈起的北漠大军，再联系岭南齐泯的残军以相呼应，不出十年，天下尽可得也！"

徐静的话句句都戳中了阿麦的心思，阿麦死死地盯着徐静，扣紧齿关沉默不语。

徐静嘿嘿地笑了笑，问道："怎样？你可有这个魄力？你若有，老夫就豁出去这一身老骨头，扶持你做个千古女帝！"

阿麦缓缓地松开了齿关，眯了眼，淡淡问道："做了女帝又能如何？难道先生觉得我不如那齐涣许多？"

徐静正色道："你自是比那齐涣不差分毫。只是，你若如此，那唐绍义为何而死？"

阿麦身体倏地一震，睁大了眼说不出话来。

是啊，如若她也这般去争天下，她和那齐涣还有何区别？唐绍义为何会死？因为他不认同齐涣为求帝位而不顾百姓苍生的做法，因他为了自己的信念而不肯向齐涣低头，所以他才会出走临潼，所以张生才会在齐涣的授意下故意救援不力，所以……唐绍义才会死！

阿麦无力地倚到身后的挂图上，用手捂住双眼，顺着墙壁缓缓地坐了下来，半响之后，那声再也压抑不住的哽咽终于从她的喉间呜呜地溢了出来。徐静眼底有不忍之色，家国百姓，这副君王都嫌重的担子，他却每每用来压在这样一个看似坚强无比的女子肩上。

良久后，那压抑的哭声才渐渐止住了，阿麦依旧用手遮着双眼，自嘲地笑了笑，哑声说道："先生，你真是个好说客。"又过了片刻，她突然问徐静道，"先生，你又是为了什么？"

徐静想了想，故意一本正经地道："我若说只是为了天下苍生，你……信吗？"

阿麦扑哧一声失笑出声，摇了摇头，"不信。"

徐静自己也笑了，笑道："我也不信，不过往大里说总是跑不了家国天下百姓苍生，往小里说嘛，就是求个封侯拜相青史留名罢了！"

六月底，张生用两千骑兵猛攻小站，遭到北漠军顽强抵抗，张生兵败，退向东。两日后再次夜袭小站北漠守军，再败。翌日夜里，张生带几百残兵再次夜袭，终重创北漠守军。随后，江雄带南夏军从乌兰山西麓绕至，攻占小站。

七月，陈起弃守泰兴，兵力回收至豫州。月中，北漠国内集结十万援军，由常钰青带了南渡溧水，同时陈起大军北进强攻小站，欲与常钰青里应外合打通靖阳关口。临潼江北军莫海部迅速出兵北进，翻燕次山西端而过，摸向常钰青大军后路。

阿麦再次命守城模范贺言昭坚守靖阳，自己则带了江北军新军赶往小站支援江雄。两军合兵一处之时，江雄将兵权全部交到阿麦之手，恭敬地向她行了个军礼，沉声道："皇上曾有口谕给末将，待江北军与南夏军合兵之日，便将全部军权交与麦元帅。"

阿麦怔了一下，嘴角勾起一抹苦涩的笑意。

七月底，南夏联军将陈起几万军队团团围在了小站之南，而北漠常钰青的救援大军虽然赶到了靖阳之北，可此时靖阳关十分险固，要想从外强行而入十分困难，战局一时有些僵持。

深夜，野狼沟依旧处处鬼火，荧荧魅魅。夜风吹起时，沟内便会响起呜呜的声音，似是盛元二年战死在此处的十五万靖阳边军的哭声。

南夏联军中军大帐，灯火通明却寂静无声，偶听到灯花的爆开声。张士强守在阿麦大帐之中，有些畏惧地瞥了一眼帐门，开口打破了帐中的寂静，"元帅，咱们这次可会将鞑子全部歼灭？"

阿麦抬头看一眼张士强，反问道："你说呢？咱们已经围了三面，西面又是乌兰山，陈起就是想回豫州也回不去了。"

张士强想了想，认同地点了点头，"那就一定能将鞑子全都剿灭了。"

阿麦笑了笑，复又低下头去看向手中的书卷。帐中刚恢复了静寂，突然听得帐外传来一阵沉着的脚步声，紧随着就听见林敏慎的声音从帐外响起，"元帅！"

阿麦抬眼看向帐门，淡淡地说了一声："进来。"

帐帘一掀，一身铠甲在身的林敏慎从外面进来禀道："鞑子军里派使者过来了。"

阿麦微微有些惊讶，稍后便说："带进来。"

林敏慎应了声"是"，却未动地方，神色复杂地看着阿麦，欲言又止。阿麦不禁扬了扬眉梢，问道："怎么了？"

林敏慎却是没答，只大步地走了出去，过了一会儿，便同几名士兵一起押了个黑衣男子从帐外进来。阿麦坐在书案之后抬眼看过去，只见来人身材颀长，微低着头，身上披了黑色的斗篷，戴了风帽，裹得甚是严密。

那人缓缓地摘了风帽下来，抬头看向阿麦，轻声唤道："阿麦。"

阿麦看了来人片刻，讥诮地笑了笑，"陈元帅，既然来了，就请坐吧。"说着又转头吩咐一旁早已是目瞪口呆的张士强，"去给陈元帅沏些茶来。"

张士强愣了一愣才反应过来，却是不放心离开，临走时给了帐门处的林敏慎一个眼色，结果就听见陈起又对阿麦说道："我有些事情想与你说一下，能否屏退了这些侍卫？"

阿麦笑笑，吩咐林敏慎道："你带着他们先出去吧。"

林敏慎便回了张士强一个无奈的表情，带着那几个士兵一同退了出去。偌大的营帐之中便只剩下了陈起与阿麦二人，顿时安静下来。阿麦默默地看向陈起，心中一时复杂莫名。她曾无数次幻想过她与陈起在战场上迎面相逢的情景，她会用剑指着他，质问他为何要忘恩负义，为何要丧尽天良……这个信念支撑着她在军中一路摸爬滚打走到现在，可当此刻她真的成了名动天下的麦帅，陈起也已在她面前，她才发现其实所有的问题自己早已有了答案。

两人沉默地坐了良久，陈起抬眼看看阿麦，突然低声问道："你可还好？"

阿麦点头道："很好。军权大握，天下扬名，承蒙惦记了。"

陈起听后，自嘲地笑笑，又沉默下来。

过了一会儿，他又开口说："阿麦，你赢了。我死，你放了他们。"

"他们？他们是谁？"阿麦反问道。

对于阿麦的明知故问，陈起眼中终有了些恼怒之色，他挺直了脊背，说道："靖阳关内的北漠人。"

阿麦便轻轻地笑了笑，说道："北漠百姓我是要放的，其余的人却不能了。"

"为何？"陈起沉声问道。

阿麦冷了脸色，一字一句地答道："因为他们是兵，是侵入我南夏的敌兵，既然拿着刀剑来了南夏，就没那么容易回去。"

陈起有些愕然地看着阿麦，半晌后才轻声问道："阿麦，就因为恨我，所以才把自己归入南夏，是吗？"

阿麦看了陈起片刻，忽地笑了，一字一句地说道："陈起，你错了，我是南夏人，我的父亲也是南夏人。如果父亲不认为自己是南夏人，那么他就不会带军抗击北漠；如果他只是为了一展抱负，他就不会在兵权在握之时却弃了权势转去隐居。我们是南夏人，我们从来就是南夏人。因为是南夏人，所以才不能容忍这片河山上有战乱发生；因为是南夏人，所以才更想要这南夏国家太平百姓安康！"

阿麦有些怜悯地看向陈起，"可惜，你从来不懂这些。父亲救你，不因为你是北漠人或是南夏人，而是因为你那时只是个孩子，因为我们先是人，而后才是南夏人。而你，陈起，你虽然跟了我父亲八年，学了他八年，却从来没有看懂过他。"

陈起愣怔了半晌，猛地从椅上起身，怒道："你又怎知他是如何的人？"

阿麦微抬了头去看他，缓缓答道："我原本也是不懂他的，直到我坐到了他的位置上，我才真正地懂了他。你回去吧，你是定然要用死来偿命的，但是这却不是你用来交换的条件，我能做到的只是不再杀俘。"

陈起听到这番话许久不能言语，站了片刻之后，转身向帐外踉跄走去。

| 第八章 |

君命 落定 春归

七月二十九日，姜成翼率军向北突围，败。

八月初一，陈起与姜成翼分兵向东、北突围，败。

八月初三，北漠骑兵夜袭南夏联军大营，败。

八月初五，北漠征南大元帅陈起令全军举械投降，投降之日，陈起自尽于帐中。副将姜成翼将陈起的遗书交给了阿麦，阿麦打开时却只见到白纸一张，待回到自己军帐时便将四周的亲卫都遣退了，独自在帐中放声哭了一场，然后用那张纸擦了擦鼻涕眼泪，团了扔了。

这场光复之战，南夏人打了足足六年，现如今终于得胜，举国欢腾。皇帝齐渷的嘉奖令很快便到了江北，给各级将领都升了官晋了爵，又命江北军莫海部继续停驻溙水河畔，南夏联军北上靖阳、临潼一线整顿。

阿麦接了圣旨，转身便丢到了书案上，对着徐静嗤笑道："看看，这才刚打下江北来，就想着要出关征讨北漠，一统天下！"

徐静有些纠结地扯扯胡子，问阿麦道："你想怎么办？"

阿麦道："两国分立已久，民情相差极大，即便我们现在能恃武力攻入北漠境内，占了他半壁江山，也不过是将过去的六年倒过来重演一遍罢了。我却是不想再打了，将莫海的人马从溧水撤回来，放常钰青回去。"

徐静担忧地看了看阿麦，"这可成了私放敌军，是杀头的罪名，齐涣那边你怎么交代？"

阿麦笑笑，"那叫他杀了我好了！"

九月，阿麦命莫海从北漠境内撤回，置齐涣命她出关的圣旨于不顾，留江雄戍守靖阳，莫海戍守临潼，其余兵力撤往凉州、豫州、新野、青州等地。同时，阿麦带着亲卫队返回盛都。

路上林敏慎与她闲谈起盛都的近况，无意间说到盛都现在正流行的评书是段女子代父从军的故事，那女子改扮男装从军十二载，历尽千辛万苦终将鞑子赶出了国门，还和并肩作战的某位皇子产生了超越袍泽情意的感情。阿麦听着便笑了笑，过宛江后派几个亲卫先送徐静回盛都，自己则绕了个弯去看望隐居在江南的徐秀儿母子。

徐秀儿带着孩子陪同刘铭住在江南的一座小镇上，生活算是安逸富足。她见到阿麦突然到来十分意外，不禁惊讶道："麦大哥怎么也来了？"

阿麦笑笑，"怎么？我来了不好？"

徐秀儿察觉自己一时失口，窘迫地连连摆手，忙开了门将阿麦让进去。

小院中，小刘铭腰里别着支木剑正在扮将军，一声令喝之下，手下那唯一的一个小兵便一屁股坐倒在了地上，哇哇大哭起来。

徐秀儿忙过去把那孩子抱在怀里柔声哄着，小刘铭看到阿麦，跑过来仰头看着她，说道："我认得你，你就是江北军大元帅，是不是？"

阿麦蹲下身子将他腰间的那柄木剑别好，笑道："我正是江北军元帅麦穗，还不知道这位壮士的尊姓大名？"

小刘铭挺了挺胸脯，手扶着木剑手柄，高声答道："我叫刘铭，唐叔叔说我以后也是要做将军的！"

阿麦微微一怔，笑着摸了摸他的头顶，小刘铭挣脱了阿麦的手，又跑到别处玩去了。

徐秀儿抱着孩子从一旁过来，阿麦伸出手逗着她怀里的孩子，随口问道："这孩子叫什么名字？"

徐秀儿沉默半晌，轻声答道："跟我的姓，叫徐豫。"

阿麦看了徐秀儿片刻，认真问道："秀儿，你可想过再嫁？"

徐秀儿一怔，坚定地摇了摇头，"我不想嫁了，只想着跟在小公子身边，然后好好地把豫儿带大。"

阿麦便说道："既然不想再嫁，那就干脆嫁给我吧。"

徐秀儿吃惊地看着阿麦，正寻思着该如何回复。阿麦却温柔地笑了笑，从怀里掏出那一对耳坠来，拿到自己耳边比了比，笑着问道："你觉得我戴上好看吗？"

徐秀儿惊得说不出话来，阿麦又笑着问道："怎么，难道你没听过那个女扮男装替父从军的故事？"

徐秀儿听得此言，瞪圆眼睛，不敢置信地看着阿麦，脱口问道："元帅你……"却又听阿麦说道："皇帝虽然知道了我的身份，却还未向世人宣布，我需要个妻室来遮人眼目。你若是不想着再嫁，就帮我一把，孩子别跟着你姓徐了，以后大了他也会问，就姓杨吧，我曾应过一个人，若是能有个孩子便过继给他。"

徐秀儿听到此处，唬得急用手掩住嘴，方把口中的惊呼压了下去，只觉心神不定方寸大乱。

阿麦又笑着补充道："我现在已是得罪了皇帝，你嫁了我，没准儿很快就会成了寡妇。等你以后有了想嫁的人，也耽误不了。"

她话说至此，徐秀儿再说不出什么，含着满眼的泪点头同意了。

阿麦于是便在江南与徐秀儿一同过起了家居日子，每日或逗逗那蹒跚学步的小杨豫，或是给猴一般活泼好动的刘铭讲讲军中的故事，又有时干脆亲驾车马带大伙去山中游玩，晚间也不回，只叫侍卫捉了野味来，一伙子人围着火堆烤肉吃。

就这样一直逍遥到过了年，齐焕几次下旨征召，阿麦这才带着家眷高调地回到盛都。

盛都年节的热闹劲儿还没过，皇帝齐涣年前立了林相的女儿为后，全国上下一片喜庆。随后又添喜讯，原来林相的独子林敏慎当年并未战死，现今摇身一变作为抗击靼子的有功之臣从江北返回，更是加官封爵喜上加喜。世人都说林相好福气，虽只有一子一女，却都是极为争气。

阿麦到了盛都先安置好徐秀儿，这才去寻已经封了高位的徐静，徐静不禁叹息道："为何还要回来？独自走了多好！"

阿麦笑了笑，"我又不欠他什么，为何非要跟做贼一般躲躲藏藏的？再说我这个阿麦都叫了二十多年了，被人追杀时都不曾变过，现在突然再换个名字定是十分不习惯。他既然要见我，我去见他便是了！"

说完了，穿上官袍堂堂正正地入朝面圣。

从盛元四年到初平三年，她与商易之已是四年未见，再见面时却是在朝堂之上，他为君，她为臣。他俯视，她扬颔。他有了雷霆之威，她有了傲骨铮铮。

朝堂之上，江北军元帅麦穗不尊君令，擅动大军，皇帝齐涣震怒，欲以军法处置，众臣跪求皇帝饶过麦帅，皇帝不为所动，命殿前武士将其押入刑部大牢，等候发落。阿麦没说什么话，乐呵呵地跟着殿前武士进了牢房。

这让刑部尚书感觉压力很大。

这位麦帅自泰兴二年从微末起，六年时间就替皇帝打下了江北半壁江山，几乎无一败绩。她年纪虽轻，在军中却是神一般的存在。现如今突然要"下榻"他这刑部大牢，若是稍有一个"招待"不好，军中那些兵大爷们就能有人敢跳出来冲着他拔刀。这还只是说底下的人，接着再说顶上头的那位，这麦帅乃是他的亲卫出身，两人关系可是非比寻常，据传甚至还带了些暧昧色彩，现在虽然是天颜震怒，可谁也保不齐明儿就会变成大晴天。

刑部尚书头很大，脑袋顶上的头发却又多掉了不少，连带着那每日里给他梳头的小妾都跟着一同提心吊胆起来，这头发要是照这个速度掉下去，用不了个把月自家老爷就可以遁入空门了。

刑部尚书和心腹师爷商量了一个晚上，结论就是一定要好好伺候好这位"战神"麦帅，哪怕麦帅明日里就要上断头台，头一天夜里也得全副的席面伺候着！

　　如此一来，阿麦在大牢里的日子反倒是十分舒服起来，闲暇时间太多，便把以前许多来不及想、没工夫想的事情都细细琢磨了一遍。某一日突然间顿悟了一件事情，于是发觉唐绍义此人也没她想的那般良善，他走就走吧，走之前偏要拿那对耳坠怄怄她才算。

　　齐焕每日里都会派个内侍进来问一句："可有事要禀奏皇上？"

　　阿麦大多摇头，偶尔会对大牢里的饭菜提些意见，比如"这盛都菜口味太淡，叫厨子多放些盐"，又或是"明日里把清蒸鱼换成红烧的吧"！

　　那内侍的嘴角便不由自主地抖啊抖，回头却得吩咐狱卒照着阿麦的要求做了饭菜送上来。

　　齐焕终于按捺不住了，令内侍送了两身衣装进天牢，一身是精钢打制的铠甲，另一身则是锦缎衣裙。阿麦接了赏赐，转身便放在了桌上，却不忘交代内侍："天气暖和了，被子该换薄的了。"

　　内侍差点喷出一口血来，用手扶了墙蹒跚而去。

　　又过了一日，新后林则柔趁夜亲自进入天牢，遣退了宫女侍卫，跪坐在阿麦对面，诚恳劝道："麦帅若肯入宫，则柔愿以后位相让。"

　　阿麦打量林则柔片刻，扬眉说道："那好，你告诉齐焕，我要见他。"

　　林则柔亲带了阿麦出大牢，入后宫，沐香汤，着华服，然后把她送进了齐焕殿中。偌大的殿里没有一个宫人，已换下龙袍的齐焕跪坐在棋盘前，抬眼看向阿麦。阿麦一步步地走过去，在离棋盘丈余的地方停下，沉默地看着齐焕，手上却不急不缓地解开了衣带……衣衫一层层地脱落，直至脱到衣不遮体，这才在齐焕的厉喝声中停下了手。

　　"够了！"齐焕怒声喝道。

　　阿麦腰背挺得笔直，在齐焕眼前缓缓地转了个圈，将自己的身体展示给他看，很是淡定地问道："皇上，您看看我的这副身躯可还够格做您的后妃？"

　　她的肩头、腰侧、后背、腿侧……处处都有伤疤，箭伤、刀伤，还有鞭伤……齐焕闭了眼，仰头片刻，涩声问道："阿麦，你就这样不愿留在我身边？"

　　阿麦答道："自我从军以来，从编号为'青一七四八'的小卒一路爬到江北军元帅，每一步都是我一刀一枪豁出性命拼来的，没有半分是用这身躯求来的。我为民绝情、为国弃爱，现在只剩下这样一副残破身躯。现在，你要我用它来求生活了吗？"

齐涣没有回答，不知过了多久，他才缓缓站起身来，从地上拾起了阿麦脱落的衣衫，捱着唇角一件件又重给她穿了上去。他鼻尖微微冒出些汗出来，将她身前的最后一根衣带仔细地系好，这才退后一步细细打量，轻声说道："过来陪我下盘棋吧。"

阿麦看了他一眼，走到棋盘旁坐好，齐涣在她对面跪坐，笑道："来吧，让我看看这几年有没有长进。"

这几年她四处东征西讨，哪里有工夫去摸此物，所以自然也没有长进，果不其然，棋只刚下到一半，齐涣便轻轻地吐出一个"臭"字来。

阿麦执棋的手微微一颤，落子便有了偏差。

齐涣默默看了那棋盘片刻，轻声问道："可还能悔棋？"

阿麦抿了抿唇，答道："落子无悔。"

齐涣便轻轻地笑了笑，拈子又落了下去，又落得几子，突然问道："兵权在握，为什么不反？"

阿麦淡淡答道："唐绍义不希望我再起内战。"

良久，齐涣才道："不用像你父亲一般死遁，我放你做个富贵散人，你爱去哪里便去哪里。盛都永远有你的麦帅府，逛得累了就回来歇上一歇。"

阿麦不语，齐涣又说道："难道你要带着徐秀儿他们一同随你四处流浪？刘铭还有杨豫都还太小，需要个稳定的环境，大了也需要个好前程。"

阿麦突然反问道："是要留他们在盛都做人质吗？"

齐涣一怔，终于怒了，"阿麦，我若就不放你，你能怎样？你可会以死抗争？"

阿麦抬头看着齐涣，脸上挂着些许狡猾的笑意，简单答道："不会。"

看着她这样的笑容，齐涣的满腔怒气一下子便消失得无影无踪，半晌之后却是失笑，"我为何要和你这样一个女子置气？"

阿麦却立起身来，敛襟拜倒，"多谢皇上成全，阿麦告退。"

齐涣看她许久，终于缓声说道："去吧。"

阿麦应声而走，待到殿门处时却又停下了，侧头郑重说道："若国有外敌入侵，阿麦自当再披战袍，保家卫国！"

齐涣应道："好！"

阿麦提步，毫无留恋地离去。

齐涣低头看棋盘上那副残局，良久之后才忽然自言自语道："就这样一手臭棋，怎的就会赢了呢？"

官门外，徐静、林敏慎、张生与张士强等人都等在那里，见阿麦一身女装随内侍出来，几人都微微一怔。林敏慎紧走几步迎了上去，将一个包袱塞入阿麦怀中，又将她推向坐骑旁，口中急急说道："里面银票衣服什么都有，快走，快走，免得夜长梦多。"

阿麦不禁失笑，故意逗他道："跑了和尚跑不了庙，你急什么？"

林敏慎却答道："和尚跑了还了俗，娶了媳妇生了娃，有庙也不用回来了！"

此言一出，其余几人都笑了起来。

已经拜相的徐静上前说道："走吧，秀儿那里有我，好歹也是我侄女，总能护她个周全的。不过你若是另娶了可得叫人给我捎个信儿，总不能叫我侄女一直空等着你，有合适的我就将她嫁了！"

阿麦眼圈有些泛红，哑声道："先生……"

徐静忙后退了一步，冲着阿麦直摆手，"快走，快走，可别再用这一手了！"

张生在夺小站的时候又受过伤，脚跛得更加厉害，拖着脚上前几步凑近阿麦。

阿麦见他过来，眼中闪过一抹愧疚之色，说道："张大哥，谢谢你。我一直都欠你的。"

张生敛手直说："职责所在。此去经年，不能再护得麦帅周全，还望麦帅行走间仔细着，得保平安。"他停了停，垂了眼皮低声道，"麦帅不如去一个好看得跟画一般的地方，有菜花、梨花、杏花……寻个故人，一同赏一赏春景。"

阿麦微微一怔，随即便笑了，轻声道："好！"

张生惊讶地抬眼，见阿麦冲着自己眨了眨眼睛。一怔之后，他面容上便浮起释然轻快的笑意。

那边林敏慎却是等得不耐烦了，又一迭声地催促，"行了，体己话该说完了，再不走可走不成了啊！"

阿麦笑笑，将包袱背在身后，翻身上马，又环视一圈，这才别过马头，抖缰向前驰去。但见那马逐渐远去，张士强却急忙在后策马追了上去，阿麦听得马蹄声，缓缓勒住了马，笑着侧头问他道："我要去寻人，你要去哪里？"

张士强怔了怔，答道："我跟着什长。"

阿麦笑着摇了摇头，问道："你总不能跟着我一辈子，你可有自己想去的地方？"

张士强脑海中便浮现出巍巍太行来，他想了想，答道："我想去太行山。"

阿麦笑了，说道："那好，我们就此别过，后会有期吧。"说完，竟独自拍马而去，只留张士强一人立在街口，默默看着阿麦的身影消失在街道尽头。

出了城门，官道旁草木乍新，一人一马已等候多日，白的马，黑的衣，挺直的脊背，英俊的面容，引得路上行人频频注目。

阿麦怔了下，看清之后笑着拍马上前，问道："你怎么还有胆来这里？"

常钰青挑着唇角笑了笑，"你私下军令，纵敌逃走，我过来看看你可会被皇帝问罪处斩。"

阿麦"哦"了一声，又问他道，"若是被问罪处斩了呢？"

"那我就回去带着大军再打过靖阳关。"

"呀！这你可得失望了，皇帝竟把我好生生地给放了。"

"嗯，很是失望，等了这几日，都白等了。"

"……"

"你去哪里？"

"找人！"

"去哪里找？"

"有山有水有花有草的地方。"

"喜欢这个人？"

"还不知道，先找到了再说吧。"

"……"

"你呢？"

"回去戍边，你以后可会去靖阳关外？"

"嗯……也许会吧，哈哈。不过你放心，我不会带着大军去的。"

"那就好！"

"就此别过？"

"好，别过！"

马蹄声渐远，阿麦的身影终消失在官道一头。常钰青勒马而望，不禁笑了笑，伸手入怀，缓缓地掏出一件物什来，原来是那把失而复得的匕首。

疾风过处，一人一马身形渐远，但瞧得道旁新绿处依稀映出红的白的花色。春风正好，隐隐花香扑面而来，竟是一年春又到。

（完）

后记

起意写阿麦这个故事是在 2008 年，彼时我刚写过几个小言情文，正进入"言情疲惫期"，偏好于一些军事啊、征战啊、救国救民啊之类的作品，每每都看得我热血沸腾，不能自已。

我忍不住跑去和朋友说也要写一个从军文，要有热血，有激情，有兄弟情，还要有民族义，要抛却小情小爱，说一说家国大义，谈一谈为国为民吧啦吧啦（此处省却三千字）……

朋友只一句话就问住了我。她问："你觉得会有姑娘喜欢看这些吗？"

这问题一针见血。

我是一个言情小说写手，我的读者绝大部分都是姑娘，或者姑娘她妈，"姑娘们喜不喜欢"在当时直接决定着我这个故事能不能出版，能不能给我带来些许收益。

会有姑娘喜欢看吗？我还真无法回答这个问题，我只知道自己十分想写这样一个故事。这种抓心挠肺的"迫切"，叫我抛弃了一切理智，不管不顾地动笔，开始连载这个女主连正经名字都没有的故事。

可作为一个全部军事知识都来源于影视剧和网络小说的女性写手，要写一个正正经经的军事文实在是难。

开文初始，我曾拿着自己苦思冥想出来的军事计谋去请教某位大神："你看这个军事行动有可能成功吗？"

他的回答既委婉又直接，"有啊，只要对方的指挥官是个白痴就可以。"许是他自己也觉得这个答案太过打击我，又补充说，"你随便写吧，反正我看女作者的文，从来只是看感情线，不看军事的。”

也许正是靠着这句话的鼓励，我开始了阿麦的写作，从 2008 年初写到 2011 年中，拖拖拉拉、跌跌撞撞地写了三年半，期间经历颇多，至今回头去看，都难淡定平和。

曾有几次，我都想放弃这个故事。写到最苦闷时，我不得不另开了一个搞笑文来调节心情，不想那个小说被拍成了网剧，竟还意外火了，它的名字就叫《太子妃升职记》。

也算是无心插柳吧。

2011 年 7 月，阿麦终于完稿出版，本来是件大好的事情，不想我给出的结局实在太出乎大家意料，就像一个火星落到了泼过油的柴堆上，一下子引燃了读者的情绪。“常党”们不愿意，因为小常与阿麦最终错身而过；“唐党”们也不满意，因为我写“死”了小唐同志；还有一些读者认定我给出了开放性结局，两面讨好却不得好……一时间砖头乱飞，我挡得左支右绌，满头是包。

不是没有动摇过，不是没有怀疑过，甚至恼羞过，愤怒过……可等情绪过去，我却更加坚定了自己，一如我在动笔之初，从未想过用这个故事去迎合谁，那么结局，就更不必再去讨好谁。

读者喜欢也好，不喜欢也罢，这就是我能给出的最好结局。

我理解“常党”的遗憾，也正是因为理解，这次再版特意出了一个短短的小番外，以单独存在的形式出现，不肯与正文成册的原因想来大家也能猜到，它毕竟不是结局。

回望过去，感谢有那么多热情坚定的读者一直对阿麦不离不弃。谢谢拈花，谢谢麦霸，谢谢三土，谢谢苏和，谢谢 amei-0，等等。感谢所有陪我走过那一段艰难时光的大家，若无你们，阿麦也许早已夭折，若无你们，阿麦不会成书。

以上，是阿麦初版时便想说的话，时至今日才得机会，太多的感谢已无法言说，但我会存于心中，永不敢忘。

最后，再对文中一些内容解释一下。

文中的军事知识绝大部分都来源于影视剧与网络小说，其真实性、可行性都不可深究；几次战役虽是参照历史真实案例，可由于背景、环境以及历史条件的不同，放在书中也难掩生硬,有不尽合理之处;至于关隘城池,更都是顺口胡诌或套用史料,与实际并不相符。

各位读者看到可笑之处乐上一乐也就算了,千万莫要较真。同时,也请一些粉丝不要对阿麦太过赞誉,你们不知,我每每看到那些,都难免面红耳赤,羞惭不已。

另附一下本书部分参考书目与资料,并对相关作者深表感谢。

1.孙武原著,张华正编著:《图解孙子兵法》,南海出版公司 2008 年。

2.饶胜文编著:《布局天下:中国古代军事地理大势》,解放军出版社 2006 年。

3.中国军事史编写组编:《中国历代军事装备》,解放军出版社 2007 年。

4.黄仁宇:《万历十五年》,中华书局 2008 年。

5.汉尼拔战争、塔吉纳会战相关资料。

图书在版编目（CIP）数据

阿麦从军 / 鲜橙著 . -- 修订本 . -- 北京 ：作家
出版社, 2017.4
ISBN 978-7-5063-9463-5

Ⅰ . ①阿… Ⅱ . ①鲜… Ⅲ . ①长篇小说 – 中国 – 当代
Ⅳ . ① I247.5

中国版本图书馆 CIP 数据核字 (2017) 第 079927 号

阿麦从军

作　　者：	鲜橙
出 品 人：	高路　华婧
责任编辑：	丁文梅
特约策划：	谭飞
特约编辑：	谭飞
封面设计：	郑力珲
封面图片授权：	喜天影业
内文装帧：	阿墨
运营统筹：	张瞳
出 品 方：	北京中作华文数字传媒股份有限公司
出版发行：	作家出版社
社　　址：	北京农展馆南里 10 号　　邮编：100125

电话传真：86-10-65930756（出版发行部）
　　　　　　86-10-65004079（总编室）
　　　　　　86-10-65015116（邮购部）

E-mail：zuojia@zuojia.net.cn
http://www.haozuojia.com（作家在线）

印　　刷：	中煤（北京）印务有限公司
成品尺寸：	168×235
字　　数：	750 千字
印　　张：	48
版　　次：	2017 年 8 月第 1 版
印　　次：	2017 年 8 月第 1 次印刷

ISBN 978-7-5063-9463-5

定　　价：108.00 元